초한지

5

초한지 5

이문열 지음

흙먼지 말아 올리며 다시 오다

楚漢志

RHK
알에이치코리아

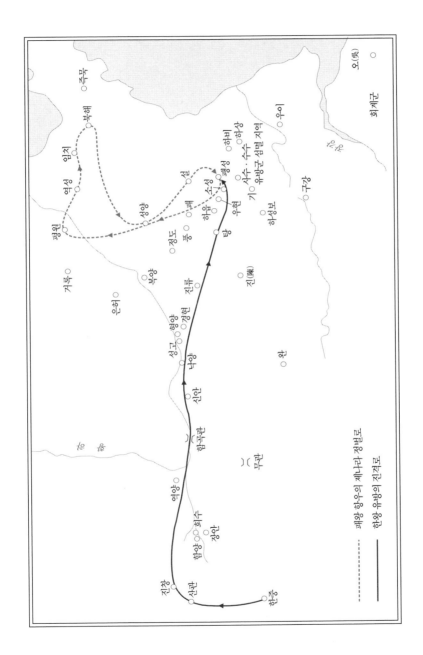

초한전쟁도

패왕 항우의 제나라 정벌로
한왕 유방의 진격로

오(吳)

회계군

즉묵

북해

임치

역성

평원

성양

정도
풍

개봉

우이

우
하비
팽성
사수·수수
유방군 섬멸 지역

기

기양

풍

패

양하
하상보

진(陳)

구강

가록

부양

은허

신구
평양
성안
경현
진류

낙양

완

진안

함곡관

한

형양

무관

영양

함양 회수
장안

진창
산관

한중

차례

楚漢志

대쪽을 쪼개듯

　잔도를 다시 얽으려고 식(蝕) 골짜기로 간 번쾌가 이끌던 군사를 모두 잃고 남정으로 돌아온 것은 한신과 다투다가 떠난 지 꼭 스무날 만의 일이었다. 곁에서 수발들던 사졸 몇 명과 더불어 왕궁으로 든 번쾌는 먼저 한왕 유방을 찾아보고 죄를 빌었다.

　"이게 어떻게 된 일인가?"

　진작부터 들은 소리가 있어 한왕도 예상은 하고 있었지만 너무도 정확하게 한신의 말이 들어맞자 놀라 물었다. 번쾌가 무안한지 그답지 않게 기어드는 목소리로 받았다.

　"할 일은 많은데 받은 머릿수는 적고, 그나마 기일까지 촉박해 군사들을 조금 심하게 다그쳤더니 일이 이리되고 말았습니다. 하나둘 몰래 동쪽으로 달아나기에 목을 베어 겁을 주려 했으나, 오히려 그때부터 떼를 지어 달아나기 시작했습니다. 나중에는 감시하러 보낸 군사들까지 그들을 따라 달아나 버려 끝내는 손발 같은 사졸 몇 명만 남고 말았습니다. 그때 마침 후대를 보내셨기에 그들에게 잔도 닦는 일을 맡기고 저는 이렇게 죄를 빌러 돌아왔습니다."

번쾌의 그 같은 말에 문득 느껴지는 일이 있어 한왕이 정색을 하고 말했다.

"군사를 부리는 일은 내 이미 대장군 한신에게 모든 걸 넘겼소. 장군은 내게 죄를 지은 것이 아니라 대장군의 명을 어긴 것이니, 대장군을 찾아보고 군령을 받으시오."

한신에게 그리해 달라고 당부를 받은 적은 없으나 왠지 그래야 될 것 같아 한 말이었다. 한왕이 그렇게 말하자 갑자기 번쾌의 얼굴이 굳어졌다. 떠날 때 한신과 다툰 일 때문인 듯했다. 한왕도 그 사정을 모르는 바 아니라 다시 한마디 덧붙였다.

"너는 젊은 시절부터의 벗일 뿐만 아니라, 사사롭게는 나와 동서 간이 된다. 하지만 나는 이미 옛날 패현 저잣거리를 떠돌던 건달 유 아무개가 아니고 너 또한 개백정 번쾌가 아니다. 나는 이제 한 나라의 왕이 되어 대장군을 세우고 그에게 군진의 일을 모두 맡겼으며, 너 또한 한 나라의 장수가 되어 그 군령 아래 서게 되었다. 지금 처지가 딱하게 된 것을 내 모르는 바 아니나, 이제 와서 너 하나를 보살피고자 대장군의 군권을 거둬들일 수는 없구나. 가서 대장군에게 죄를 빌고 군령을 바로 세우도록 하여라."

인정 어린 말이었지만 또한 그만큼 흔들림 없는 원칙을 앞세운 군주의 명이기도 했다. 번쾌도 그 말을 알아들었다. 먼저 한왕을 찾아보려고 마음먹을 때와는 달리 결연하게 일어섰다.

한달음에 한신을 찾은 번쾌는 군례를 마치기 바쁘게 말했다.

"낭중 번쾌는 군무를 기일에 맞추지 못한 죄와 이끌고 간 군사를 모두 잃은 죄를 대장군에게 빌고자 왔소. 일전에 써 두고 간 군령장이 있으니 대장군께서는 이 번쾌를 베어 군율을 엄히 세우시오!"

그리고 털썩 무릎을 꿇으며 두 눈을 질끈 감는 품이 이미 군령에 모든 걸 맡긴 사람 같았다. 그러자 한신이 달려 나와 번쾌를 일으켜 세우면서 말하였다.

"번 장군은 스스로를 너무 낮추지 마시오. 장군은 죄를 지으신 게 아니라 우리 한군을 위해 큰 공을 세우고 돌아오신 거요."

그 뜻밖의 말에 번쾌가 알 수 없다는 듯 물었다.

"군령을 어기고, 군사들을 모두 잃었는데 대장군은 그 어인 말씀이시오?"

"용서하시오, 장군. 실은 처음부터 일은 그렇게 되도록 꾸며져 있었소. 잔도는 스무날 만에 다시 고쳐 세울 수 있는 게 아니었고, 장군이 이끌고 간 군사들도 동쪽으로 달아날 틈만 살피고 있는 자들로만 골라 뽑은 것이었소."

한신이 빙긋 웃으며 그렇게 털어놓았다. 번쾌가 얼른 그 뜻을 알아듣지 못해 물었다.

"그런데 왜 저를……."

"장함의 눈과 귀를 모두 식 골짜기에 잡아 두기 위함이었소."

"장함의 눈과 귀라……."

"대왕께서 누구보다 믿고 아끼시는 장군이 잔도 놓는 일을 맡아야만 장함은 우리가 다시 그 잔도를 따라 식 골짜기로 나오려 함을 믿을 것이오. 그러나 그 일을 장함에게 알려 줄 사람이 필요했는데 장군이 이끌고 간 군사들이 바로 그들이었소. 그러잖아도 달아날 마음뿐이던 그들은 기한에 몰린 장군이 심하게 다그치면 모두 달아나 장함에게 그 일을 전하리라 보았소. 그런데 이제 일이 그대로 되었으니, 장군은 우리 한군을 위해 큰 공을 세우신 것이나 다름없소."

그제야 번쾌도 한신의 말을 알아들었다. 그러나 너무 심하게 속은 것에 맘이 상해 잠시 할 말을 잊고 있는데, 한신이 어깨를 두드리며 말했다.

"우리는 북으로 가만히 길을 돌아 고도현의 옛길로 나아갈 것이오. 그리하여 진창길로 빠지면 삼진(三秦) 가운데 옹(雍) 땅을 바로 들이칠 수 있소. 진창으로 가는 길목에 대산관(大散關)이 있으나, 지금쯤 장함의 군사는 모두 식 골짜기 어귀에 몰려 있을 것이니 우리 대군이 불시에 치고 들면 힘들이지 않고 지날 수 있을 것이오. 장군은 얼른 원래의 자리로 돌아가 대군의 선봉이 될 채비나 하시오."

그런 다음 한신은 그날로 한왕을 찾아보고 동쪽으로 돌아갈 대군을 일으키게 했다.

진작부터 채비해 온 터라, 한왕이 군사를 내는 일은 조용하면서도 재빠르게 진행되었다. 승상 소하와 약간의 이졸을 파촉 땅에 남긴 한왕은 6만 군사를 긁어모아 다음 날로 남정을 떠났다. 소하를 파촉에 남긴 것은 그곳에서 세금을 거두고 군사로 쓸 장정을 뽑아 동쪽으로 나아가는 한군의 뒤를 대도록 하기 위함이었다.

한편 옹왕 장함이라고 해서 매양 손 처매 놓고 한왕이 하는 일을 바라보고만 있지는 않았다. 원래가 뛰어난 장수인 데다, 항왕과 범증의 당부까지 있어 언제나 파촉 한중의 움직임을 날카롭게 살피고 있었다. 한왕이 비록 잔도를 불살라 돌아올 뜻이 없음을 드러냈지만, 장함은 그게 속임수일 수도 있다고 보았다.

그런데 아니나 다를까, 넉 달도 안 돼 잔도가 있던 식 골짜기가 수런거리기 시작했다. 장함이 사람을 풀어 알아보려 했으나 그럴 필요조차 없었다. 골짜기 안에서 먼저 한군들이 도망쳐 나와 일러바쳤다.

"한왕이 동쪽으로 돌아오려 합니다. 저희를 보내 잔도를 고치게 하였습니다."

그때만 해도 장함에게는 의심이 남아 있었다. 잔도를 고치는 일을 맡은 장수가 번쾌란 소리를 듣고도 얼른 그 말을 믿을 수가 없었다. 하지만 도망쳐 나오는 군사가 점점 늘어 가자 장함도 한왕이 다시 식 골짜기로 나오려 한다는 것을 믿지 않을 수 없었다.

도망쳐 나온 한군이 5백 명에 가깝고, 그들로부터 번쾌의 모진 다그침과 한왕이 잔도 닦는 일을 재촉하기 위해 다시 보낸 군사들이 식 골짜기에 이르렀다는 말을 들은 옹왕 장함은 마침내 손을 썼다. 아우 장평을 불러 군사 3만 명을 딸려 주며 말했다.

"너는 군사를 이끌고 두현 남쪽으로 내려가 식 골짜기 어귀를 막고 있거라. 한왕 유방이 잔도를 고쳐 그리로 나오더라도 우리 삼진 땅 안으로는 단 한 발자국도 들여놓지 못하게 해야 한다. 그곳은 골짜기가 좁고 양쪽의 지세가 험하니 우리 군사 한 사람이면 적군 백 명을 당할 수 있다. 비록 한군이 백만이 넘는다 해도 이 3만이면 넉넉할 것이다."

그래 놓고 자신도 다시 군사를 모아 만일에 대비했다. 옹 땅을 비질하듯 장정들을 긁어내어 5만 대군을 폐구에 모아 두고 언제든 움직일 수 있게 했다. 하지만 그때 이미 한왕이 이끄는 군사들은 좁고 험한 고도현의 옛길을 소리 소문 없이 지나고 있었다.

고도현의 옛길 또한 적이 알고 막으려 들면 하나가 백을 막아 낼 수 있을 만큼 험한 산길이었다. 한신은 대군이 움직이기에 앞서 한 갈래 날랜 군사를 먼저 풀어 근처에 있는 나무꾼이나 사냥꾼들의 눈과 귀로부터 대군의 움직임을 가렸다. 그리고 정히 뜻같지 못하면 그들을 죽여 입을 막음으로써 옹왕 장함의 군사들에게 한군의 움직임이 알려지는 걸 막았다.

그러나 정작 한군의 움직임이 끝내 적의 귀에 들어가지 않을 수 있었던 것은 한왕 유방이 몇 달 관중을 차지하고 있으면서 거둔 인심 덕분이었다. 한신이 아무리 애를 써서 한군의 움직임을 숨기려 해도 워낙 많은 군사가 움직이는 것이라 그리되지가 않았다. 고도현의 농부나 사냥꾼들 중에는 한군이 동쪽으로 밀고 들어오는 것을 아는 이들도 있었으나, 아무도 옹왕 장함의 군사들에게 알려 주지 않았다. 오히려 한군이 하루빨리 삼진으로 들어와 자신들을 구해 주기만 기다렸다.

대산관은 진나라 서남쪽 위수 가에 치우쳐 있기는 해도 원래부터 그렇게 만만하게 지나갈 수 있는 곳이 아니었다. 특히 파촉이 진나라의 땅이 된 뒤부터는 교통의 요지로도 중시되어 관문이 두텁고 굳센 데다 적지 않은 군사가 머물며 지키고 있었다. 그런데도 땅에서 홀연히 솟아오르듯 서남에서 대군이 밀려와 관문을 짓두들기자 옹군(雍軍) 장졸들은 겁부터 먼저 먹었다.

"관문을 닫아걸어라! 그리고 어서 날랜 파발마를 내어 도성에 위급을 알려라. 관문을 닫아걸고 굳게 지키면서 기다리면 머지않아 폐구에서 우리 대왕의 구원병이 이를 것이다."

대산관을 지키던 늙은 장수는 그렇게 외치며 한군에게 맞서 보았으나, 워낙 갑작스러운 일인 데다 군세가 너무 달렸다. 겨우 이틀을 버텼으나 보낸 파발이 폐구에 도착하기도 전에 한군에게 떨어지고 말았다.

"여기서 하루를 쉬고 진창(陳倉)으로 간다. 먼저 진창부터 차지한 뒤에 폐구를 치고 옹왕 장함을 사로잡을 것이다."

어렵지 않게 대산관을 떨어뜨린 한신이 미리 작정하고 있었던 듯 그렇게 영을 내렸다. 진창은 대산관에서 서북쪽으로 몇 십 리 치우쳐 있는 곳으로 옹왕 장함의 도읍인 폐구와는 거리가 있었다. 걱정이 된 한왕이 슬며시 한신에게 물어보았다.

"뱀을 잡으려면 그 머리부터 쳐야 하지 않겠소? 우리가 길을 도는 사이에 폐구의 장함이 우리를 맞을 채비를 굳건히 할까 두렵구려."

"그렇지 않습니다. 진창은 진나라 때부터 곡창(穀倉) 노릇을 해온 곳으로 함양 백만 인구가 먹을 곡식이 모두 거기에 갈무리돼 있었습니다. 지금은 장함이 도읍으로 삼고 있는 폐구의 곡창으로 쓰고 있으니, 먼저 그곳부터 손에 넣어야 합니다. 그리하면 아군은 옹 땅을 모두 평정할 때까지 군량을 걱정하지 않아도 될 것이요, 군민을 먹일 곡식을 모두 잃은 폐구의 장함은 크게 낙담할 뿐만 아니라 성안에서 오래 버티지도 못할 것입니다."

한신이 그렇게 말하여 한왕의 걱정을 풀어 주었다. 하지만 때는 궂은비가 잦은 초가을 8월이었다. 대산관에서 하룻밤을 쉬는 사이에 내리기 시작한 가을비는 다음 날 날이 밝아도 그칠 줄 몰랐다.

한군은 하는 수 없이 하루를 대산관에서 더 쉬었으나 가을비는 그다음 날도 멎지 않았다. 한신은 행군을 더 미룰 수 없어 빗속에 대군을 출발시켰다. 그런데 진창으로 가는 길이 또 말이 아니었다. 위수 강변의 황토는 이틀이나 내린 비로 곤죽이 되어 길을 덮고 있었다. 짐을 실은 수레바퀴는 길바닥에 박혀 움직이지 않았고, 사람이나 말조차 앞으로 나아가기가 어려웠다. 바닥이 질어 곤죽이 된 길을 진창길이라 하는데 속설(俗說)로는 그 말이 바로 그때 한군이 진창으로 가면서 지나야 했던 그 길에서 나왔다고 한다.

한편 옹왕 장함은 갑자기 달려온 군사로부터 한군이 대산관을 치고 있다는 말을 듣고 몹시 놀랐다.

"아니 잔도를 통해 오고 있다던 한군이 어찌하여 대산관을 넘

고 있다는 말이냐? 혹시 파촉에서 밀고 드는 도둑 떼를 잘못 본
게 아니냐?"

그러면서 두 번, 세 번 그 군사에게 캐물었으나 대답은 달라지
지 않았다.

"내 늙은 도적에게 속았구나! 파촉 한중에서 관중으로 들어오
는 길이 어찌 잔도뿐이겠는가. 손발 같은 번쾌까지 식 골짜기로
보내 수선을 떠는 바람에 깜빡 우리의 눈과 귀가 가려지고 말았
다. 대군이 아무 손실 없이 옛길을 지나 벌써 대산관에 이르렀다
니 큰일이다……."

비로소 일이 엄중함을 깨달은 장함은 그렇게 한탄하며 앞뒤
없는 놀라움에서 깨어났다. 달리 믿을 만한 장수도 없어 스스로
적을 맞을 채비에 들어갔다.

진나라 땅에서 나고 자라 누구보다 그 지세를 잘 아는 장함이
었다. 거기다가 기세 좋은 진승의 반란군을 희수 가의 한 싸움으
로 꺾었을 뿐만 아니라, 함곡관을 나온 지 두 달도 안 돼 그 수괴
진승까지 목 벤 진나라 제일의 명장이었다. 항왕에게 져서 항복
한 뒤로 그 날카로움은 다소 무디어졌으나 아직도 옛 명장의 안
목은 남아 있었다.

"우리가 성안 군사를 모두 이끌고 밤낮 없이 달려간다 해도 이
미 대산관을 구하기는 어려울 것이다. 우리의 이목을 온전히 식
골짜기로 끌어모아 놓고 몰래 고도현을 통해 나올 정도의 지략
을 가진 장수가 이끌고 있다면, 오랫동안 싸움 없이 보낸 대산관
의 이름 없는 장수와 얼마 안 되는 군사가 무슨 수로 당해 내겠

느냐? 차분히 싸울 채비를 갖춰 진창으로 가자. 대군을 이끌고 진창성에 의지해 싸운다면 반드시 한군을 이기지 못할 것도 없다!"

장졸들에게 그렇게 영을 내리고 스스로 앞장서 진창으로 달려갔다.

옹왕 장함은 폐구를 떠나기에 앞서 아우 장평(章平)에게도 전갈을 보냈다.

"한왕 유방이 고도현의 옛길을 따라 대산관을 넘었다. 대산관은 이미 지키기에 글렀을 뿐만 아니라 폐구의 군민을 먹일 곡식을 쌓아 둔 진창까지 위태롭게 되었다. 일이 급해 내가 먼저 진창으로 가니, 너는 전군을 수습하는 대로 두현에서 진창으로 나와 내 뒤를 받쳐 주도록 하라."

그런 장함의 살핌은 밝았으나 그에 못지않은 게 한군의 빠르고 날카로운 기세였다. 진창에 이른 장함의 옹군이 미처 농성할 채비를 갖추기도 전에 한군이 밀려들어 진창을 에워싸려 했다. 대산관이 며칠은 버텨 줄 걸로 믿은 데다, 궂은 가을 날씨를 믿어 여유를 부리던 옹군은 몹시 놀라 싸워 보지도 않고 겁부터 먹었다.

'아니 되겠다. 여기서 적의 기세를 한 번 꺾어 두지 못하면 진창성이 아무리 굳고 높아도 소용이 없다. 농성이 아니라 진창성에 갇혀 있는 사이에 옹 땅을 모두 잃고 만다. 차라리 성 밖으로 나가 벌판에서 싸워 보고 아니 되면 물러나 뒷날을 도모하는 것이 낫겠다. 게다가 적군은 먼 길을 온 데다 대산관에서 한바탕 싸움을 치러 지친 군사들이다. 머릿수도 우리가 적지 않으니 적

이 진세를 정비하기 전에 정면으로 나가 맞서 보자!'

장함이 그렇게 마음먹고 대군을 몰아 성을 나갔다.

깃발과 군세를 보고 옹왕 장함이 이른 것을 알아차린 한신이 가만히 장수들에게 말했다.

"옹왕 장함이 직접 나서 기세로 우리에게 맞설 작정인 듯하오. 장함은 싸움에서 집중된 힘으로 번개같이 치고 들어 여러 번 재미를 보았는데 이번에도 그럴 작정인 듯하오. 여러 장군들은 앞뒤 돌아볼 것 없이 저기 저 수자기(帥字旗)가 걸린 곳으로 돌진하여 여지없이 본진을 짓밟아 버리시오!"

그렇게 되자 싸움은 뜻밖에도 성 밖 벌판에서 기세로 서로를 몰아붙이는 형국이 되었다. 하지만 아무래도 장함에게 이롭기는 어려운 싸움이었다. 다 같이 왕이라고는 하나 장함은 항우 덕분에 갑자기 옹왕으로 세워져 왕으로서의 기반이 든든하지 못했다. 장수들의 층이 얇고 따르는 군사들도 대개는 옹왕이 되어 새로 뽑은 군사들이었다.

그런 옹왕에 비해 한왕 유방은 벌써 여러 해 독자적인 세력으로 자신을 키워 왔다. 장수 층은 장함과는 비할 수 없을 만큼 두터웠고, 군사들도 대개가 오래 한왕을 따라다니며 고락을 함께한 자들이었다. 머릿수도 모자라지 않은 데다 한 번 싸움에 이긴 기세가 있어 먼 길을 온 고단함쯤은 덮고도 남았다.

그런 한(漢)과 옹(雍) 양군이 맞붙자 처음에는 벼락 치는 듯한 격렬함이 있었으나, 그리 오래잖아 승패가 갈리었다. 장졸 모두 한군에 비해 질이 떨어지는 옹군 쪽이 차츰 밀리기 시작했다. 장함이 옛날의 관록을 되살려 전군을 거세게 몰아붙였으나, 이미 기운 전세를 되돌려 놓을 수는 없었다.

"물러나라! 전군은 호치현으로 물러나 장평의 구원병이 오기를 기다리도록 하라. 그런 다음 다시 한군과 싸워 결판을 내자."

장함이 마침내 그렇게 명을 내리고 말머리를 돌려 달아나기 시작했다.

기세가 오른 한군은 달아나는 장함의 군사들을 쫓아가며 마구 죽였다. 그런데 한 30리나 뒤쫓았을까? 먼저 정탐을 나가 있던 군사들이 급히 돌아와 한신에게 알렸다.

"호치(好畤) 동쪽에서 엄청난 대군이 몰려오고 있습니다. 폐구에서 장함을 구하러 달려온 옹군인 듯합니다."

한왕의 장수들 중에는 가장 오래 항왕 쪽에 남아 있다 와서 장함에 대해서도 남보다 아는 것이 많은 한신이 가만히 생각해 보다가 말했다.

"장함에게는 장평이라는 용맹스러운 아우가 있었는데 이는 필시 장평이 이끄는 대군일 것이다. 아마도 식 골짜기를 막고 있다가 형의 위급을 듣고 달려온 것일 터인즉, 그 세력이 만만치 않을 것이니 더는 급하게 적을 쫓지 못하게 하라!"

그러고는 쇠를 두드려 군사를 거두게 하였다.

한편 싸움에 져서 형편없이 쫓기던 장함은 아우 장평이 대군을 이끌며 오고 있다는 말에 다시 기운이 솟았다. 게다가 한군의 추격까지 멎자 한숨을 돌리며 쫓겨 오는 군사를 거두어 호치 서쪽에 진채를 벌이게 했다.

"이곳 호치도 싸워 볼 만한 지형이다. 장평이 오는 걸 알고 적이 쫓기를 그쳤으니 여기서 터를 잡고 기다렸다가 맞받아치도록 하자."

그리고 장평에게는 따로 사람을 보내 호치 동쪽에 진채를 내리게 했다. 무턱대고 전군을 합치느니보다는 동서로 나누어 서로 돕고 의지하는 형세를 이루도록 한 것이었다.

그때 한신은 싸움에 이긴 장졸들에게 고기와 밥을 배불리 먹이고 쉬게 하는 한편 정탐하는 군사를 풀어 옹왕 장함의 움직임을 살피게 했다. 그날 밤이 깊기 전에 정탐 나간 군사들이 돌아와 옹군의 움직임을 낱낱이 알려 왔다. 한왕 유방을 모신 대장군의 막사에 장수들을 불러 모은 한신이 다시 명을 내렸다.

"옹왕 장함이 아우 장평의 구원에 힘입어 호치 동서에 진채를 벌이고, 서로 돕는 형세를 이루며 우리에게 맞서려 하고 있소. 장평이 맹장이고 군사도 3만이 늘었으나 크게 적을 두려워할 것은 없소. 내일 아침 우리는 군사를 두 갈래로 쪼개 장함과 장평을 한꺼번에 잡을 것이오. 내일 새벽 조용하고 신속하게 양쪽을 동시에 들이쳐, 서로 돕고 의지할 틈을 주지 않으면 아침밥을 끓일 때쯤에는 장함과 장평을 사로잡을 수 있을 것이오."

그러고는 바로 군령을 내리기 시작했다.

"조참과 주발 두 분 장군에게는 장평을 맡기겠소. 각기 군사 만 명씩을 딸려 줄 터이니, 어서 돌아가 떠날 채비를 하시오. 오늘밤 삼경, 말발굽은 헝겊으로 싸고 군사들에게는 하무를 물린 뒤에 가만히 길을 돌아 호치 동쪽으로 옮겨 가야 하오. 그리고 되도록이면 장평의 진채 가까이에 숨어 있다가, 서쪽에서 우리가 장함의 본대를 치며 지르는 함성이 들리면 두 분 장군은 한꺼번에 장평의 진채를 덮치도록 하시오. 반드시 장평을 사로잡지는 못해도 놀라 달아나도록 할 수는 있을 것이오."

그렇게 조참과 주발을 떠나보낸 한신은 나머지 장수들을 둘러보며 말했다.

"장군들도 모두 돌아가 내일 새벽 전군을 들어 장함을 불시에 들이칠 수 있도록 채비하시오. 일찍 군사들을 재우고 사경이 되거든 깨워 날이 새기 전까지는 싸울 태세를 갖추어야 하오. 그리고 먼동이 트는 것을 군호 삼아 적진으로 밀고 들어 단번에 형세를 결정지어야 하오. 이 한 싸움으로 옹 땅을 평정하여야만 동쪽으로 나가 천하를 다툴 수가 있소. 삼진이라고는 하나, 옹왕 장함만 사로잡으면 새왕(塞王) 사마흔이나 적왕(翟王) 동예는 그리 두려워할 게 없는 위인들이오."

그동안 대장군으로서 한신을 믿게 된 장수들은 군소리 없이 그 명에 따랐다. 저마다 군막으로 돌아가 그 새벽의 기습 준비에 빈틈이 없도록 이끄는 군사들을 다잡았다.

이튿날 새벽이었다. 사경에 일어나 소리 없이 싸울 채비를 갖춘 한군은 전후좌우를 나눌 것도 없이 거센 물결처럼 장함의 진채를 덮쳐 갔다. 워낙 많은 군사들이 한꺼번에 움직인 것이라 조심한다고 해도 이내 파수 보는 적병에게 들키지 않을 수가 없었다.

한군이 덮쳐 오는 낌새를 알아차린 옹군 망보기가 급히 그 일을 장함에게 알렸다. 아우 장평이 대군을 이끌고 온 게 반가워 잠시 마음을 놓고 있던 장함은 갑작스러운 전갈을 받자 깜짝 놀랐다. 누구보다 기습에 능한 장수답지 않게 허둥대며 장졸들을 깨우고 한군을 맞을 채비를 하게 했다.

하지만 새벽잠에서 깨어난 옹군 장졸들에게는 제대로 채비할 겨를이 없었다. 떠지지 않는 눈을 비비며 되는 대로 갑옷을 걸치고 병장기를 찾아드는데, 벌써 한군의 선두가 진채 안으로 뛰어들었다. 그렇게 되자 싸움은 처음부터 승리가 한군 쪽으로 기울어진 것이 되었다.

"장평에게 사람을 보내 어서 군사를 움직이게 하라. 동쪽으로부터 적의 옆구리를 찔러 두 토막을 내고 우리와 합친 뒤에 함께 한왕을 사로잡자고 하여라."

장함은 그렇게 명을 내리고 자신은 선두에 나서 장졸들의 기세를 돋우었다. 왕이 몸소 칼을 뽑아 들고 진두에 선 모습은 볼 만했으나 기울어진 전세를 되돌리기는 어려웠다. 한왕 유방과 대장군 한신도 앞장서 장졸들을 이끌고 있는 데다 한군은 이미 승세를 타고 있었다. 겁먹고 몰리는 옹군들을 북돋기는커녕 오히려 장함을 알아본 한군 장수들의 기세만 올려 주고 말았다.

"저기 옹왕 장함이 있다. 장함을 사로잡아라!"

누군가의 고함 소리에 이어 한군 장졸들이 모두 장함을 향해 몰려들었다.

옹왕 장함은 이끌고 있던 장수들을 모두 풀어 몰려오는 한군 장수들과 맞서게 하면서 어서 빨리 장평의 구원이 이르기만을 기다렸다. 하지만 헛된 바람이었다. 장함이 어렵게 한 식경을 버티고 있는데 장평에게 보냈던 군사가 피투성이로 돌아와 말했다.

"장평 장군께서 구원을 오시기는 틀렸습니다. 장군도 이 새벽 우리처럼 한군의 기습을 받고 힘을 다해 버텼으나, 마침내 견디지 못하고 조금 전 호치성 안으로 피하셨습니다."

그 말을 듣자 그러잖아도 어렵게 싸움을 끌어오던 장함은 온몸에서 힘이 쭉 빠졌다. 더는 견뎌 내지 못하고 먼저 말머리를 돌리면서 소리쳤다.

"모두들 물러서라. 과인은 폐구로 돌아가려 한다. 여러 장수들은 힘을 다해 패군을 수습하고 폐구로 돌아가 뒷날을 기약하자!"

옹왕 장함과 그 아우 장평이 이끄는 군사들이 길을 나누어 달아나자 뒤쫓는 한군도 절로 두 갈래로 나뉘었다. 조참과 주발이 이끄는 군사들은 그대로 장평을 뒤쫓아 호치성을 에워쌌고, 한신은 남은 장졸들과 더불어 장함을 뒤쫓아 동쪽으로 폐구성을 에워쌌다.

하지만 호치와 폐구 모두 옹나라의 염통과 간 같은 성이었다. 장함과 장평이 적지 않은 군사를 이끌고 들어가 굳게 성문을 닫아걸고 지키기만 하니 쉽게 떨어뜨릴 수가 없었다. 특히 폐구는 옹나라의 도성으로 지난 몇 달 옹왕 장함이 마음먹고 성벽을 높이고 두텁게 한 터라 더욱 그랬다.

"우리가 여기서 이렇게 시일을 끌다가 항왕(項王)의 구원이라도 오게 되는 날이면 낭패가 아니겠소? 그때 성안에서 버티던 장함과 장평이 뛰쳐나오면, 우리는 등과 배로 강한 적을 맞는 꼴이 되어 갈 곳이 없어질 것이오."

며칠이나 급하게 들이쳐도 호치와 폐구 모두 떨어지지 않자 한왕 유방이 걱정스러운 듯 말했다. 그러나 대장군 한신은 별로 걱정하는 기색이 없었다.

"항왕은 멀리 서초에 자리 잡아 이곳의 위급을 아는 데도 여러 날이 걸릴 것입니다. 하물며 우리를 물리칠 만한 구원병을 여기까지 보내는 일이겠습니까? 거기다가 관동에 풀어 둔 간세들이 알려 온 바에 따르면, 제나라의 재상 전영이 항왕의 분봉(分封)에 크게 불만을 품고 기어이 일을 저질렀다 합니다. 항왕이 제왕(齊王)으로 보낸 전도와 자신이 제왕으로 세운 전불을 모두 죽이고 스스로 제왕이 되어 항왕에게 맞선다 하니 항왕의 불같은 성미로 어찌 그냥 두고 보겠습니까? 신의 생각으로는 항왕이 관중으로 구원을 온다 해도 제나라를 먼저 평정한 다음의 일일 것입니다."

그렇게 한왕을 안심시켰다. 한왕은 그래도 마음이 놓이지 않는지 여전히 걱정스러운 눈길로 한신을 바라보며 말했다.

"원병은 항왕만 낼 수 있는 것도 아니잖소? 삼진은 서로가 서로에게 이와 입술 같은 사이니, 가까이 있는 새왕 사마흔이나 적왕 동예도 구원병을 낼 수가 있소. 입술이 없어지면 이가 시린 법[脣亡齒寒]이라, 그 둘이 힘을 합쳐 크게 구원병을 낸다면 그때는 또 어찌하겠소?"

"사마흔이나 동예는 그 사람됨이 둘 다 왕 노릇 하기에는 지나치게 살핌과 헤아림이 많습니다. 살핌과 헤아림이 지나치면 의혹과 망설임도 많아 결단이 더딘 법이니, 아직 평온한 제 땅을 두고 선뜻 옹왕 장함에게 원병을 보내기 어려울 것입니다. 오히려 지키기에만 급급해 제 땅에 웅크리고 있다가 우리 대군이 성문 앞에 이르러야만 맞으러 나설 위인들입니다."

한신이 그렇게 받았으나 끝까지 한왕의 걱정을 몰라주지는 않았다. 잠시 말을 끊었다가 밝은 얼굴로 한왕을 마주 보며 말했다.

"허나 이대로 대군을 호치, 폐구 두 성에 묶어 둘 수 없다는 대왕의 밝으신 헤아림은 옳습니다. 따로 계책을 세워야 합니다."

"그게 어떤 계책이오?"

한신에게 이미 계책이 서 있는 듯해 한왕이 바로 물었다. 한신이 빙긋 웃으며 대답했다.

"신의 헤아림이 대왕의 뜻에 맞을지 모르겠습니다. 지금 호치와 폐구를 뺀 나머지 옹 땅은 마치 머리 잃은 뱀같이 되었습니다. 장함과 장평을 성안에 가두어 둘 수 있는 군사만 남겨 호치와 폐구를 에워싸게 하고 나머지 군사는 옹 땅의 모든 성읍과 관진(關津)을 거두어들이게 하는 게 어떻겠습니까?"

그와 같은 한신의 말에 한왕 유방의 표정이 조금 밝아졌다.

"과인의 뜻도 그러하였소. 다만 그리 많지 않은 군사를 여러 갈래로 나누는 꼴이 되어 뜻밖의 낭패가 있을까 두렵소."

"그 일이라면 신이 이미 생각해 둔 바가 있습니다. 옹왕 장함은 전에 진나라 장수였을 적에 수십만 진나라 장정들을 이끌고 함곡관을 나간 적이 있습니다. 그러나 그 장정들은 싸움터에서 죽거나 항왕이 신안에서 항병을 산 채 묻을 때 모두 땅에 묻혀 죽고, 저만 살아 돌아왔습니다. 그리고 그 항왕의 고임을 받아 옹

왕이 되었으니 관중에 있는 그 장정들의 부형이나 처자가 어찌
그를 미워하지 않겠습니까? 거기다가 장함이 옹왕이 되어 이 땅
을 다스린 지도 그리 오래지 않아 마음으로 따르는 군민도 거의
없습니다. 아래위로 미워할 뿐, 그를 위해 싸워 줄 사람이 없는데
우리에게 무슨 뜻밖의 낭패가 있겠습니까?

신의 소견으로는 장함과 장평을 호치와 폐구에 가두어 두고
나머지 군사로 옹 땅을 평정하되, 먼저 진창 서북에 있는 군현을
차지한 다음 다시 폐구 동쪽으로 군사를 내어 함양까지의 성읍
을 모두 거두어들이게 하는 게 좋겠습니다. 그리하면 한 달도 안
돼 옹 땅은 모두 우리 한군의 깃발 아래 들게 될 것입니다."

그제야 한왕이 환하게 펴진 얼굴로 고개를 끄덕이며 말했다.

"알겠소. 장졸들을 부리는 일은 내 이미 대장군에게 모든 것을
맡겼으니 알아서 하시오."

이에 한신은 역상(酈商)과 주가(周苛)에게 각기 군사 만 명씩을
딸려 호치와 폐구를 에워싸고 있게 하고, 남은 장졸들을 풀어 먼
저 호치 서쪽의 옹 땅을 평정하게 하였다.

낭중 번쾌는 군사 5천 명과 더불어 백수 북쪽으로 나아가 서
현과 옹현을 거둔 뒤 태성을 거쳐 다시 호치로 나오도록 하였고,
장군 조참은 5천 군사로 하변과 고도의 땅을 아우른 뒤 옹현 태
성을 거쳐 호치로 돌아오게 하였다. 또 장군 주발은 회덕, 괴리를
거둔 뒤 다시 호치로 돌아오게 하였으며, 중알자(中謁者) 관영은
남은 군사를 이끌고 한왕과 대장군 한신 곁에 머물며 변화에 대
응하게 하였다.

그렇게 배치를 마친 한신은 한왕과 더불어 호치 부근에 진채를 벌이고 중군이 되어 머물렀다. 그런데 장수들이 떠난 지 열흘도 안 돼 번쾌가 보낸 군사 하나가 달려와 한신에게 알렸다.

　"번 낭중께서는 백수 북쪽에서 서현의 현승(縣丞)이 이끄는 대군을 무찔렀고, 옹현 남쪽에서는 옹왕이 기른 날랜 기병을 쳐부수었습니다. 이제 태현으로 가고 있는데, 그 성이 높고 성벽이 두터워 은근히 걱정하고 있습니다. 대장군께서 뒤를 받쳐 주셨으면 합니다."

　이에 한왕과 대장군 한신이 있는 한(漢) 중군은 태성으로 향했다. 그러나 태성에 이르러 보니 하변과 고도를 평정한 조참이 먼저 와 있었다. 거기다가 오래잖아 회덕과 괴리를 거둬들인 주발이 또한 태성으로 오니 한군의 사기는 하늘을 찌를 듯하였다.

　세 갈래의 한군이 모두 모여든 데다 한왕과 한신까지 와서 보고 있으니 태성이 아무리 크고 굳다 해도 견뎌 낼 수가 없었다. 다음 날 번쾌가 큰 칼을 휘두르며 앞장서 성벽을 기어오르고, 다른 장수들도 저마다 군사들을 휘몰아 성을 들이치자 태성은 하루도 배겨 내지 못하고 떨어졌다.

　보름도 안 돼 옹나라의 서북을 모두 거둬들인 한신은 그 기세를 몰아 다시 호치로 돌아갔다. 호치성 안에는 원래의 현군 3천 명에 장평이 쫓겨 들며 이끌고 온 군사 1만여 명이 더 있었다. 합쳐 2만 가까운 군사가 지난번 관동 군사들이 왔을 때 싸움을 겪지 않아 손상을 입지 않은 성벽에 의지하니 태성에 비할 바가 아니었다.

하지만 서북의 모든 성읍이 한군의 손에 들어간 뒤라 호치성의 기세는 전과 같지 못했다. 적군 가운데 외롭고 고단한 섬처럼 남아 있는 호치성의 처지를 알게 된 성안 장졸들은 전보다 몇 배나 늘어난 한군이 다시 성을 에워싸자 겁부터 먹었다. 겁먹고 움츠러들기는 장평도 마찬가지였다. 마지못해 장졸들의 기세를 북돋우며 싸울 채비를 했지만, 마음속으로는 에움을 헤치고 달아날 길을 찾기에 바빴다.

　그래도 한신은 적을 가볍게 보지 않았다. 전군을 들어 호치성을 들이치기 전날 밤 장수들을 불러 놓고 당부했다.

　"옛말에 이르기를, 궁한 도적은 급하게 쫓지 말라[窮寇莫追]고 했소. 지금 장평은 여러 날 호치성에 갇혀 지냈으나 성안에는 3만 군민이 함께 있소. 그들이 죽기로 싸운다면 설령 우리가 성을 떨어뜨린다 해도 적지 않은 군사가 죽거나 다칠 것이오. 내일 힘을 다해 성을 들이치되 북문 쪽은 비워 두어 저들이 달아날 길을 열어 두시오!"

　이튿날 한군이 호치성을 들이칠 때도 누구보다 두드러진 공을 세운 장수는 번쾌였다. 태성에서처럼 번쾌는 가장 먼저 성벽으로 뛰어올랐고, 성벽 한 모퉁이를 빼앗아 한군에게 길을 열어 주었다. 그때 앞을 가로막는 옹군 가운데 현령과 현승 한 사람씩과 사졸 열한 명을 쳐 죽이고, 그 기세에 놀라 창칼을 내던지며 목숨을 비는 적병 스무 명을 포로로 잡았다. 나중 일이지만 번쾌는 그 공으로 낭중기장(郎中騎將)에 올랐다.

　원래 장평을 호치성으로 몰아넣은 조참과 주발도 그날 싸움에서 남다른 공을 세웠다. 두 사람이 다투어 성벽 위로 기어오르자 군사들도 바윗돌과 화살 비를 겁내지 않고 그들을 뒤따랐다. 특히 주발은 강한 활로 잇따라 적을 쏘아 죽이니 아무도 그 앞을 가로막지 못했다.

성루 높은 곳에서 행여나 하며 싸움 시늉을 내고 있던 장평은 그 같은 한군의 기세에 질려 버렸다. 한번 제대로 싸워 보지도 않고 한군이 비워 놓은 북문으로 한목숨 건져 달아나기에 바빴다. 마음 같아서는 폐구에 있는 형 장함에게로 가고 싶었으나, 한군이 그쪽 길을 뒤덮고 있어 그리하지 못하고 멀리 길을 돌아 북지로 가서 숨었다.

"이제는 함양이다. 함양을 우려뽑아 동쪽까지 깨끗이 쓸어버린 뒤에 다시 힘을 합쳐 폐구를 들이치고 장함을 사로잡자!"

한신이 그렇게 소리치며 이번에는 장졸들을 함양으로 몰았다. 장함이 폐구를 도읍으로 삼는 바람에 옹 땅 한구석으로 밀려나기는 했으나, 그래도 함양은 한때 진나라가 도읍하여 천하를 아우른 땅이었다. 지키는 군사가 많을 뿐만 아니라, 그 장수도 만만치 않았다.

그때 옹(雍)의 장수로서 함양을 지키던 이는 전에 진나라 장수였던 조분(趙賁)과 내사(內史, 수도를 다스리는 행정관. 특별시장 격)인 보(保)였다. 둘 다 유민 가운데서 몸을 일으킨 어정뱅이가 아니라 한창 때의 진나라에서 제대로 배우고 익힌 장수들이었다. 한왕 유방이 대군을 이끌고 몰려온다는 말을 듣자 무릎을 맞대고 앉아 의논했다.

"우리 대왕께서는 폐구성에 갇히시고 장평 장군은 호치성에서 다시 패해 북지로 달아났다 하오. 양쪽 모두 한 싸움에 지고 쫓겨 가서 숨은 터라 당분간 어디서도 우리에게 구원병을 내기는 어려울 것이오. 그런데도 적은 대군을 한군데 모아 서쪽으로부터 성을 하나씩 우려빼며 오고 있으니, 어찌했으면 좋겠소? 이대로 있다가는 우리도 한군 사이에 외로운 섬처럼 남아 성이 떨어질 날만 기다리게 될 것이오."

먼저 내사 보가 조분을 보고 걱정스러운 얼굴로 말했다. 조분의 얼굴도 밝지 못했다.

"거기다가 팽성에 계신 패왕께는 아직 기별조차 제대로 가지 못한 듯하니, 가까운 날에 서초(西楚)의 구원을 기대하기도 어렵게 되었소. 새왕과 적왕이 멀지 않게 계시나 위태로운 자기네 나라를 두고 여기까지 원병을 보낼지는 의문이오."

그러면서 한숨을 내쉬었다. 내사 보가 한참이나 말없이 생각에 잠겼다가 결연히 말했다.

"허나 그렇다고 싸워 보지도 않고 함양을 내줄 수는 없는 일이오. 원병이 오든 아니 오든 먼저 새왕과 적왕에게 구원을 빌어 봅시다. 그리고 팽성의 패왕께도 빠른 파발마를 보내 이 위급을 알려야 하오. 그런 다음 군량을 긁어모으고 성벽을 고쳐 성안 군민들과 함께 죽기로 싸운다면 오히려 살길이 있을 것이오!"

그러자 조분도 한때의 맹장답게 기운을 냈다. 내사 보의 말을 받아 주먹까지 불끈 쥐어 보이며 말했다.

"여기저기서 긁어모으면 우리에게도 아직 2만이 넘는 군사가 있소. 그 대군을 성안에 묶어 놓고 적이 에워싸기를 기다리기보다는 둘로 나누어 변화에 응하게 하는 게 어떻겠소? 내가 절반을 이끌고 나가 적의 기세를 꺾어 볼 테니 장군은 남은 군사들과 백성들을 이끌고 성을 지켜 주시오. 그리하여 안팎으로 의지하는 형세를 이루어 싸우다가 정히 뜻과 같지 못하면 그때는 모두 성안으로 돌아와 함께 싸웁시다. 다행히도 패왕의 구원이 너무 늦지 않게 이르면 모두 살겠거니와 그렇지 못하면 성벽을 베개 삼아 죽을 뿐이오!"

"그 말씀을 들으니 절로 근심이 씻기는 듯하오. 만약 장군께서 그리해 주신다면 설령 적이 10만 대군으로 휩쓸어 온들 어떻게 우리 함양을 얻겠소? 자칫하면 갑옷 한 조각 찾지 못하고 한중으로 되돌아가야 할 것이오."

내사 보가 다시 그렇게 기세를 올렸다. 조분이 제법 상세한 계책까지 밝혔다.

"나는 가려 뽑은 군사 1만 명을 이끌고 성을 나가 미현 쪽으로 가겠소. 거기서 숨어 기다리다가 불시에 적의 선두를 들이쳐 그 기세를 꺾고 괴리쯤에서 또 한 번 타격을 준 뒤에 유중(柳中)에 진채를 내리겠소. 그곳에서 위수를 뒤로하고 성안의 장군과 호응하며 버틴다면 적이 아무리 대군이라 해도 쉽게 함양을 떨어뜨리지는 못할 것이외다."

유중은 세류(細柳)라고도 하며 함양 서남쪽 30리 되는 곳에 위수를 등지고 있는 언덕 위의 마을이다. 함양성과 안팎으로 손발을 맞춰 가며 진세를 펼쳐 볼 만한 땅이었다.

이에 조분은 1만 군사를 이끌고 함양성을 나가 미현으로 가고, 내사 보는 성안에 남아 군민을 단속하며 농성할 채비를 차렸다. 얼른 보아 조분과 보의 계책은 그럴싸했으나 시운과 민심이 그들을 돕지 않았다.

가만히 미현에 이른 조분은 한군이 올 만한 길목을 골라 군사들을 매복하고 기다렸다. 그러나 옹왕 장함을 미워하던 인근 농민이 한군의 선두인 번쾌에게 그 일을 알려 주었다. 3천 군사를 이끌고 앞장서 오던 번쾌가 군사들을 멈추고 말했다.

"중군 선두인 조참, 주발 두 분 장군에게 전하라. 행군을 두 배로 빠르게 하여 우리와 서로 깃발을 알아볼 수 있는 거리를 유지케 하라 이르라. 우리가 매복을 만나면 바로 이어 밀고 들 수 있어야 한다."

그리고 조참과 주발의 군사가 바짝 뒤따라오기를 기다려 다시 군사를 움직이기 시작했다. 그 바람에 번쾌의 행군은 두어 식경이나 늦어졌지만, 전과는 반대로 부근의 민심은 그 일을 전혀 조분에게 알려 주지 않았다. 따라서 숨어 기다리는 조분이 보기에는 한군의 선봉이 아무것도 모르고 자신이 쳐 둔 그물 속으로 뛰어드는 것만 같았다.

"쳐라!"

한군이 어지간히 걸려들었다 싶자 조분이 기세 좋게 명을 내렸다. 골짜기며 숲속에 숨어 있던 1만 옹병이 벌 떼처럼 일어나 번쾌가 이끈 3천 군을 에워싸고 들이쳤다. 그런데 알 수 없는 것은 매복에 걸린 한군의 태도였다.

"놀랄 것 없다. 겁내지 말라! 우리 대군이 뒤따라온다."

그렇게 외치며 큰 칼을 휘둘러 적을 맞받아치는 번쾌를 따라 군사들도 병장기를 들어 맞서는데 놀라거나 겁먹기는커녕 기다렸다는 듯한 표정이었다. 조분도 어제 오늘만 장수 노릇을 한 게 아니라 이내 일이 잘못되었음을 알아차렸다. 거꾸로 걸려든 듯한 느낌에 군사를 거두려는데 함성과 함께 조참과 주발이 이끈 한군이 몰려들었다.

"어서 물러나라. 이미 이른 대로 괴리로 간다. 거기서 군사를 정비해 다시 한번 한군의 기세를 꺾고 유중으로 가자."

조분의 뜻은 그렇게 해서 유중에 진채를 벌이고 함양성 안과 기각지세(掎角之勢)를 이루겠다는 것이었으나 일은 뜻대로 되지 않았다. 대쪽을 쪼개는 듯한 기세로 밀고 드는 한군은 괴리에서도 조분에게 반격할 틈을 주지 않았다. 이번에는 번쾌와 주발이 한 덩이가 되어 미현에서 이미 반쯤 골병든 조분의 군사들을 짓두들겼다.

조분이 견디지 못하고 유중으로 달아났으나, 그때는 이미 진세를 벌이고 자시고 할 만한 군사가 남아 있지 않았다. 겨우 몇 천 명 남은 군사로 진채를 얽는 시늉만 내다가 저만치 한군이 오는 걸 보자마자 진채를 거두어 함양성 안으로 달아났다.

1만이 넘는 군사를 이끌고 기세 좋게 성을 나갔던 조분이 3천 명도 안 되는 패군을 이끌고 돌아오자 함양성 안의 사기는 말이 아니었다. 겉으로는 군량을 거둬들인다, 성가퀴에 통나무와 바윗돌을 쌓아 놓는다 하며 부산을 떨었으나 속으로는 아래위 가릴 것 없이 두려워 떨었다. 한신은 서둘지 않았다. 장수들을 풀어 비로 쓸듯 주변 고을들을 모두 거두어들인 뒤에야 5만 대군을 풀어 함양을 에워쌌다.

함양성 안에 갇힌 조분과 내사 보는 팽성에 거듭 사람을 보내 위급을 알리게 하는 한편 성안 군민을 다잡아 버텨 보려 했다. 그런데 알 수 없는 일은 한군의 움직임이었다. 몇 겹으로 굳게 성을 에워싸고 있을 뿐 사흘이 지나도 화살 한 대 쏘아 오지 않았다.

그런 한신을 이상하게 여긴 것은 성안의 조분과 내사 보뿐만이 아니었다. 한왕 유방도 하루 이틀은 한신이 하는 대로 보고만 있었으나 사흘이 되자 알 수 없다는 얼굴로 물었다.

"옹왕 장함이 아직 폐구에 그대로 버티고 있는데 대장군은 어찌하여 이 함양에서 날을 끌고 있으시오?"

그러자 한신이 가만히 웃으며 말했다.

"가장 값진 일은 싸우지 않고 이기는 것입니다. 저는 지금 군사 한 명 잃지 않고 함양성을 얻고자 기다리고 있습니다."

"그렇지만 조분이나 내사 보는 호락호락 항복할 위인들이 아니잖소? 쓸데없이 여기서 머뭇거리다가 폐구의 일을 그르치면 실로 난감하지 않겠소?"

"대왕께서는 벌써 잊으셨습니까? 패현이 처음 대왕을 어떻게 맞았습니까?"

그 물음에 비로소 한왕은 한신이 기다리는 게 무엇인지 알았으나, 아무래도 될성부르게 보이지 않는지 여전히 밝지 못한 목소리로 되물었다.

"그럼 누가 성안에서 장군 조분과 내사 보(保)의 목이라도 베어 우리에게 바친단 말이오?"

"기다려 보십시오. 오늘 밤을 넘기지 않을 것입니다."

한신이 무얼 믿는지 그렇게 자신 있게 말했다. 그러자 한왕도 더는 따져 묻지 않았으나 별로 한신의 말을 믿는 눈치는 아니었다.

그런데 그날 밤이었다. 삼경 무렵 하여 성안에서 불길과 함성이 일더니 갑자기 서문 성루가 횃불로 환해졌다. 한왕과 한신이 머무는 진채 쪽이었다. 한왕과 한신이 성루 쪽으로 다가가 바라보자 한 장수가 난간으로 나와 소리쳤다.

"나는 초나라에서 기장(騎將) 노릇을 하던 곽불상(郭不常)이오. 한왕께서는 어디 계시오? 드릴 말씀이 있소!"

"나는 한나라 대장군 한신이다. 내가 대왕께 아뢸 테니 무엇이든 내게 말하라."

곽불상을 아는 한신이 한왕을 대신해 나서며 그렇게 받았다. 한왕이 너무 가까이서 적 앞에 드러나는 것을 걱정하는 듯했다. 그러자 곽불상이 무엇인가 손에 들고 있던 것을 문루 아래로 던지며 소리쳤다.

"여기 조분과 내사 보의 목이 있습니다. 이들을 아는 이들에게 물어보시고 틀림없으면 저희들이 열어 둔 성문으로 대왕과 함께 드십시오."

한신이 문득 목소리를 가다듬어 말했다.

"장군이라면 내가 아오. 나는 패왕의 군막에서 집극랑으로 있던 바로 그 한신이오! 장군은 초나라 장수들 중에서도 대세를 보는 눈이 밝고 일의 기미를 꿰뚫어 볼 줄 아는 분이셨소. 나는 장군의 항복을 믿소."

그러고는 곧장 성안으로 군사를 몰고 들어갈 기세였다.

"어두운 밤중에 어찌 적장의 말 한마디만 믿고 성안으로 대군을 몰아넣는단 말이오? 저 목들이 정말로 조분과 내사 보의 것인지 알아본 뒤에 성안으로 들어가도 늦지 않을 것이오."

한왕이 그래도 걱정되는 듯 그렇게 한신을 일깨웠다. 한신이 마지못해 조분과 내사 보의 얼굴을 아는 군사들을 불러 곽불상이 던진 목들을 보여 주었다. 둘 모두 곽불상의 말 그대로였다.

"대장군은 어떻게 성안에 곽불상이 있으며, 또 그가 조분과 내사 보를 죽이고 항복할 줄 알았소?"

나중에 함양성 안으로 든 뒤 한왕이 은근히 감탄하는 눈길로 한신을 보며 물었다. 한신이 희미하게 웃으며 대답했다.

"성안에 곽불상이 있는 것은 몰랐으나 이 같은 변고가 있을 줄은 짐작하였습니다. 항왕은 의심이 많아 삼진을 옹왕, 새왕, 적왕에게 나누어 맡기면서도 따로 초나라 출신인 장수를 남겨 그들을 감시하게 하였습니다. 그중에서도 함양을 도읍으로 삼으라고 권한 한생을 삶아 죽인 뒤로 항왕도 중히 여기게 된 곳이라 특히 믿는 장수를 남겼으리라 여겼습니다. 이는 한 몸에 두 머리를 달아 놓은 꼴이니 위급을 당해 어찌 온당하게 움직일 수 있겠습니까?"

"그런데 어찌 옹왕의 장수인 조분과 내사(內史) 보는 죽기로 싸우고, 항왕이 남긴 장수는 항복을 했소?"

"조분이나 내사 보는 항복을 가장 욕되게 생각하는 진나라의 가르침 아래 자란 사람들이면서도 이미 한 번 항왕에게 항복을 했던 사람들입니다. 다시 대왕께 항복하여 욕스러움을 되풀이하고 싶지는 않았을 것입니다. 거기다가 함양은 고향 땅이나 진배 없는데, 겨우 항왕에게 얻어 둔 것을 대왕께 항복하여 또다시 잃고 싶지 않았을 것입니다. 이에 비해 곽불상은 초나라 장수로 이 땅에 매달려야 할 연고가 없습니다. 뿐만 아니라, 항왕과 마찬가지로 같은 초나라 장수였던 대왕을 아직은 그리 멀게 여기지 않을 터이니 목숨 걸고 함양성을 지켜야 할 까닭이 없지 않습니까?"

한신의 그 같은 말에 비로소 한왕은 머리를 끄덕였다.

함양을 떨어뜨린 한왕과 한신은 다시 대군을 이끌고 폐구로 갔다. 역상과 주가는 그때까지도 탈 없이 옹왕 장함을 폐구성 안에 가둬 놓고 있었다.

역상과 주가가 이끌고 있던 2만 명에다 대장군 한신이 이끈 5만 장졸이 보태지자 폐구성 밖은 온통 한군으로 뒤덮였다. 대군을 들어 성을 치기 전에 한신이 한왕에게 말하였다.

"성을 치는 데 반드시 이 많은 대군이 모두 쓰이지는 않습니다. 역상과 주가는 그동안 이 폐구성을 에워싸고 있었으니, 이번에는 그들을 보내 아직도 다 거두어들이지 못한 옹 서북의 땅을 마저 거두어들이게 하는 게 어떻겠습니까? 폐구성을 우려빼는

데는 우리가 이끌고 온 5만으로도 넉넉합니다."

"정히 대장군의 뜻이 그러하다면 뜻대로 하시오."

한왕이 다시 모든 걸 한신에게 맡겼다. 그러자 한신은 한왕이 해야 할 바를 일러 주었다.

"역상을 농서도위(隴西都尉)로 삼고 주가와 함께 서북으로 보내시어 농서, 북지, 상군을 모두 거둬들이게 하십시오. 특히 북지에는 옹왕 장함의 아우 장평이 둥지를 틀고 있으니 반드시 우려 빼야 합니다."

그 말에 한왕도 거들었다.

"역상을 농서도위로 올린다면 주가도 마땅히 벼슬을 올려 줘야 하지 않겠소? 주가는 지금까지 내사로 이 폐구성을 에워싸고 있었으나, 이제 역상과 함께 떠나는 마당이니 어사대부(御史大夫)로 삼는 게 어떻겠소?"

그러고는 그날로 역상과 주가를 불러들여 각기 새 벼슬과 봉호를 내린 뒤 서북을 평정하러 보냈다. 한신은 성안의 장함이 보란 듯이 역상과 주가에게 군사를 갈라 주어 떠나보내고 다음 날로 폐구성을 치게 했다.

폐구성은 옹왕이 된 장함이 도읍을 삼을 때 성벽을 높이고 허술한 곳을 고치게 하여 옹 땅에서 가장 굳고 든든한 성이 되어 있었다. 거기다가 농성의 주력이 되는 것은 오래 장함을 따라다니며 많은 싸움을 겪는 동안에 사납고 날래진 군사들이었다. 그들이 장함과 함께 성안의 군민을 다잡아 죽기로 싸우니, 거기까지는 자리를 말듯 밀고 온 한군의 기세도 아무런 쓸모가 없었다.

한군의 맹장들이 저마다 앞다투어 성벽을 기어오르고, 5만 군사가 화살 비와 바위 우박을 무릅쓰고 그 뒤를 따랐으나 성은 쉽게 떨어지지 않았다.

여러 날이 지나도 성은 떨어지지 않고 장졸만 상하자 한왕 유방이 다시 걱정이 되는지 가만히 한신을 불러 물었다.

"우리가 대군을 이끌고 한중을 떠난 지 벌써 한 달이 넘었는데 아직 옹 땅도 온전히 평정하지 못했으니 걱정이오. 이곳에서 머뭇거리다 겨울이 깊어져 삼진에서 발이 묶이기라도 하는 날이면 관동으로 나가 보지도 못하고 항왕의 반격을 받게 될 것이니 이를 어찌하면 좋겠소?"

"늦어도 정월까지는 관을 나가 동쪽으로 갈 것이니 너무 심려 마십시오. 우리가 겨울이라 군사를 움직이기 어려우면 적도 그러할 것입니다. 그 때문에 항왕이 방심하고 있을 때 우리가 몰래 군사를 움직이면 관을 넘기가 오히려 더 쉬울 수도 있습니다. 며칠만 더 말미를 주십시오."

그렇게 자신 있게 말했으나, 한신도 마음이 편하지는 않은 듯했다. 그날 하루 싸움을 쉬게 한 뒤 장졸 몇 명만 거느리고 진채를 나갔다. 그리고 폐구성을 둘러보며 살피는 게 무언가 싸움의 전기를 찾고 있는 듯했다.

그 뒤로도 며칠 한신은 싸움 없이 폐구성을 에워싼 채 이곳저곳 살피기만 했다. 그러다가 사흘째 되는 날 한왕의 유막(帷幕)을 찾아보고 말했다.

"이 며칠 신이 폐구성 안팎을 두루 살펴보니 대왕께서 걱정하신 대로 가까운 날 성을 떨어뜨리기는 어려울 듯합니다. 차라리 동쪽으로 군사를 돌려 새(塞) 땅과 적(翟) 땅부터 평정하시는 쪽이 나을 듯합니다. 그런 다음 함곡관을 나가 항왕과 건곤일척의 승패를 겨뤄 보시는 게 어떻겠습니까?"

"만약 장함이 폐구성을 나와 우리의 등 뒤를 치면 어쩌시겠소? 자칫하면 등과 배로 적을 맞는 꼴이 나지 않겠소?"

한왕이 다시 그렇게 걱정했다. 한신이 미리 준비한 듯 한왕의 걱정을 달래 주었다.

"장함에게는 굳건한 성안에서 지켜 낼 수 있는 군사는 있어도 성을 나와 우리 등 뒤를 칠 수 있는 대군은 없습니다. 믿을 만한 장수와 약간의 군사를 함양에 남겨 지키게 하면 장함을 언제까지든 폐구성에 가두어 놓을 수 있습니다."

이에 한왕은 이번에도 두말없이 한신의 뜻을 따랐다. 오래잖아 옹 땅 서북쪽을 평정하고 돌아온 농서도위 역상에게 1만 군사와 장수 몇 명을 딸려 주며 말했다.

"장군은 함양에 머물러 폐구성에 있는 장함을 지키시오. 장함이 성을 나와 함양 이동으로 군사를 내는 일이 있어서는 아니 되오."

그러자 한신은 다음 날로 남은 군사를 동쪽 새 땅으로 움직였다.

"새왕 사마흔은 대세의 향방을 가늠하는 눈이 밝은 자입니다. 하지만 그도 장함처럼 이미 한 번 항우에게 항복한 적이 있다는 게 우리에게 항복하기를 주저하게 만들 것입니다. 거기다가 사마흔은 옛날 역양현 옥연(獄掾)이었을 때부터 항량, 항우 숙질과는 별난 인연이 있어 쉽게 우리를 맞아들일 수 없을 것입니다. 빠르고 사나운 기세로 억눌러 항복을 받아 내는 수밖에 없습니다."

한신이 한왕에게 그렇게 말하며 군사를 새왕 사마흔이 도읍으로 삼고 있는 역양으로 몰아가게 했다. 그때 관영이 나서서 청했다.

"빠르고 사나운 기세라면 말과 싸움 수레로 적진을 휩쓰는 것보다 더한 것이 없습니다. 바라건대 저와 등공(滕公)에게 3천 기와 싸움 수레 1백 량만 내어주신다면 한발 앞서 달려 나가 역양을 들이치고 사마흔의 항복을 받아 보겠습니다. 그리하면 새 땅을 평정하는 데 드는 날수를 줄일 수 있을 뿐만 아니라, 구태여 대군을 수고롭게 하지 않고도 뜻한 바를 이룰 수 있을 것입니다."

곁에 있던 한왕도 관영의 말을 거들었다.

"아마도 중알자 관영과 등공 하후영이 옹 땅을 평정하고 장함을 폐구성에 가두는 데 큰 공을 세운 번쾌와 조참을 부러워해서 하는 청인 듯싶소. 대장군이 못 이긴 척 들어주는 것도 대군을 번거롭게 하지 않고 하루빨리 역양을 우려빼는 길이 될 수 있을 것이오."

그 말에 한신도 굳이 관영과 하후영을 말리지 않았다. 진중에 있는 말과 수레를 있는 대로 긁어 둘에게 맡기고 3천 군사와 더불어 먼저 달려가 역양성을 치게 했다.

팽성에 깃드는 어둠

　한왕 유방이 한중을 나와 삼진을 노린다는 소식을 처음 패왕 항우에게 전한 것은 옹왕 장함이었다. 하지만 그때만 해도 장함은 한왕이 관중으로 들어선 것을 그리 큰일로 여기지 않았다. 패왕에게 아첨을 겸하여 큰소리부터 먼저 쳤다.

　"한왕 유방이 산관(散關)을 넘었습니다. 잔도를 불태우고 몰래 옛길을 따라 나와 용케 산관의 장졸은 속였으나, 신이 그 늙은 도적을 더는 용서하지 않을 것입니다. 진창(陳倉) 길목에서 유방을 들이쳐 반드시 그 목을 대왕께 바치겠습니다."

　진작부터 유방을 막기 위해 관중에 남겨 둔 장함이 그렇게 말하자 패왕도 믿었다. 항복하여 목숨을 빌 때부터 장함은 이미 옛날의 그 장함이 아니었지만, 패왕은 아직도 희수 가에서 주문(周

文)의 대군을 하루아침에 쳐부수고, 함곡관을 나온 지 두 달도 안
돼 진승을 죽인 그 장함만을 기억했다.

그런데 장함이 보낸 소식은 그걸로 끝이었다. 어찌 된 셈인지
장함의 사자는 끊어지고, 새왕 사마흔과 적왕 동예가 소문만을
근거로 보내오는 구원 요청뿐이었다. 진창 싸움에서 한왕에게 크
게 진 장함이 호치에 갇혀 있다고도 하고 폐구에 갇혀 있다고도
했다.

그쯤 되자 패왕도 관중의 일이 걱정되기 시작했다. 마음 같아
서는 당장에 대군을 일으켜 한달음에 관중으로 달려가고 싶지만
팽성의 사정이 그렇지가 못했다.

패왕이 의제(義帝)를 내몰다시피 장사(長沙) 침현(郴縣)으로 옮
겨 앉도록 결정한 것은 지난 5월의 일이었다. 인심이란 아침저녁
으로 바뀌는 것이라 대세가 항왕에게로 쏠리자 의제를 둘러싸고
있던 무리들은 하나둘 떠나가기 시작했다. 그러나 옛 초나라에
대한 서초 땅 사람들의 애정과 향수만은 어쩔 수가 없었다. 초나
라 왕실의 적통인 의제를 그렇게 몰아내고 초나라를 차지하려는
패왕에게 드러내 놓고 맞서지는 못해도, 마음속으로는 적지 않은
분노와 원한을 키워 갔다. 패왕이 아부(阿父)라고 부르며 곁에 두
고 섬기는 범증마저도 의제를 멀리 쫓아 버리는 일에 대해서는
패왕과 뜻이 다름을 감추지 않았다.

자신이 한번 결정하고 명을 내리기만 하면 모든 게 그대로 될
줄 알았던 패왕은 옛 초나라를 향한 서초 땅 사람들의 그런 근왕
(勤王) 심리에 크게 마음이 상했다. 명쾌하고 직선적인 해결을 좋

아하는 패왕은 이에 다시 마음속으로 음험한 결의를 굳혀 갔다.

'한 하늘에 두 해가 있을 수 없듯이 초나라 땅과 백성들에게도 두 임금이 있을 수 없다. 이 땅과 백성을 내 것으로 하고 나아가 천하를 호령하자면 의제를 없애야 한다. 의제를 어서 외진 침현으로 보낸 뒤에 누군가의 손을 빌어 가만히 의제를 죽여 버리자!'

하지만 그때 이미 팽성 안의 공기는 항우가 처음 패왕이 되어 개선했을 때와 많이 달라져 있었다. 특히 몇몇 옛 초나라의 오래된 신하들은 의제를 건들기만 하면 금방이라도 터질 것처럼 격앙되어 있어 함부로 침현으로 보낼 수가 없었다. 그래서 초나라 옛 신하들의 동정과 민심만 살피고 있는데 불쑥 날아 들어온 게 난데없게만 들리는 한왕 유방의 소식이었다. 거기다가 그 내용마저 종잡을 수 없으니, 아무리 성미가 불같은 패왕이라 해도 선뜻 관중으로 군사를 낼 수가 없었다.

그런데 미처 달포도 지나기 전에 이번에는 한(韓)나라를 지키는 정창(鄭昌)으로부터 급한 파발이 들어왔다. 정창은 오(吳)의 현령으로 패왕을 따라다니며 공을 세워 장수가 되었는데, 그때는 의심스러운 한왕(韓王) 성(成)을 대신하여 한나라를 맡고 있었다.

"한왕 유방이 지난 8월에 고도현의 옛길을 따라 대산관을 빠져나왔습니다. 옹왕 장함이 한왕을 맞아 진창, 호치에서 싸웠으나 이기지 못했고, 마침내는 한군에게 에워싸여 폐구성 안에 갇혀 있다고 합니다. 이에 거침없이 동쪽으로 밀고 나간 한왕은 이렇다 할 싸움도 없이 새왕 사마흔과 적왕 동예의 항복을 받아 관중을 모두 차지하고 말았습니다."

정창이 보낸 사자가 달려와 숨이 차오르는 듯 허둥대며 알렸다. 패왕이 놀라 그 사자에게 물었다.

"옹왕이 그리된 것은 알 듯도 하다만, 새왕과 적왕은 어찌 된 일이냐? 내 저희를 믿어 특히 삼진의 왕으로 세운 지 아직 반년을 넘지 않았거늘 무슨 까닭으로 싸움조차 해 보지 않고 항복하였다더냐?"

"새왕 사마흔은 도읍인 역양성에 기대 한왕에게 맞서 볼 양으로 성문을 닫아걸고 버티었습니다. 그러나 한왕이 기장 관영과 태복 하후영에게 날랜 쇠갑옷 걸친 기병 3천과 싸움 수레 수십 대를 주어 보내 성을 에워싸고 옹왕이 이미 죽었다는 거짓말로 겁을 주자 바로 항복하고 말았습니다. 또 적왕 동예는 옹왕이 죽고 새왕이 항복했다는 말을 듣자, 제 발로 도읍인 고노성(高奴城)을 걸어 나가 적(翟) 땅을 한왕에게 바쳤다고 합니다."

정창의 사자가 마치 그 모든 일이 자기 죄라도 되는 양 기어드는 목소리로 대답했다. 패왕이 터질 듯한 얼굴로 다시 물었다.

"그럼 지금 한왕과 그 군사들은 어디 있느냐?"

그 물음에 사자가 움찔하며 대답했다.

"여러 날째 관중에 머물러 쉬고 있을 뿐, 움직이는 기미가 없습니다. 사람을 풀어 알아보았더니 근거를 파촉 한중에서 삼진 땅으로 옮기는 듯했고, 오직 무관 쪽으로만 한 갈래 한군의 움직임이 있었을 뿐입니다."

"무관 쪽으로 한군이 움직였다? 그럼 한군이 무관을 넘었단 말이냐?"

"실은 그 일로 제가 이렇게 대왕께 달려오게 되었습니다. 가볍게 차린 한군 5백이 험한 산길로 돌아 무관을 나왔다는 말을 듣고 우리 장군께서 즉시 군사를 내어 쫓게 하셨으나 간 곳을 알 수가 없었습니다."

그러자 패왕이 성난 소리로 외쳤다.

"네가 너희 주인 정창을 장군으로 세워 한(韓)나라를 맡긴 것은 바로 그 한왕 유방에게서 무관을 지키라는 뜻이었다. 그런데 이제 유방의 군사를 넘겨 보내고 그 행방조차 모른다니 정창 그 자는 도대체 목이 몇 개나 된다더냐?"

그때 곁에서 듣고 있던 범증이 나서서 항우를 말렸다.

"이는 아마도 정창의 죄가 아닐 듯싶습니다. 대왕의 한낱 충직한 장수가 저 간사한 유방의 술수를 어찌 당해 내겠습니까? 또 정창에게 죄가 있다 하더라도 더 급한 것은 그 죄를 묻는 일이 아니라, 무관을 넘어온 한군이 무얼 하려는지부터 알아내는 일입니다."

그런 범증의 말투가 무언가를 알고 있는 듯한 데가 있어서 패왕이 이번에는 범증을 보고 물었다.

"그럼 아부께서는 이번에 무관을 넘은 한군이 얼마며 무얼 하러 그렇게 몰래 무관을 넘었는지 아시오?"

"실은 이 늙은 것도 오늘 아침에야 들어 짐작하게 되었습니다. 남양 쪽에 나가 있는 우리 세작 하나가 알려 오기를, 한왕 유방이 설구(薛歐)와 왕흡(王吸)이란 장수에게 군사 5백 명을 주어 남양에 머무르고 있는 왕릉을 찾아보게 했다고 합니다. 짐작으로는 설구와 왕흡이 이끈 군사들이 바로 정창이 쫓다 놓쳐 버린 군사들 같습니다."

둘러 하는 말을 싫어하는 패왕의 성품을 잘 아는 범증이 바로 그렇게 알려 주었다. 패왕이 별 내색 없이 다시 물었다.

"왕릉이라……. 어디서 많이 들어 본 이름인데. 아부께서는 왕릉이란 자를 모르시오?"

"그것도 좀 알아 둔 바 있습니다. 왕릉은 패현 사람으로 한왕 유방과 고향이 같습니다. 왕릉은 책을 읽은 사람이면서도 한편으로는 협객을 자처하며 저잣거리 뒷골목을 주물렀는데, 그때는 오히려 유방이 그를 형으로 섬겼다고 합니다. 그러다가 왕릉이 남양으로 옮겨 앉으면서 유방과는 따로 무리를 이끌게 된 것 같습니다. 특히 진왕(陳王, 진승)이 진나라의 천하를 뒤엎은 뒤에는 그를 따르는 무리가 1만 명을 넘을 만큼 세력이 자랐습니다. 그러나 유방이 남양에 이르자 이번에는 왕릉이 유방에게 밀려 그 밑에 들게 되었다고 합니다."

"그건 또 어째서 그리되었소?"

"유방은 패현에서 겨우 몇 천의 무리로 일어났지만, 우리 무신군(武信君, 항량) 밑에 들면서 왕릉보다 훨씬 더 빨리 세력을 키웠기 때문입니다. 거기다가 회왕(懷王)의 명을 받고 관중으로 쳐들어가게 됨에 따라 유방은 단번에 대왕과 어깨를 나란히 하게 되었을 뿐만 아니라, 잠깐 동안에 군세까지 크게 부풀릴 수 있었습니다. 대왕께서 진나라의 주력군과 싸워 한 치 한 치 피땀으로 적셔 가며 함곡관으로 가시는 동안 유방은 진군이 비운 땅을 무인지경 가듯 하며 땅과 사람을 아울렀기 때문입니다. 그런 유방에게 크지 않은 무리와 더불어 남양에서 홀로 자립한 왕릉이 어떻게 맞설 수 있었겠습니까?

하지만 왕릉은 비록 그 엄청난 세력에 눌려 유방 밑에 들게는 되었어도 그를 따라나서지는 않았습니다. 그 때문에 관중에 들어가 세운 공이 없어, 이제는 만만찮은 세력을 이끌게 되었으면서도 땅 한 조각 차지하지 못한 신세로 남게 되었습니다."

그러자 패왕도 고개를 갸웃거리며 기억을 더듬다가 아무래도 알 수 없다는 듯 물었다.

"그러고 보니 나도 몇 가지는 들은 듯하오. 그런데 유방이 이제 와서 많지도 않은 군사를 그리 어렵게 무관을 넘게 해 왕릉에게 보낸 까닭이 무엇일 것 같소?"

"이 늙은 것이 곰곰 헤아려 보니 아무래도 유방이 일을 크게 저지르려는 듯합니다. 파촉 한중에서 삼진(三秦)으로 나와 기름지면서도 지키기 좋은 관중 땅을 근거로 삼고 대왕께 정면으로 맞서 볼 심산임에 틀림없습니다."

"나와 맞서는 것과 왕릉에게 몰래 사람을 보내는 일이 무슨 상관이 있소?"

"왕릉이 세력을 펼치고 있는 남양은 관중과 유방의 고향 패현 사이에 있습니다. 유방은 아마도 이번에 왕릉을 달래 패현에 있는 부모와 처자를 데려가려는 듯합니다. 그들을 그대로 패현에 둔 채 대왕께 맞서는 것은 그들을 대왕께 볼모로 바치는 것이나 다름이 없지 않겠습니까?"

그제야 모든 걸 알아차린 패왕이 갑자기 급해진 목소리로 범증에게 매달렸다.

"남양이나 패현이나 모두 과인이 다스리는 땅이거나 과인이 세운 제후의 땅이오. 그런데도 유방이 거기서 보란 듯이 제 가솔들을 빼내 간다면 세상 사람들이 얼마나 나를 비웃겠소? 어서 군사를 풀어 길을 막고 유방의 가솔들과 왕릉을 잡아들여야 하지 않겠소?"

"왕릉의 무리는 머릿수가 1만이 넘고 남양에 뿌리내린 지도 오래됩니다. 거기다가 많지는 않아도 한왕 유방이 특히 가려 뽑아 보낸 군사와 장수가 더 있으니, 이들을 모조리 때려잡자면 적어도 3만 대군이 필요합니다. 또 남양까지는 군사들이 맨몸으로 내달아도 팽성에서는 닷새 길이 됩니다. 설령 대왕께서 도성을 지키는 군사를 그대로 몰아 오늘로 떠나신다 해도 남양에 이르렀을 때는 이미 늦을 것입니다. 그보다는 우리도 유방처럼 믿을 만한 장수에게 날랜 기병 몇 백 명을 붙여 폐백과 인뚱이를 가지고 왕릉을 찾아보게 하는 것이 어떻겠습니까? 원래도 유방 밑에 들기를 그리 탐탁하게 여기지 않았다 하니, 10만 호 식읍(食邑)의 제후 정도만 내리시면 왕릉을 달래 유방의 가솔을 오히려 우리에게 끌고 오게 할 수 있을 것입니다."

패왕의 간곡한 물음에도 불구하고 범증이 삼가며 머뭇거리는 말투로 그렇게 대꾸했다. 잔꾀를 쓰고 재물로 사람을 매수하는 것은 패왕의 성미에 맞지 않는 일이라, 그걸 잘 아는 범증으로서는 조심스러울 수밖에 없었다.

하지만 일이 그리되고 보니 패왕도 달리 마땅한 방도가 생각 나지 않았다. 마음에 들지 않아도 범증이 시키는 대로 해 보는 수밖에 없었다. 주변을 둘러보다 장수 중에 특히 계포를 뽑아 날랜 3백 기를 딸려 주며 말했다.

"장군은 당장 남양으로 달려가 왕릉을 찾아보고 과인의 뜻을 전하라. 만약 왕릉이 한왕의 가솔들을 잡아 과인에게로 귀순한다면 과인은 왕릉을 10만호후로 올리고 상장군으로 삼을 것이다!"

이에 계포는 그 자리에서 패왕을 하직하고 바람처럼 남양으로 달려갔다. 그러나 떠날 때의 기세와 달리 계포는 사흘 만에 빈손으로 돌아와 낯없어하며 패왕에게 말했다.

"왕릉은 이미 한왕에게 가기로 뜻을 굳힌 것 같습니다. 사람을 패현으로 보내 한왕의 부모 형제와 처자들까지 모두 데려오게 했습니다. 그들이 남양에 이르는 대로 무리를 모두 이끌고 관중으로 들어갈 작정인 듯합니다."

"그래, 과인의 뜻을 전해 보았소?"

"그리했습니다만 소용이 없었습니다. 대왕께서 내리신 폐백과 인뚱이를 내던지면서, 제 임금을 구석진 땅으로 내쫓고 그 땅과 백성을 차지한 도적이 주는 것은 천하라도 받을 수가 없다고 소리쳤습니다."

그 말에 벌겋게 달아오른 패왕이 좌우를 돌아보며 소리쳤다.

"과인을 감히 능멸하다니 용서할 수 없다! 날랜 군사를 정창에게로 보내 왕릉이 관중으로 들어가는 길을 끊게 하라. 한왕 유방의 부모 형제와 가솔은 모두 팽성으로 묶어 올리고, 왕릉을 따르는 자는 모조리 잡아 산 채로 구덩이에 묻으라고 전하라."

그때 다시 범증이 달래듯 말했다.

"약삭빠른 왕릉이 마침내 유방에게 붙기로 결정하고 제멋대로 끌어다 붙인 구실이니 대왕께서는 노여움을 거두십시오. 그보다는 이제라도 왕릉을 되불러들일 방책을 찾아보심이 어떻겠습니까?"

"이미 날아간 새를 어떻게 다시 잡아 조롱에 가둘 수 있단 말이오?"

분을 삭이지 못한 패왕이 그렇게 퉁명스레 범증에게 물었다.

말투는 퉁명스럽고 표정은 굳어 있어도 범증을 보는 패왕의 눈길에는 은근한 기대가 실려 있었다. 범증이 물을 때는 그 답을 알고 있을 때가 많았기 때문이었다. 그날도 범증은 기대를 저버리지 않았다. 잠시 뜸을 들였다가 말했다.

"제가 사람을 풀어 슬며시 알아보니 왕릉의 늙은 어미가 양하에서 멀지 않은 곳에 숨어 살고 있다고 합니다. 어서 사람을 보내 그 어미를 잡아다 놓고 왕릉을 부르면 제가 아니 오고 어쩌겠습니까? 또 듣자 하니 그동안 왕릉은 제법 효자 소리를 들으며산 듯합니다. 한왕 유방의 가솔을 살리기 위해 대왕의 노여움을 사면서도 제 어미를 그렇게 버려두는 자의 효도가 오죽하겠습니까만, 그래도 세상의 이목이 있으니 어미의 목숨이 걸린 일을 함부로 하지는 못할 것입니다."

그 말에 패왕은 당장 날랜 기병을 양하로 보내 왕릉의 늙은 어머니를 잡아 오게 했다. 닷새도 안 돼 정말로 왕릉의 늙은 어머니가 팽성으로 잡혀 왔다. 패왕은 그녀를 극진히 대접하며 달래는 한편, 사람을 왕릉에게 보내 그 늙은 어머니가 팽성에 잡혀 와 있음을 알리게 했다.

그때 왕릉은 한왕의 부모인 태공(太公)과 유오(劉媼)를 비롯하여 형제인 유백(劉伯), 유중(劉仲) 일가, 그리고 이제는 한나라 왕후가 된 여치(呂雉)와 번쾌의 아내 여수(呂嬃) 자매에다 나중에 효혜(孝惠)로 불릴 왕자와 노원(魯元)으로 불릴 공주 등 수십 명을 수레에 태우고 관중으로 떠나려던 참이었다. 거느리고 있던 군사 1만여 명으로 한왕의 가솔을 호위하여 은밀하고 신속하게 함곡관으로 나아가면, 적어도 그 길목에는 그들을 막아 낼 만한 세력이 없었다.

그런데 갑자기 팽성에서 패왕이 보낸 사람이 달려와 놀라운 소식을 전했다.

"패왕께서 장군의 자당(慈堂)을 군중에 모셔 놓고 극진하게 모시면서 장군을 뵙기를 청하십니다. 장군께서 가지 않으시면 자당의 안위도 알 수 없게 될 것입니다."

말은 점잖았지만 내용은 왕릉의 어머니를 인질로 잡고 하는 패왕의 협박이었다. 그 말을 들은 왕릉은 기가 막혔다.

범증은 왕릉의 효성을 세상 사람에게 보이기 위한 겉꾸밈으로 낮춰 말했지만, 실은 왕릉만큼 타고난 효자도 없었다. 일찍 홀로 되어 자신만을 기른 어머니를 모시는데, 진작부터 왕릉의 효도는 흔히 세상이 칭송하는 반포(反哺, 까마귀 새끼가 자란 뒤에 어미에게 먹이를 물어와 바침. 지극한 효성을 의미한다.)의 지극함을 넘어서는 데가 있었다. 어려서부터 그 어머니의 가르침을 받들어 중년이 된 그때까지도 한 치의 어김이 없었다.

끝내 한왕 유방을 주군으로 섬기게 된 것도 실은 그 어머니의 가르침과 무관하지 않았다. 왕릉이 어릴 적부터 잘 알고 있는 건달 유계(劉季)는 왕릉이 머리 숙여 받들 만한 대의도 명분도 가지고 있지 못했다. 나중에 패공이 되고, 회왕의 명을 받아 관중을 평정할 초나라의 장수가 된 유방을 남양에서 만났을 때도 그랬다. 겉으로는 그럴싸했지만 왕릉이 보기에 유방은 아직도 자신이 무엇이 되려는지조차 모르는 한낱 유민군의 우두머리에 지나지 않았다. 그게 유방을 따르는 묘한 행운과 엄청나게 불어난 그 세력에도 불구하고 왕릉으로 하여금 선뜻 유방을 따를 수 없게 했다. 그래서 복속하는 시늉만 내고 유방을 보낸 뒤 그대로 남양에 머물러 형세를 살피고 있는데 어머니가 사람을 보내서 불렀다.

"어제 노관이 적지 않은 금백(金帛)과 주육(酒肉)을 갖추고 나를 찾아와 패공의 정성을 전하고 갔다. 어미도 오래 패현에 살아 저잣거리 유계를 잘 알고 노관과 번쾌를 비롯해 그를 따라다니는 건달패들 이야기도 자주 들었다. 그런데도 어미가 그 재물과 정성을 받아들인 것은 패공이 된 뒤의 유방을 보아서였다. 특히 그가 남양 군수 여의(呂齮)를 받아들여 은후(殷候)로 삼은 일은 요즘에 흔치 않은 장자(長者)의 풍도를 보여 주었다. 허나 혹시라도 늙은 어미가 한 수레의 재물과 속이 뻔한 정성에 넘어갔다 여길까 봐 그 재물은 널리 필요한 사람에게 갈라 주고 술과 고기는 이웃과 나누었다."

목소리는 차분했지만 늙은 어머니는 마음으로 유방의 폐백을 받아들인 듯했다. 그 바람에 1년 뒤 한왕이 된 유방이 남양으로 사람을 보내 패현의 가족을 거두어 달라는 당부를 해 오자 왕릉은 그 일을 어머니에게 알리지 않을 수 없었다. 그러자 어머니가 말했다.

"한왕의 분부를 받들어라. 이제 너는 그를 주인으로 섬겨도 좋을 듯하다. 세상이 헛된 소문을 전한 게 아니라면, 한왕이 함양에 들어가 널리 펼쳐 보인 것은 바로 제왕의 금도(襟度)였다. 하지만 이제 네가 한왕을 따라나서면 한동안은 천하를 싸움터로 삼고 떠돌아다녀야 할 것이다. 언제나 이 늙은 어미를 곁에 두고 받들려는 네 효심은 갸륵하다만, 나는 천하인(天下人)의 길을 가려는 네게 짐이 되고 싶지 않다. 이제부터 나는 양하에 있는 형에게로 가서 그 시골 장원에 있는 듯 없는 듯 묻혀 살 것이니, 너는 오로지 한왕을 도와 천추에 남을 공업(功業)을 이룩하도록 하여라. 어미를 데려다 호강시키는 일은 그 뒤라도 늦지 않다."

그러고는 그날로 짐을 싸 양하 인근의 작은 향으로 가만히 옮겨 앉았다. 왕릉도 어머니의 뜻을 받들어 한왕을 주인으로 섬기기로 하고 그날로 사람을 몰래 패현으로 보내 한왕의 가솔들을 빼내 오게 했다.

보름도 안 돼 한왕의 가솔들이 모두 남양으로 오자 왕릉이 기뻐하며 거느리고 있던 군사들과 함께 그들을 호위해 무관으로 떠나려 했다. 그런데 갑자기 양하에 숨어 살던 어머니가 팽성으로 끌려갔다는 소식을 듣게 되었다. 왕릉은 놀라고 기막혀 어쩔 줄 몰라하다 문득 좌우를 돌아보며 소리쳤다.

"빠른 말에 안장을 얹어라. 내 패왕에게 달려가 이 한목숨을 내주고 어머님을 구하리라!"

그때 빈객처럼 왕릉의 진채에 머물고 있던 한(漢)나라 장수 설구와 왕흡이 말렸다.

"장군, 먼저 마음을 가라앉히시고 모든 일을 차분히 헤아리시어 후회가 없도록 하셔야 합니다. 항왕은 기고만장하여 천하에 저밖에 없는 줄 아는 데다, 성정이 포악해 한 번 저를 거스른 자를 용서하는 법이 없습니다. 장군께서 우리 한왕께로 드시기 전이라면 모르거니와, 이미 항왕이 내린 10만 호와 상장군 벼슬까지 마다하고 그 사자까지 비웃어 쫓아 보냈으니, 이제 와서 돌아간다 해도 이미 늦었습니다. 장군뿐만 아니라 자당까지도 살아남기 힘들 것입니다."

"그럼 어찌했으면 좋겠소?"

그제야 번쩍 정신이 든 왕릉이 목소리를 가다듬으며 물었다. 이번에는 왕릉의 조카뻘 되는 왕흡이 나서 말했다.

"먼저 사람을 보내 팽성의 동정을 살펴보신 뒤에 뜻을 정하셔도 늦지 않을 것입니다."

"그렇구나. 먼저 어머님의 가르침을 받은 뒤에 내가 움직여도 늦지는 않을 것이다."

왕릉도 그렇게 머리를 끄덕이고는 곧 말 잘하는 이졸 하나를 뽑아 팽성으로 보냈다. 왕릉이 보낸 사자가 찾아왔다는 말을 듣자 항왕은 왕릉의 어머니를 불러내 을러댔다.

"반드시 아드님을 바르게 가르쳐 한왕의 가솔들을 끌고 팽성으로 오게 하시오. 그리되면 모자 분이 모두 부귀를 누리며 천수를 다할 것이나, 아드님이 기어이 마다하면 노부인은 가마솥에 삶기게 될 것이오!"

그런 다음 항왕은 따로 군막을 내어 왕릉이 보낸 사자를 만나 보게 하였다.

왕릉의 어머니를 몹시 존대하는 척 동쪽을 향해 앉게 하고 아들의 사자와 단둘이 마주하게 할 때만 해도 항우에게는 패왕다운 자신감과 도량이 있었다. 왕릉의 어머니가 자신의 위엄에 눌려 아들을 불러들일 것이라 믿은 것이지만, 곧 그것은 패왕의 터무니없는 자부심이요, 허영이었음이 밝혀졌다.

아들이 보낸 사자를 맞은 왕릉의 어머니는 한동안 태연한 목소리로 왕릉이 항왕의 뜻을 따르도록 달래는 척했다. 그러다가 갑자기 사자 앞으로 다가가 목소리를 낮춰 말했다.

"바라건대 이 늙은 어미를 위해 내 아들 릉에게 전해 주게. 너는 옳은 주인을 만났으니 부디 한왕을 잘 섬기라고. 한왕은 너그럽고 어진 분이라 마침내는 천하를 얻으실 것이니, 만에 하나라도 이 늙은 어미 때문에 두 마음을 품지 말라고. 이제 나는 죽음으로 사자를 배웅해 내 이 뜻이 참됨을 보이겠네!"

그러고는 품 안에서 칼을 빼내더니 그 위에 쓰러져 스스로 목숨을 끊었다.

왕릉의 어머니가 그렇게 죽자 항왕은 불같이 노했다. 이미 숨이 끊어진 왕릉의 어머니를 가마솥에 삶게 하는 한편, 왕릉이 보낸 사자를 목 베 분을 풀었다. 그리고 사마 용저에게 날랜 3천 기를 내어주며 명을 내렸다.

"너는 얼른 양하로 달려가 왕릉이 관중으로 들어가는 길을 끊으라! 내 곧 종리매에게 대군을 딸려 보낼 테니 우선은 왕릉이 움직이지 못하도록 남양과 함곡관 사이의 길목만 막고 있으면 된다."

하지만 팽성에도 왕릉의 사람이 전혀 없는 것은 아니었다. 어쩌다 항왕 아래 들게 되었지만 건달 시절부터 왕릉을 우러르던 사졸 하나가 왕릉의 어머니가 삶기는 걸 보고 의분을 참지 못했다. 빠른 말 한 필을 구해 지름길로 왕릉에게 달려가 그 일을 알렸다.

한동안 머리칼을 쥐어뜯으며 피눈물을 흘리던 왕릉이 부드득 이를 갈며 설구와 왕흡에게 말했다.

"두 분 장군께서는 한왕의 가솔을 모시고 어서 함곡관으로 가시오. 함곡관은 이미 한왕께서 손에 넣으셨다니, 급히 길을 재촉하면 별일 없이 한왕의 가솔들을 관중으로 모셔 갈 수도 있을 것이오. 부모를 죽인 원수와는 한 하늘을 이고 살 수 없는[不俱戴天] 법, 나는 이 길로 팽성으로 쳐들어가 항우와 싸우다 죽겠소!"

설구와 왕흡이 그런 왕릉을 말렸다.

"군자의 원수 갚음은 백 년이 걸려도 늦지 않다고 했습니다. 장군께서는 어찌 소인의 효도와 필부의 용기로 헛되이 목숨을 버리려 하십니까? 지금 팽성에는 천하를 멍석 말듯 하여 함곡관에 든 지 한 달 만에 진나라를 멸망시킨 서초의 50만 대군이 고

스란히 살아 있습니다. 장군께서 이끌고 계신 군사로 그곳을 친다는 것은 그야말로 계란으로 바위를 치는 격이니, 차라리 관중으로 들어가 뒷날을 기약함이 어떻겠습니까? 한왕께서 다시 관동으로 대군을 내실 때 장군께서 그 이빨과 발톱[爪牙]이 되신다면, 부모 죽인 한을 씻을 수 있을 뿐만 아니라 천하 평정의 큰 공업을 아울러 이루시게 될 것입니다."

두 사람이 그렇게 거듭 달래자 마침내 왕릉도 군사를 움직여 남양을 떠났다.

한편 사마 용저를 재촉해 보낸 항왕은 또 종리매를 불러 급히 3만 대군을 일으키게 했다. 하지만 적지 않은 군사라 그날로 사마 용저를 뒤따라 보낼 수가 없어 속만 끓였다. 그런데 그날 밤 늦게 사마 용저가 빈손으로 돌아와 알렸다.

"대왕께서 내리신 3천 기와 더불어 물 한 모금 마시지 않고 양하로 달려갔으나, 남양에서 사람이 와서 알리기를 왕릉은 이미 하루 전에 그곳을 떠나 함곡관 쪽으로 갔다고 합니다. 어떻게 뒤쫓아 보려 해도 이미 날이 저문 데다 왕릉이 어느 길로 갔는지 도무지 종잡을 수 없어 이렇게 돌아와 아룁니다."

왕릉이 한왕의 가솔들과 함께 이미 남양을 떠났다는 말을 듣자 항왕은 몹시 성이 났다. 길길이 뛰며 사마 용저를 꾸짖고, 날이 밝는 대로 종리매의 대군을 풀어 그들을 뒤쫓게 하려 했다. 하지만 막상 뒤쫓으려니 용저의 말처럼 모두 어디로 갔는지 막막해 머뭇거리며 알아보는 사이에 며칠이 지나갔다. 그런데 이번에는 한왕 성을 대신해 한(韓)나라 땅을 지키고 있던 정창이 사람을 보내 알렸다.

"왕릉이 무리 1만여 명과 함께 한왕(漢王)의 가솔을 보호하여 함곡관 쪽으로 사라졌다고 합니다. 그 세력이 작지 않은 데다 밤중에 가만히 길을 돌아가는 바람에 지나 보낼 수밖에 없었다는 핑계였습니다. 하오나 신은 그 일을 용서할 수 없어 그곳 수장을 목 베고 이렇게 급히 대왕께 알립니다."

그사이 한(韓)나라 땅까지 지나쳤다면 이미 함곡관 동쪽에서 따라잡기는 틀린 일이었다. 이에 항왕은 분을 가라앉히고 다음 일에 대비했다.

"한왕 성은 포악한 진나라를 쳐 없앨 때도 세운 공이 없는 데다, 이제는 봉토까지 제대로 지키지 못했으니 그냥 둘 수 없다. 왕위를 폐하고 열후로 삼는다. 대신 전(前) 오령(吳令) 정창을 한왕(韓王)으로 봉하니, 정창은 굳게 무관을 지켜 한왕(漢王) 유방으로 하여금 함부로 중원을 넘보지 못하게 하라!"

엉뚱하게도 왕릉을 지나 보낸 죄를 팽성에 끌려와 있는 한왕 성에게 물으며, 그렇게 정창을 격려하여 한왕 유방이 동쪽으로 나오는 것을 막게 했다.

그때 장량은 정창과 함께 한나라의 도읍인 양적(陽翟)에 있었다. 팽성으로 간 사자가 그 같은 패왕의 명을 받아 오자 깜짝 놀랐다.

'내가 여기까지 와서 정창을 돕는 척하고 있는 것은 한왕(韓王)이 항왕에게서 받고 있는 의심을 덜어 주기 위해서였다. 그러나 일이 이렇게 되었으니 큰일이다. 한왕의 목숨이 위태롭게 되었

구나.'

그렇게 속으로 탄식하면서 급하게 항왕에게 글을 올렸다. 조금
이라도 항왕의 의심을 덜어 팽성에 잡혀 있는 한왕 성의 목숨을
지켜 주기 위함이었다.

한왕 유방이 이번에 관중으로 나온 것은 전날 의제(義帝, 회
왕)께서 하신 약조 때문입니다. 먼저 관중을 차지했으니 마땅
히 관중왕(關中王)이 되어야 하는데, 대왕께서 그 땅을 거두시
어 얻게 될 직위를 잃게 되자, 한왕 스스로 관중을 얻고자 한
것뿐입니다. 만약 처음 약조대로 관중만 모두 얻게 된다면 한
왕은 더 동쪽으로 나올 뜻이 없다고 들었습니다.

먼저 그렇게 글을 올려 항왕을 마음 놓게 하려고 애썼다. 그리
고 다시 동북(東北) 쪽의 모반을 일러바치는 글을 올려 항왕의
눈길을 그리로 돌리려 했다.

제나라와 조나라가 힘을 합쳐 대왕과 서초에 맞서려 하고
있습니다. 전영은 이제 제나라를 온전히 손아귀에 넣었을 뿐만
아니라, 진여를 앞세워 조나라까지 엿보고 있습니다. 만약 진
여가 전영의 힘을 빌려 조왕(趙王)을 다시 세우고 전영과 손을
잡는다면 서초와 대왕께 큰 우환거리가 될 것이오니 부디 유
념하시옵소서.

하지만 그와 같은 장량의 글이 올라오자 항우는 벌컥 화부터 냈다.

"이 잔꾀 덩어리가 또 수작을 부리는구나. 지난번에도 글을 올려 유방은 결코 동쪽으로 돌아올 마음이 없다고 과인을 속이더니, 이제 유방이 이미 관중을 차지하고 동쪽으로 나올 뜻을 분명히 하였는데 아직도 간사한 꾀로 거짓을 늘어놓다니! 내 먼저 한성(韓成)을 죽이고, 다시 이 오래 묵은 여우를 잡아 가마솥에 삶으리라!"

장량의 글을 읽고 난 항왕은 그러면서 오히려 한왕 성을 죽일 뜻을 굳혔다. 하지만 급변하는 동북의 형세가 항왕의 눈길을 끄는 바람에 결행은 잠시 늦춰질 수밖에 없었다.

먼저 항왕을 혼란케 한 것은 연나라의 변고였다. 패왕이 홍문에서 천하를 나눠 줄 때 전(前) 연왕(燕王) 한광(韓廣)은 진나라를 쳐 없애는 데 이렇다 할 공이 없어 요동왕(遼東王)으로 밀려나고, 연왕 자리는 패왕을 따라 입관하여 큰 공을 세운 장도(臧茶)에게 돌아갔다. 그런데 한광이 봉지인 요동으로 가려 하지 않자 새 연왕 장도는 한광을 공격해 죽이고 그 땅까지 아울러 버렸다는 소식이 들어왔다.

장도가 비록 심복이라 하나, 그래도 자신이 제후로 세운 한광을 함부로 죽이고 또 자신이 나눠 준 봉토를 힘으로 가로챈 일은 항왕의 심기를 크게 건드렸다. 부글거리는 속을 누르고 어떻게 죄를 물을까 궁리하고 있는데, 다시 범증이 좋지 않은 소식을 알려 주었다.

"아무래도 제멋대로 제나라를 차지한 전영과 왕이 못 돼 앙앙불락인 진여가 하는 짓이 심상치 않습니다. 진여는 대왕께 받은 세 현을 참빗으로 쓸듯 장정을 긁어모으고, 전영은 적지 않은 제나라 군사를 보내 그런 진여에게 힘을 보태고 있습니다. 들리는 소문으로는 그리하여 상산왕(常山王) 장이를 내쫓고, 지금 대왕(代王)으로 있는 전 조왕(趙王)을 되세우려 한다는 것입니다. 그리되면 옛 제나라와 조나라가 손을 잡는 꼴이요, 전영은 진여를 도와 세력을 배로 키우는 셈이니 그냥 보고만 있을 일이 아닌 듯합니다."

내용은 장량이 올린 글과 비슷했으나 범증이 말하니 패왕에게는 사뭇 다르게 들렸다. 한왕 유방과 서북쪽 관중으로만 쏠려 있던 패왕의 의심과 걱정은 일시에 동북쪽 제나라와 조나라로 돌아섰다.

'내 멀리 있는 유방을 걱정하느라 발밑을 파고 있는 전영의 분탕질을 너무 오래 방치하였구나. 아무래도 아니 되겠다. 대군을 내어 동북쪽부터 안정시키자. 스스로 제왕(齊王)이 된 전영을 목 베고 그 무리를 모조리 산 채 땅에 묻어 버리면 유방에게도 좋은 본보기가 될 것이다. 어쩌면 절로 겁을 먹고 저 홍문에서처럼 스스로 머리를 숙이고 내 발아래로 기어들지도 모른다.'

마침내 패왕은 그렇게 뜻을 정했다. 하지만 그래 놓고 나니 다시 팽성 안의 일들에 새삼 마음이 쓰였다. 점점 변해 가는 민심이 슬며시 걱정스러워졌고, 특히 진작 장사 침현을 근기(近畿)로 받고도 아직 팽성에서 머뭇거리고 있는 의제도 갈수록 위협으로 다가왔다. 특히 아직도 의제 주위에 남아 있는 송의(宋義)의 잔당은 숨어서 심장을 겨누고 있는 비수처럼 느껴지기까지 했다.

한성(韓成)과 장량의 일도 패왕이 동북으로 대군을 이끌고 떠나기 전에 처결되어야 했다. 믿을 만한 정창을 왕으로 삼아 한(韓)나라를 맡겼으니, 한성이 옛 왕족과 신하들을 꼬드기거나 장량이 잔꾀만 부리지 않으면 무관 쪽은 걱정하지 않아도 될 듯했다. 따라서 그리되기 위해서는 한성과 장량을 죽여 없애는 게 상책이었다.

궁리 끝에 패왕은 먼저 의제에게 늙은 신하 몇 명과 군사 약간을 붙여 내몰듯 장사 침현으로 떠나보냈다. 겉으로는 엄연한 천도(遷都)인 셈이지만, 실은 궁벽하고 외진 곳으로 의제를 유폐하는 것에 지나지 않았다. 그 초라한 천도에 분개하는 옛 초나라 신민들로 팽성 안이 잠시 수런거렸으나, 워낙 패왕이 눈 부라리며 지켜보는 터라 별일은 없었다.

은근히 힘들여 의제를 팽성에서 내쫓은 항왕은 다시 한나라를 뒤탈 없게 만드는 일에 손을 댔다. 팽성 안이 잠잠해지자 이번에는 한왕(韓王) 성(成)을 가만히 불러들여 말했다.

"과인은 이번에도 장자방 선생의 진언을 들어 북으로 제나라를 먼저 정벌하고자 하오. 이왕이면 자방 선생의 꾀를 빌려 전영을 사로잡고자 하는데, 지금 양적에 있으니 이리로 불러들여야겠구려. 자방 선생은 군후(君侯)의 사람이니, 번거롭지만 군후께서 글을 내어 선생을 이리로 불러 주시오."

얼마 전 왕위에서 내쫓을 때와 달리 은근하기 짝이 없는 패왕의 목소리에 의아했으나 한왕 성은 시키는 대로 했다. 근시들이 내미는 비단 자락에 장량을 팽성으로 불러들이는 글을 써 주었다.

그런데 미처 비단에 먹이 마르기도 전이었다. 근시들이 비단 폭을 거둬들이기 무섭게 항왕이 성난 소리로 외쳤다.

"위사(衛士)들은 어디 있느냐? 당장 저놈을 끌어내 목을 베어라!"

"아니, 대왕 그 무슨 말씀이십니까? 어찌하여 죄 없는 사람을 죽이려 드십니까?"

그제야 놀란 한왕 성이 물었다. 패왕이 불이 뚝뚝 듣는 듯한 눈길로 한왕 성을 노려보며 잘라 말했다.

"너는 간사한 장량을 손발로 삼고 줄곧 유방과 내통해 왔다. 저번에는 유방이 파촉 한중에서 나올 뜻이 없다고 속여 과인으로 하여금 힘 한번 써 보지 못하고 삼진을 잃게 하더니, 이제는 또 유방이 결코 관중에서 나올 뜻이 없다는 글로 나를 속이려 들었다. 마음 같아서는 바람같이 대군을 몰고 입관하여 쥐새끼 같은 무리들을 쓸어버리고 싶다만, 당장은 전영이 지척에서 분탕질을 치고 있어 먼저 제나라의 쉬파리 떼부터 흩어 버리려고 한다. 그 전에 너희를 죽여 무관의 걱정을 덜려고 하니, 죽더라도 까닭이나 알고 죽어라."

그러고는 변명 한 번 들어 보는 법 없이 한왕 성을 끌어내 목 베게 했다. 그런 패왕은 이전의 그답지 않게 책략적이었으나 실은 그 뒤에 늙은 범증이 있었다.

한왕 성이 피 묻은 머리로만 돌아오자 패왕은 다시 가까이 두고 부리는 신하를 불러 한왕 성이 쓴 글을 주며 말했다.

"너는 이 길로 양적으로 달려가 장량에게 이 글을 주고 그를 팽성으로 불러오너라. 장량이 내 앞에 이를 때까지 결코 이곳에서 있었던 일을 말해서는 아니 된다!"

명을 받은 사자는 그날로 밤낮을 달려 양적으로 갔다. 먼저 그때의 한왕(韓王)인 정창에게로 가서 장량이 있는 곳을 알아본 뒤, 다시 장량을 찾아가 한왕 성이 쓴 글을 내주며 말했다.

"군후께서 급히 선생을 찾고 계시니 어서 팽성으로 돌아가십시오."

갑작스레 한왕 성의 글을 받은 장량은 놀라 비단 폭을 펼쳐 보았다.

비단 폭에 씌어 있는 글씨는 틀림없이 한왕 성이 쓴 것이었다. 오래 그 밑에서 사도로 일해 온 장량은 한눈에 그 글씨를 알아보았다. 그러나 가만히 헤아려 보니, 글을 보내온 때도, 전해 오는 방식도 의심스러운 구석이 많았다.

장량은 진작부터 한왕 성에게 구실을 만들어 팽성을 빠져나오도록 권해 왔다. 그런데 성은 몸을 빼내기는커녕 오히려 장량을 팽성으로 불러들이고 있었다. 또 비록 열후로 밀려나기는 했으나 한왕 성에게는 아직도 수족같이 부리는 사람이 많았다. 그러나 그 글을 가지고 온 사자는 그들이 아니라 패왕의 근신이었다.

'아무래도 이상하다. 방금 항왕이 의제를 장사로 내쫓아 팽성 안의 인심이 흉흉한 때에 한왕께서 이리도 급하게 나를 팽성으로 불러들이는 까닭이 무엇인가? 그것도 믿을 만한 신하들을 제

쳐 두고 항왕의 근신을 시켜……. 틀림없이 무슨 변고가 있다. 이는 결코 한왕의 부르심이 아니다.'

헤아림이 거기에 미치자 장량에게도 퍼뜩 짚이는 일이 있었다. 하지만 장량은 조금도 내색하지 않고 패왕이 보낸 사자에게 말했다.

"알겠소. 비록 지금은 열후로 내려앉으셨으나, 한때는 임금으로 받들던 분의 명이시니, 한(韓)나라의 사도를 지낸 이로서 내어찌 잠시라도 지체할 수 있겠소? 그러나 떠나기 전에 반드시 처결해야 할 일도 있고, 또 먼 길 떠날 채비도 해야 하니 내게 반나절만 말미를 주시오."

그러고는 사자를 객관으로 안내한 뒤 부중의 사람을 불러 명하였다.

"팽성에서 오신 사자이시다. 내 하다 만 일을 마무리 짓고, 짐을 쌀 때까지 정성껏 접대하여라. 좋은 술과 맛난 고기를 아끼지 말고 아리따운 여인네도 두엇 들여 주어라."

명을 받은 사람이 그대로 하니 팽성에서 온 사자는 뜻 아니한 환대에 깜빡 넘어가고 말았다. 오래잖아 술과 미인에 취해 장량의 채비가 너무 빨리 끝날까 오히려 걱정하였다.

그사이 약간의 금은만 챙긴 장량이 빠른 말을 골라 타고 부중을 나서며 팽성에서 온 사자에게 다시 사람을 보냈다.

"사도께서 이르시기를, 아직 보살펴야 할 일이 적지 아니 남은 데다 곧 날이 저무니 차라리 내일 아침 일찍 길을 떠나시는 게 낫겠다고 하십니다. 왕사(王使)께서는 이대로 하룻밤 쉬시면서 우리 한나라의 풍류에나 흠뻑 젖어 보심이 어떻겠습니까? 사도께서도 밤이 깊기 전에 이리로 와서 함께 어울리리라 하셨습니다."

그때 이미 한껏 흥이 올라 있던 사자는 그 말이 오히려 반가웠다. 거기다가 미녀들이 짐짓 권하는 술을 이기지 못해 장량이 오는 것을 보지도 못하고 곯아떨어졌다.

한편 이미 날이 저물기 전에 양적을 떠난 장량은 밤새 지름길을 달려 함곡관으로 향했다. 그곳만 지나면 아무 일 없이 한왕(漢王) 유방이 있는 관중으로 들 수 있었다.

'아마도 한왕 성은 죽었거나, 죽은 것과 다름없는 처지에 빠져 있을 것이다. 조상에게 면목 없는 일이지만 더는 주인으로 섬기려야 섬길 수가 없게 되었으니 어찌하랴. 이제는 한왕 유방에게로 가 그에게 내 삶을 의탁하는 수밖에 없다. 어찌 보면 진작부터 내 주인은 한왕 유방이었는지도 모른다……'

닫는 말에 채찍질을 더하면서 장량은 그렇게 중얼거렸다.

장량을 데려오라고 패왕이 양적으로 보낸 사자는 다음 날 해가 높이 떠오른 뒤에야 잠에서 깨어났다. 아직 술기운이 남은 흐릿한 머리로도 간밤 끝내 장량이 모습을 드러내지 않은 것이 떠오르자 퍼뜩 이상한 느낌이 들었다.

놀라 자리를 차고 일어난 사자는 부중 사람들을 불러 장량을 불러오게 하였다. 하지만 아무리 기다려도 장량은 오지 않았다. 그제야 급한 마음이 들어 부중 사람들을 다그쳤으나, 장량이 전날 해 질 녘 말을 타고 부중을 나선 것뿐, 아무도 그가 간 곳을 알지 못했다.

놀란 사자는 급히 한왕(韓王) 정창에게로 달려가 팽성에서 있었던 일과 아울러 장량이 사라진 것을 알렸다. 사자의 말을 듣고서야 일이 어떻게 되었는지를 짐작한 정창이 급히 군사를 풀어 장량을 뒤쫓게 했다. 함곡관 쪽으로 방향을 잡은 것까지는 좋았으나, 때가 너무 늦어 있었다. 진작부터 알아 둔 지름길로 밤길을 재촉해 달아난 장량을 다음 날 해가 높이 솟은 뒤에야 뒤쫓아 간 군사들이 따라잡을 길은 없었다.

　사자는 죽을상을 하고 팽성으로 돌아가 패왕에게 장량이 달아난 일을 알렸다. 패왕이 사자의 말을 다 듣기도 전에 성난 얼굴로 소리쳤다.

　"위사들은 어딜 갔는가? 어서 저놈을 끌어내 목을 베어라!"

　그러고는 범증을 불러들이게 했다.

　"아부, 장량이 눈치를 채고 관중으로 달아났으니 이 일을 어찌했으면 좋겠소? 차라리 전영은 미뤄 두고 유방부터 치는 것이 옳지 않겠소?"

　항왕이 그렇게 묻자 범증이 못마땅한 얼굴로 말했다.

　"우리 대군이 관중에 있었을 때는 마땅히 그랬어야 하지만 이제는 아닙니다. 유방은 당분간 관중에 묶어 두고, 먼저 제나라부터 평정하신 뒤에 따로 도모하셔야 합니다."

　"만약 유방이 함곡관을 나와 뒷덜미를 치면 어찌하시겠소?"

　"유방은 방금 힘들여 삼진을 차지한 뒤라 그 군사는 지치고 물자도 넉넉지 못할 것입니다. 한왕 정창을 한 번 더 다그쳐 굳게 무관을 지키게 하고, 따로 사람을 낙양으로 보내 하남왕(河南王)

신양(申陽)에게는 함곡관을 막게 하십시오. 하남왕이 섬성에 대군을 내어 길목을 지키면 유방이 비록 함곡관을 나온다 해도 쉽게 관동으로 밀고 들지는 못할 것입니다."

이에 패왕은 빠른 말을 탄 사자를 정창과 신양에게 보내 서쪽 방비를 든든히 하고, 자신은 동북으로 대군을 낼 채비에 들어갔다. 하지만 그러자니 다시 마음에 걸리는 게 장사 침현에 있는 의제였다. 궁벽한 곳으로 몰아 두기는 했으나, 언제 되잖은 것들이 근왕(勤王)을 구실로 의제를 끼고 자신의 등줄기에 칼을 들이댈지 몰랐다.

패왕은 다시 범증을 불러 의논하고 싶었으나 그 일만은 그럴 수가 없었다. 범증은 아직도 패왕이 의제를 팽성에 두고 황제로 떠받들지 않는 걸 못마땅하게 여길 만큼 옛 초나라를 가슴속에 품고 있었다. 공연히 범증과 의논했다가 긁어 부스럼이 될 것 같아 홀로 머리를 짜낸 끝에 패왕은 형산왕(衡山王) 오예(吳芮)와 임강왕(臨江王) 공오(共敖)에게 몰래 사자를 보냈다.

의제 웅심(熊心)은 오래전 진나라의 속임수에 빠져 구차하게 사시다 돌아가신 회왕의 얼손(孽孫)으로, 원래는 미천한 양치기였다. 우리 항씨 집안에서 그를 민간에서 찾아내 윗대의 한을 풀어 줄 새 회왕으로 세웠으나, 진나라를 쳐 없애고 천하를 바로잡는 데는 아무런 공도 세운 바 없다. 오히려 앞서 그 일을 이끌어 간 것은 갑옷 두르고 창칼을 짚어 일어난 여러 장군들과 과인 항적(項籍)이었다. 우리는 들판에서 찬 서리를 맞아 가며 싸우기를 3년, 마침내 강포한 진나라를 쳐 없애고 뒤 엎어진 천하를 바로 세웠다. 그래도 과인은 옛 초나라 왕실의 핏줄을 귀히 여겨 회왕을 의제로 올려 세웠으나, 한 하늘에는 두 해가 있을 수 없고, 또 의제는 겸양할 줄 몰라 온갖 분란의 씨앗이 되고 있다. 이제 과인은 패왕으로서 명하나니, 그대들은 가만히 의제를 죽여 천하의 화근을 뽑아 없애도록 하라. 두 왕이 한꺼번에 구실을 만들어 의제를 몰아대다 사람의 눈과 귀가 없는 곳에서 슬며시 손을 쓰면 아니 될 일이 없다. 세상의 시끄러운 험구는 서로서로 미루며 피할 수 있을 것이요, 의제를 죽여 천하의 근심을 던 공은 더 넓은 봉지와 보다 큰 상훈(賞勳)으로 보답받을 것이다.

한(漢) 2년 10월 항왕으로부터 그와 같은 글을 받은 형산왕, 임강왕은 잠시 망설였다. 그들도 초나라의 유민들이라 옛 왕실의 핏줄 앞에서는 멈칫할 수밖에 없었다.

하지만 그들 두 왕은 오래 머뭇거리는 법 없이 패왕의 명을 받아들였다. 그들은 이미 4년 전 처음 기의(起義)할 때의 그 순진한 유민군의 우두머리가 아니었다. 전란을 통해 힘의 원리에 익숙해지고, 권력과 그에 따른 부귀에 한참이나 맛을 들인 패왕 측근의 제후들이었다.

패왕의 글이 이른 지 사흘도 안 돼 장사를 둘러싸듯 하고 있는 두 땅의 왕이 일시에 군사를 내어 사방에서 에워싸듯 의제를 몰아댔다. 이름이 좋아 황제이지 의제는 그중의 하나도 제대로 막아 낼 힘이 없었다. 한번 맞서 보지도 못하고 사냥꾼에게 쫓기는 짐 승처럼 놀라 허둥대다가 겨우 배 한 척을 구해 물길로 달아났다.

형산왕과 임강왕 모두 큰 강과 호수가 많은 땅의 왕이라 물질 을 잘하는 군사들이 많았다. 그들을 보내 날랜 배로 뒤쫓게 하니 변변한 호위조차 없이 달아나던 의제로서는 벗어날 길이 없었다. 강수 한가운데서 사로잡힌 의제는 아무도 모르게 죽임을 당하고 그 시체는 물속 깊이 던져졌다.

"의제께서 근기를 돌아보시던 중 강수에서 물놀이를 하시다가 도둑 떼를 만나 돌아가셨습니다. 의제를 죽이고 재물을 뺏은 수 적들은 배 밑바닥에 구멍을 내고 시신과 배를 강수 깊이 가라앉 혀 버리니, 인근에 봉지를 가진 세 왕이 모두 모여 물질 잘하는 군사들을 풀어도 의제의 시신조차 수습하지 못했다고 합니다."

두 왕이 천연덕스럽게 그런 글을 올리자 패왕은 이내 무슨 뜻 인지 알아들었다. 비로소 마음 놓고 팽성을 떠나 제나라를 치러 갈 군사를 일으켰다. 그때 다시 패왕의 출발을 재촉하는 소식이 들어왔다.

"대왕께 받은 세 현의 군사를 모조리 긁어모은 진여가 전영이 보낸 제나라 군사들과 더불어 조나라를 들이쳤다고 합니다. 조나 라 땅을 봉지로 받은 상산왕 장이는 힘을 다해 맞섰으나 진여와 전영이 합친 힘을 당해 내지 못해 크게 지고 말았습니다. 도읍인 양국(襄國)을 버리고 서쪽 폐구로 달아났다고 합니다."

숨이 턱에 닿도록 달려와 그렇게 알리는 군사에게 패왕이 알 수 없다는 듯 물었다.

"장이가 싸움에 져서 봉지를 잃었다면 응당 패왕인 과인에게로 와서 알려야 하지 않는가? 그런데 어찌하여 서쪽으로 달아나 폐구로 갔는가?"

"그곳에 있는 한왕 유방에게 의탁해 간 듯합니다. 예전 포의(布衣)였을 적에 한왕은 여러 차례 장이를 따르며 교유한 바가 있고, 때로는 몇 달씩이나 그의 손님이 되어 장이의 집에 머물기도 했다고 합니다. 듣기로 함양에 있던 한왕은 나라를 잃고 쫓겨 온 장이를 예절 바르게 맞아들였을뿐더러 그지없이 두텁게 대접하였다고 합니다."

눈치 없는 군사가 그렇게 대답했다.

장이가 한왕 유방에게로 달아났다는 말에 항왕은 울컥 화가 치솟았다. 그러나 소식을 가져온 군사의 잘못이 아니라 그를 꾸짖지는 못하고, 애써 목소리를 가다듬어 물었다.

"그럼 조나라는 그 뒤 어떻게 되었는가?"

"장이를 내쫓은 진여는 대왕(代王)으로 밀려나 있던 전 조왕(趙王) 헐(歇)을 다시 맞아들여 왕으로 세웠다고 합니다. 이에 조왕은 진여를 고맙게 여겨 그를 자기 봉지인 대나라 왕으로 삼았습니다. 그러나 진여는 조왕이 허약한 데다 조나라도 모든 것이 이제 막 새로 정해진 터라, 새로 얻은 자기 나라인 대나라로 갈 수 없었습니다. 조왕 곁에 머물러 그를 도우면서, 조나라를 안정시키는 데 힘을 쏟고 있다고 합니다."

"그럼 대나라는 비어 있다는 말이냐?"

"그렇지는 않습니다. 진여는 제 밑에 두고 부리는 하열(夏說)을

상국(相國)으로 삼아 대나라에 보내 그 땅을 지키게 하였다고 합
니다."

진여나 조왕은 모두 항왕의 논공행상과 분봉(分封)에 불만을
품어 온 자들이었다. 조나라가 안정되는 대로 자기들을 도와준
제왕 전영과 손을 잡고 패왕에게 맞서 올 것임에 틀림없었다. 그
렇다면 그들이 힘을 합치기 전에 제나라부터 서둘러 쳐 없애야
했다.

"일이 급하게 되었다. 어서 아부를 모셔 오라!"

동북의 소식을 가져온 군사를 내보낸 패왕은 좌우를 재촉해
범증을 불러오게 했다. 의제를 죽이는 논의에서는 범증을 뺐으
나, 이제 사정은 달라졌다. 무엇보다도 그는 대군을 움직이거나
나라의 큰 계책을 의논하는 데 없어서는 안 될 군사(軍師)였다.

오래잖아 상복 차림의 범증이 어두운 얼굴로 항왕 앞에 나타
났다. 의제의 죽음조차 숨길 수는 없어 그날 아침 형산왕과 임강
왕이 보낸 글을 보여 줬기 때문인 듯했다. 항왕이 진여와 조나라
의 소식을 일러 주며 군사 내기를 서둘렀으나 범증은 무겁게 고
개를 가로저었다.

"지금은 의제의 상중(喪中)이라 군사를 움직일 때가 아닙니다.
주(周) 무왕은 문왕(文王)의 상중에 군사를 일으켜 백이와 숙제
의 배척을 받았을 뿐만 아니라 후세 군자들의 논란거리가 되었
습니다."

거기에 다시 한왕 유방이 함곡관을 넘었다는 소식이 들어와
제나라로 향하는 패왕의 발목을 잡았다.

펼침과 움츠림

샛길로 달아나 함곡관을 넘은 장량이 관중으로 들어간 것은 한왕 유방이 아직 함양에 머물러 폐구를 노려보고 있을 때였다. 한왕은 대쪽을 쪼개는 듯한 기세로 옹 땅을 휩쓴 뒤에 장함을 폐구성에 가두고 새왕 사마흔과 적왕 동예의 항복을 잇달아 받아내 삼진을 평정했다. 하지만 그렇다고 관중이 온전히 한나라 영토가 된 것은 아니었다.

왕을 죽이거나 사로잡고 도읍만 빼앗는다고 그 땅이 평정된 것이 아님을 잘 아는 한왕은 진작부터 장수들을 여러 곳에 나누어 보내 옛 진나라 땅을 차근차근 거두어들여 왔다. 진나라의 학정에 시달려 온 데다 수십만 자제를 데려가 죽게 한 장함을 미워하는 관중 백성들은 대개 한군을 반갑게 맞아들였다. 하지만 폐

구에 갇힌 장함을 빼고 삼진이 모두 한왕에게 무릎을 꿇은 뒤에
도 여전히 세상이 바뀌었음을 알지 못해 맞서는 곳이 있었으니,
농서와 북지가 그랬다.

한왕은 역상을 농서도위(隴西都尉)로 삼고 따로 한 갈래 군사
를 나눠 주며 농서와 북지를 치게 했다. 그러나 북지에서는 장함
의 아우 장평이 무리와 함께 버티고 있었으며, 어찌 된 셈인지
농서도 군민이 한 덩이가 되어 한군에게 굳게 맞서 왔다. 이에
한왕은 장함을 폐구성에 가두고 사마흔과 동예의 항복을 받자마
자 다시 장군 근흡에게 한 갈래 군사를 딸려 주며 역상을 돕게
했다.

"관중을 온전히 평정하지 않고는 함곡관을 나갈 수 없다."

한왕은 그렇게 말하면서 다른 몇 곳에도 군사를 갈라 보내고
자신은 대군과 함께 함양에 머물러 잠시 숨을 돌렸다. 그런데 갑
자기 함곡관에서 빠른 말로 달려온 군사가 알렸다.

"장자방 선생께서 며칠 전 관으로 드셨습니다. 홀로 먼 길을
무리해 달려오시는 바람에 노독이 들어 지금 수레로 모셔 오고
있는 중입니다. 대왕께서 기뻐하실 일이라 여겨 특히 이렇게 달
려와 아룁니다."

장량이 강건하지 못하다는 것은 한왕도 잘 알고 있었다. 도인
(導引)이나 벽곡(辟穀) 같은 도가의 비법으로 몸을 단련하고 있었
지만 장량은 평소에도 길이 멀면 말보다는 수레를 타야 할 만큼
허약했다. 거기다가 또 지난봄 포중에서는 그렇게 붙잡아도 기어
이 한왕 성을 찾아 떠난 사람이었다. 그런 장량이 여섯 달도 안

돼 그리 급하게 관중으로 되돌아왔으니 한왕(漢王)은 그 까닭이 궁금하지 않을 수가 없었다.

"자방 선생이 갑자기 무슨 일이라더냐? 어쩐 일로 몸져누울 만큼 다급하게 관중으로 돌아오시게 되었다더냐?"

"선생께 직접 들은 바는 없으나, 관외(關外)에 풀어놓은 눈과 귀로 알게 된 바로는 항왕에게 죄를 입은 것 같습니다. 새로 한왕(韓王)이 된 정창도 군사를 풀어 누군가를 쫓고 있고, 섬성의 군사를 배로 늘린 하남왕 신양(申陽)도 함곡관으로 드는 길을 엄하게 끊고 있는데, 둘 모두가 항왕의 명을 받아 자방 선생을 사로잡으려 하는 것이나 아닌지 모르겠습니다."

그때 곁에서 듣고 있던 한신이 불쑥 말했다.

"신이 헤아리기에, 그렇다면 한왕 성은 이미 죽은 사람입니다."

"대장군, 그게 무슨 말씀이시오?"

한왕이 어리둥절해 물었다. 한신이 가벼운 한숨과 함께 차분하게 대답했다.

"한왕 성이 이렇다 할 공도 없이 왕이 된 데다, 자방 선생 때문에 대왕을 돕는 것이 아닌가 의심해 오던 항왕은 그를 팽성으로 끌고 가 열후(列侯)로 낮추고 감시해 왔습니다. 이제 여러 가지로 미루어 헤아리건대 항왕이 기어이 한왕 성을 죽이고 자방 선생마저 죽이려 한 것임에 틀림이 없습니다. 선생이 먼저 그 낌새를 알아차리고 급하게 몸을 피하다 보니 홀로 먼 길을 무리하여 달릴 수밖에 없었을 것입니다."

그 말에 한왕 유방은 한편으로는 한왕 성이 가여워 마음이 어두워졌으나, 다른 한편으로는 은근히 기쁘기도 했다. 망해 버린 조국 한(韓)나라에 대한 장량의 집착도 남달랐지만, 한왕 성이 자신이 세우다시피 한 왕이라 장량이 더욱 그에게 집착했는지도 모를 일이었다. 그런데 이제 한왕 성이 죽었으니 장량은 갈데없이 한왕 유방 곁에 머물 수밖에 없었다.

"항왕이 아무리 포악한들 설마 그렇게 함부로 한왕을 죽이기야 했겠소? 갑자기 쫓기게 된 연유는 자방 선생이 오면 듣기로 하고, 당장은 과인의 꾀주머니[智囊] 같은 선생을 맞을 채비나 해야겠소."

한왕은 그런 말로 기쁜 마음을 감추고, 다시 근시들에게 소리쳤다.

"어서 수레를 내어 먼 길 떠날 채비를 하라. 내 몸소 위수 가로 나가 자방 선생을 맞이할 것이다."

말뿐이 아니었다. 한왕은 다음 날로 어가를 내어 위수 나루로 떠났다. 그리고 타다 남은 진나라 별궁에 거처를 정하고 장량이 이르기를 기다렸다.

장량도 다음 날로 한왕이 기다리는 위수 가에 이르렀다. 수척한 얼굴로 수레에서 내린 장량은 한왕 앞에 무릎을 꿇고 울며 말하였다.

"이제 아비, 할아비의 나라 한(韓)은 다시 망하고, 그 왕실의 핏줄은 끊어졌습니다. 3대에 걸친 은의를 갚을 곳도 목숨 바쳐 섬길 주인도 없어졌으니, 신 량이 어디다 이 외로운 몸을 의탁하겠습니까? 바라건대 서초를 쳐 없애고 항왕을 죽여 조국과 망주(亡

主)의 원한이나 풀어 주신다면 신은 대왕을 섬겨 죽을 때까지 변함이 없겠습니다. 신에게는 따로 대군을 이끌고 싸움터를 내달릴 장재(將材)는 없으나, 장막 안에서 천 리 밖의 일을 도모하는 주책(籌策)은 있습니다."

실로 그랬다. 그로부터 죽어 헤어질 때까지, 장량은 장수가 되어 따로 군사를 이끄는 법 없이 언제나 책신(策臣)으로 한왕 곁을 떠나지 않았다.

장량과 함께 함양으로 돌아온 한왕은 그날로 한(韓)나라 양왕(襄王)의 얼손 한신(韓信)을 불렀다. 전에 장량이 한왕 성을 왕으로 세울 때 장수로 삼은 한나라 공자로, 그때는 유방의 장수가 되어 있었다.

"장군은 이제 한(韓) 태위(太尉)로서 한 갈래 군사를 이끌고 무관으로 나아가라. 가서 때를 보다가 항왕이 세운 거짓 왕 정창을 치고 한나라를 다시 일으키라. 나도 곧 함곡관을 나가 무도한 패왕과 천하를 두고 자웅을 결하리라!"

한왕은 한 태위 신(信)에게 그렇게 명을 내려 망국의 한을 씻어 달라는 장량의 호소에 응함과 아울러 장량을 성신후(成信侯)로 높여 그 울적한 심사를 위로했다.

그런데 장량이 한왕 유방에게로 돌아온 날로부터 열흘도 안 돼 또다시 반가운 소식이 함양으로 날아들었다.

"상산왕 장이가 약간의 장졸을 거느리고 함곡관으로 쫓겨 와 받아들여 주기를 청해 왔습니다. 심하게 몰리는 눈치라 받아들여 주었더니, 이제는 함양으로 가서 대왕을 찾아 뵙겠다고 합니다."

그 같은 전갈을 받자 한왕 유방은 너무 뜻밖이라 잠시 어리둥절했다. 장량과 대장군 한신을 불러 놓고 물었다.

"상산왕이라면 바로 옛날의 조왕(趙王) 아니오? 넓고 기름진 조나라 땅을 봉지로 받은 데다, 그 왕 장이는 또 현능하기로 이름난 사람인데 누구에게, 어찌하여 나라를 잃고 고단하게 쫓기는 신세가 되었단 말이오?"

둘 중 더 오래 관외에 있었던 장량이 아는 대로 말하였다.

"이는 아마도 진여의 짓일 겝니다. 장이와 진여는 지난날 서로를 위해 목을 내놓아도 아깝지 않다고 말할 정도로 가까운 사이였으나, 거록의 싸움 때 한번 틀어지고는 끝내 옛 정분을 회복하지 못했습니다. 특히 항왕이 장이를 상산왕으로 삼아 조나라를 주고 조왕 헐은 대왕(代王)으로 내치자, 진여는 장이와 한 하늘을 일 수 없는 사이가 되고 말았습니다. 그리하여 제왕(齊王) 전영이 항왕에게 반기를 들자 그와 짜고 장이를 급습한 것임에 틀림없습니다."

"그렇다면 장이는 마땅히 저를 상산왕으로 세워 준 항왕에게로 달아나 구원을 청하는 것이 옳지 않겠소?"

"무슨 사정이 있었겠지요. 하지만 만약 장이에게 고를 겨를이 있었는데도 항왕을 마다하고 대왕을 찾아왔다면 이는 몹시 경하할 일입니다."

"장이가 날 찾아오는 것이 무슨 경하할 거리가 되오? 항왕이 이 일로 장이에게 화를 내면 오히려 우리에게 짐만 되는 게 아니겠소?"

그러자 이번에는 한신이 나서 말했다.

"항왕이 화를 낸다면 먼저 자신이 세운 왕을 함부로 공격해 내쫓은 전영과 진여에게일 것입니다. 특히 전영은 이미 전도와 전불을 죽여 두 번이나 항왕의 속을 긁어 둔 바 있어 이제 더는 용서하기 어려울 것입니다."

"그렇다면 과인은 장이를 어찌 대접해야 하겠소?"

한왕의 그 같은 물음에 장량이 다시 받았다.

"반갑게 맞아들여 후하게 대접하셔야 합니다. 비록 지금은 나라를 잃고 쫓기는 몸이 되었지만 장이는 결코 만만하게 볼 인물이 아닙니다. 장차 대왕께서 천하를 다투시려면 반드시 크게 써야 할 인물입니다. 게다가 대왕께서도 포의 때에 그와 교유한 적이 있지 않으십니까?"

이에 한왕은 기꺼운 마음으로 장이를 함양으로 불러들이게 했다. 과연 세상은 헛소문을 전하지 않아, 오랜만에 만나도 장이는 여전히 헌걸찬 장부요, 호걸이었다. 자잘한 원한보다는 크고 넓은 포부로 한왕을 속 시원하게 해 주었다.

한왕이 함양을 떠나 함곡관을 나가 볼 생각을 하게 된 것도 그런 장이와 무관하지 않았다. 함양에서 쉰 지도 한 달이 다 된 데다, 장량이 자기 사람이 되어 돌아오자 더욱 기세가 오른 한왕은 장이의 은근하면서도 끈질긴 권유에 다시 한번 대망의 나래를 펼쳤다.

한(漢) 2년 시월(진나라 달력으로는 정월) 중순 한왕 유방은 마침내 대군을 이끌고 함곡관을 나와 관동으로 밀고 나아갔다. 아직 농서와 북지가 평정되지 않았으나 장량과 장이가 잇따라 찾아와 알린 중원의 소식이 더는 한왕을 함양에 쉬고 있을 수 없게 했다.

홍수처럼 함곡관을 빠져나온 7만 한군이 동쪽으로 한나절도 가기 전에 군사가 터질 듯 들어찬 섬성이 앞을 가로막았다. 하남왕 신양이 패왕의 명을 받아 군비를 크게 증강한 성이었다. 척후를 보내 그와 같은 섬성 안의 사정을 알아낸 한신이 한왕을 찾아보고 가만히 말했다.

"섬성은 관동에서 보면 함곡관과 대적하고 있는 형세라 원래도 만만치 않은 성인 데다, 지금은 항왕을 두려워하는 5만 군민이 힘을 다해 지키고 있습니다. 힘으로 급하게 떨어뜨리자면 적지 않은 우리 장졸을 잃게 될 것이니 실로 걱정입니다. 차라리 우회(迂廻)로 계책을 삼아 먼저 하남왕이 도읍하고 있는 낙양부터 치는 것이 어떻겠습니까?"

"낙양은 이곳에서 5백 리나 되고, 도중에는 신안처럼 작지 않은 현성들도 여럿 있소. 만약 그들을 뒤에 두고 낙양으로 갔다가 그들이 뒤에서 들이치면 그때는 어찌겠소?"

한왕이 걱정스러운 얼굴로 되물었다.

"신이 헤아리기로 그런 일은 없을 듯합니다. 섬성뿐만 아니라 하남의 여러 현읍이 모두 굳게 성을 지키는 듯 보이는 것은 명을 내린 항왕을 진심으로 따르고 우러러서가 아닙니다. 그 힘을 두려워해서일 뿐이니, 항왕의 노여움을 사지 않을 정도로 지키는 것만 중하게 여길 뿐, 스스로 성을 나와 싸우려고 하지는 않을 것입니다. 우리가 약간의 군사를 남겨 에워싸는 시늉만 하면, 그들은 성문을 굳게 닫아걸고 그저 지키기만 할 터, 어찌 우리가 등 뒤로 적을 맞게 되는 일이 있겠습니까?"

"하지만 낙양은 예부터 알려진 큰 성이요, 하남왕 신양의 도읍이니, 작고 이름 없는 현읍들과는 다를 것이오. 더구나 하남왕 신양도 군사를 부릴 줄 아는 장수인 데다, 왕이 스스로 대군을 이끌고 성안에서 굳게 버티면 하루 이틀로는 떨어뜨릴 수 없을 것이외다. 그래서 날짜를 끄는 사이에 하남 각지에서 구원이 모여들면 그 아니 위태로운 일이겠소?"

한왕이 다시 걱정스레 물었다. 한신이 차근차근 그런 한왕의 걱정을 덜어 주었다.

"신양은 항왕의 재촉에 쫓겨 군사들을 모두 서쪽으로 보낸 터라 지금 낙양에 남은 군사들은 그리 많지 않을 것입니다. 거기다가 우리가 지름길로 달려가 대군으로 낙양을 에워싸면 너무 뜻밖이라 놀란 나머지 싸울 마음을 버릴 것입니다. 그때 사람을 보내서 달래면 싸우지 않고도 신양의 항복을 받아낼 수 있을 듯합니다."

그때 함께 있던 장량이 가만히 웃으며 끼어들었다.

"하남왕 신양을 달랠 사람은 상산왕 장이겠지요?"

한왕도 신양이 한때 장이를 섬긴 적이 있음을 알고 있었다. 그러나 따로 공을 세워 나란히 왕이 된 마당에 옛 주인의 말을 고분고분 들어줄 것 같지 않았다. 못 미덥다는 듯 고개를 갸웃거리며 물었다.

"그도 한 나라의 왕이 되었는데 이제 와서 상산왕의 말을 들어 주겠소? 더구나 상산왕은 진여에게 땅까지 뺏기고 외롭게 쫓기는 신세인데……."

"그렇지 않습니다. 하남왕 신양은 상산왕 장이가 조나라의 승상으로 있을 때 미천한 졸오(卒伍)에서 뽑아 올려 장수로 삼은 사람입니다. 또 신양이 항왕에 앞서 하남을 휩쓸 수 있었던 것도 장이의 총애가 밑천이 되었다고 할 수 있습니다. 장이가 그에게 조나라의 대군을 맡겼기 때문입니다. 그뿐이 아닙니다. 신양이 하남왕이 된 것도 실은 그때 항왕의 신임을 받던 장이가 주선한 덕분이라 할 수 있습니다."

다시 장량이 옆에서 거들었다. 그제야 한왕 유방도 고개를 끄덕이며 상산왕 장이를 불러오게 했다.

불려 온 장이가 하남왕 신양을 달랠 수 있다고 장담하자 한왕은 비로소 마음을 놓고 한신의 계책을 따랐다. 조참에게 5천 군사를 남겨 주며 허장성세로 섬성을 에워싸게 하고 자신은 대장군 한신과 더불어 대군을 낙양으로 몰아갔다.

그때 장량이 다시 한 계책을 내었다.

"무관에 있는 한(韓) 태위 신(信)에게 명하시어 군사를 이끌고 한나라 땅으로 나오게 하십시오. 한나라를 수복한 뒤에 대왕의 본진에 합류하라 이르시면, 비록 항왕이 세운 한왕(韓王) 정창을 이기지는 못한다 해도, 정창이 감히 하남을 구하러 올 엄두를 내지 못하게 할 수는 있습니다. 그것은 또한 하남왕 신양의 뒤를 끊는 일이 되기도 하니, 나중에 상산왕이 그를 항복하도록 달래는 데 적지 않은 도움이 될 것입니다."

한왕도 들어 보니 그럴듯했다. 곧 사람을 무관으로 보내 한 태위 신(信)으로 하여금 동쪽으로 군사를 내게 했다. 급히 정창을 치고 한나라 땅을 되찾은 뒤 한왕의 본진에 합치라는 명이었다.

인마가 닫기를 배로 하여 밤낮으로 나아가니 한군은 그 뒤 열흘도 안 돼 낙양에 이를 수 있었다. 도중에 있는 하남의 현성들도 섬성처럼 적은 군사를 남겨 깃발과 함성만으로 에워싼 척하거나 길을 돌아 피해 온 터라, 낙양성 안에서 느끼기에는 한나라의 대군이 불쑥 땅에서 솟은 듯하였다.

이때 하남왕 신양은 낙양에 머물면서 불안한 마음으로 관중의 움직임을 지켜보고 있었다. 항왕의 재촉에 이끌고 있던 병마를 갈라 섬성을 비롯한 관동으로 드는 길 어귀 현성들에 나누어 보낸 탓이었다. 그때 낙양성 안에 남은 군사는 늙고 힘없는 이졸(吏卒)을 합쳐도 2만 명을 다 채우지 못했다.

오래잖아 섬성이 한군에게 에워싸였다는 급한 전갈이 오고, 잇따라 신안에서도 한(漢)의 대군이 성을 에워쌀 기세라는 급한 전갈이 들어왔다. 그러나 하남왕 신양에게는 이미 원병을 보내려해도 더는 보낼 군사가 없었다. 어쩔 줄 몰라 하며 팽성만 바라보고 있는데 갑자기 한군이 나타나 낙양성을 에워쌌다.

"팽성에 급히 사람을 보내 패왕께 위급을 알려라. 또 양적에도 사람을 보내 한왕(韓王)에게 구원을 청해라."

아직도 패왕의 제후일 뿐인 하남왕 신양은 먼저 그렇게 명을 내려 저희 편에게 구원을 요청하고, 당장은 힘을 다해 버텨 보기로 했다. 그런데 양적에서 선수라도 치듯 신양의 기운을 빼는 소식이 왔다. 한왕 정창이 사자를 보내 오히려 구원을 청해 온 일이 그랬다.

"한왕 유방의 장수 중에 스스로 한(韓)나라 태위라 일컫는 신(信)이란 자가 대군을 이끌고 무관을 나왔습니다. 과인을 죽여 팽성에서 죽은 전(前) 한왕 성의 원수를 갚고, 과인의 땅을 뺏어 옛 한나라를 다시 일으키겠다는데, 그 기세가 여간 사납지 않습니다. 이제 있는 대로 군사를 긁어모아 양성 어름에서 막아 보려 하나 아무래도 한신의 기세에 미치지 못하는 듯해 걱정입니다. 옛말에 이르기를 입술이 없어지면 이가 시리게 된다 했습니다. 대왕과 과인은 봉지가 이어져 있어 서로 의지하는 이치가 이와 입술 같다 할 수 있습니다. 부디 한 갈래 군사를 보내시어 과인과 한나라를 도와주시고, 아울러 머지않아 대왕께 닥칠 앞날의 근심을 미리 없이하도록 하십시오."

하남왕 신양은 한왕 정창의 그 같은 글을 받자 온몸에서 힘이 쭉 빠졌다. 그런데 다시 기막힌 소식이 들려왔다. 팽성으로 보낸 사자가 한군(漢軍)에게 사로잡혀 귀를 베이고 돌아온 일이었다.

하남왕 신양은 실로 막막했다. 관중의 심상찮은 움직임에 손을 쓴다고 썼는데도, 하루아침에 외로운 섬처럼 한나라 대군에 에워싸인 처지가 되고 만 까닭이었다. 그것도 빠른 구원조차 바랄 수 없게 되었으니, 스스로 둘러보아도 그 모든 일이 도무지 실감나지 않았다.

그런데 알 수 없는 일은 낙양성을 에워싼 한군의 움직임이었다. 무엇을 기다리는지 이틀이 지나도록 화살 한 대 날려 보내지 않았다.

"어찌 된 셈인가? 한군은 어찌하여 이틀이 지나도록 가만히 우리를 바라보고만 있는가?"

사흘째 되는 날 아침 신양이 몇 안 되는 장수들을 불러 놓고 물었다. 그 까닭이 궁금하기는 장수들도 마찬가지였다. 이런저런 추측으로 군신이 함께 궁금함을 풀어 보고 있는데, 갑자기 문루 쪽을 지키던 장수에게서 급한 전갈이 왔다.

"어떤 사람이 문루 앞에서 대왕께 뵙기를 청합니다."

"그게 누구라더냐?"

신양이 전갈을 가지고 온 군사에게 물었다. 그 군사가 들은 대로 대답했다.

"조나라에서 온 장 아무개라 하였습니다."

신양은 그게 누군지 얼른 알 수는 없었으나, 같은 고향 사람이라는 바람에 만나 보기로 했다. 그런데 문루 위에 나가 보니 옛 주인 장이가 말 등에 높이 앉아 있는 것이 아닌가.

"대왕께서 어인 일이십니까? 어찌하여 이렇게 오셨습니까?"

하남왕 신양이 놀라 두 손을 모으며 장이에게 물었다.

신양도 장이가 진여에게 나라를 뺏긴 일은 소문을 들어 알고 있었다. 하지만 말할 것도 없이 장이는 팽성으로 달려가 그 일을 알리고, 패왕의 힘을 빌려 원수를 갚을 줄 알았다. 아니면 적어도 제나라와 조나라의 반역을 다스리려고 패왕이 일으킨 대군의 선봉이라도 되어야 마땅했다. 그런데 난데없이 한왕 유방의 대군속에 섞여 왔으니 놀라지 않을 수 없었다.

"하남왕은 그간 별고 없으셨는가? 내 오늘은 특히 하남왕에게 권할 일이 있어 왔네."

장이가 옛 주인의 정을 담아 그렇게 말했다. 신양도 지난날의 공손함을 잃지 않고 받았다.

"어떤 경위로 이리 오시게 되었는지는 모르겠습니다만, 대왕께서는 제 일생의 은인이십니다. 무슨 일인지 말씀하십시오."

"하남왕은 내가 한왕(漢王)의 군중에 있는 게 의아스러울 것이네. 항왕이 나를 상산왕으로 세웠으니 나는 마땅히 팽성으로 달아나 항왕 밑에서 내 나라를 되찾을 궁리를 해야 하지 않겠는가. 그러나 나라를 잃고 쫓기다 보니 문득 깨달은 게 있어 나는 한왕께서 머무시는 함양으로 가게 되었네. 곰곰이 따져 보면 나를 쳐서 내쫓은 것은 의리부동한 진여나 포악한 전영이 아니었네. 항왕의 공평하지 못한 분봉(分封)이요, 그 거칠고 모진 다스림이었네. 곧 천하는 시랑 같은 진나라의 황제를 내쫓았으나 그보다 더 사납고 무서운 호랑이를 맞은 격이 되고, 진여와 전영은 그런 항왕에게서 떠난 민심을 등에 업고 일어난 걸세. 하남왕이 보기에도 과연 항왕이 천하를 온전히 담을 만한 그릇으로 보이는가?"

장이가 그렇게 묻고 잠시 숨을 고르며 문루 위에 나와 선 하남왕 신양을 올려다보았다. 신양이 굳은 얼굴로 듣고 있다가 담담하게 받았다.

"제가 어떻게 감히 천명을 알 수 있겠습니까? 다만 패왕께서는 거록의 싸움 이래 무도한 진나라를 쳐 없애는 데 가장 큰 공을 세운 분이라 그 명을 받들고 있을 뿐입니다."

"그것은 천명이 아니라 일시적인 세력일세. 불같이 노해 큰 칼을 휘두르며 적장을 쳐 죽이고, 제멋대로 하기가 양 떼 같은 군사들을 길들인 이리 떼처럼 몰아 싸움터를 휩쓰는 것과, 높이 남면(南面)하여 천하를 다스리는 일은 다르네. 그런데 한왕께서는 너그럽고 어질어 백성들을 부모처럼 싸안고 보살피시니 지난번에는 관중의 백성들이 한왕께서 관중왕이 되지 못할까 걱정하였고, 이제는 천하 만민이 한왕께서 천하의 주인이 되지 못할까 걱정하네. 천하의 주인 될 이가 있다면 바로 이런 분이 아니겠는가. 내 옛날의 정분에 의지해 하남왕에게 권하겠네. 이제 천하의 주인은 정해졌으니, 더는 자존망대(自尊妄大)한 항왕을 도와 천명에 맞서지 말게. 우리 한왕께 항복하여 함께한 주인을 모시고 저 요순(堯舜)의 태평성대를 다시 열어 보는 게 어떤가? 이제부터 날 저물 때까지 여유를 줄 것이니 깊이 헤아려 마음을 정하게. 나는 이만 물러가려니와 한왕을 너무 기다리게 해서는 아니 되네. 한나라 10만 대군도 오늘 밤을 더 기다려 줄 것 같지는 않네."

장이는 그렇게 말하고 말머리를 돌려 한군의 진채로 돌아가 버렸다. 이미 장이 쪽으로 마음이 반나마 기울어져 성안으로 들어간 하남왕 신양은 다시 대신들과 장수들을 모아 의논했다. 하지만 그들이 아무리 머리를 짜내도 달리 길은 없었다. 거기다가 장이의 뜻을 어기지 못하는 신양의 옛정이 더해지니 결국 성안의 결정은 항복이 되었다.

그날 날이 저물기도 전에 하남왕 신양은 낙양 성문을 활짝 열고 걸어 나와 한나라에 항복했다. 한왕이 함곡관을 나온 뒤로 처음 받아 내는 항복이었다.

그런데 그 항복을 받는 데서 한왕 유방은 다시 패왕 항우와는 다른 일면을 보여 주었다. 자신에게 천하를 다스릴 제도를 고를 기회가 왔을 때, 패왕은 당연한 듯 분권적(分權的)인 옛 봉건제를 부활시켰다. 그러나 한왕은 관중에서 이미 그러했던 것처럼 이번에도 시황제 시절의 군현제(郡縣制)를 되살려 강력한 중앙집권적 통치 의지를 내비쳤다. 하남왕의 봉지를 하남군(河南郡)으로 삼고 한(漢)나라가 직접 다스리는 땅으로 만든 일이 그랬다. 전에 옹(雍), 새(塞), 적(翟) 세 나라로 나누어져 있던 옛 진나라 땅에다 위남군(渭南郡)과 하상군(河上郡), 상군(上郡)을 둔 것과 마찬가지였다.

낙양성 안이 안정되자 한왕 유방은 하남군을 돌아보기 시작했다. 그냥 새로 얻은 땅을 으스대며 돌아보는 것이 아니라, 여러 현읍의 실정을 살피고 그곳 부로들을 모아 위로하는 자리를 만드는 게 그 목적이었다.

"듣기로 나이 든 이에게는 고기가 아니면 배부르지 않고 비단옷이 아니면 따뜻하지 않다 하였습니다. 그런데 여러 어르신은 거듭된 전란으로 연명할 곡식조차 넉넉하지 않고 베 조각으로도 몸을 가리기 어려우니, 비록 내 죄는 아니나 실로 만나 뵙기가 송구스럽습니다. 그러하되 어려운 때가 있으면 즐거운 때도 있기 마련, 여러 어르신께서는 너무 걱정하지 마십시오. 하늘과 사람이 아울러 도와 과인이 무도한 도둑 떼를 쓸어버리는 날에는 반드시 옛말하고 살 만큼 평온하고 넉넉한 시절이 올 것입니다."

한왕은 그런 말로 전란에 놀란 부로들의 가슴을 쓸어 주고 그 어려움을 어루만져 주었다. 그리고 군사들을 단속하여 터럭만큼도 백성들을 해치지 못하게 하니, 관중에서처럼 하남의 인심도 한나라로 흠뻑 쏠렸다. 뒷날 천하를 다투는 이들이 되풀이해서 흉내 내는 혁명의 전략전술이었다.

그사이 시월이 가고 동짓달 모진 추위가 시작되었다. 하남군을 대강 돌아보고 낙양으로 돌아온 한왕에게 대장군 한신이 말했다.

"이제 하남을 평정하셨으니 서위(西魏)로 올라가 보심이 어떻겠습니까? 서위를 차지하면 바로 조나라의 문턱에 이르니, 틈을 보아 상산왕 장이의 한도 풀어 줄 수 있을 것입니다."

하지만 장량은 생각이 달랐다.

"상산왕의 한을 풀어 준다는 것은 조나라를 쥐고 흔드는 진여와 제왕 전영을 아울러 적으로 삼는다는 뜻입니다. 아직 항왕이 눈에 불을 켜고 우리를 노려보고 있는데, 강한 적을 둘씩이나 만들 까닭이 무엇입니까?"

그렇게 물어 반대를 드러냈다. 한왕도 한겨울에 군사를 움직이는 게 마음 내키지 않았다.

"등 뒤가 되는 한(韓)나라가 여태 평정되지 않았는데 관중에서 그렇게 멀리 나아가도 괜찮겠소? 더구나 지금은 엄동이라 성안에 머물러 지키기는 좋으나 먼 길을 가서 굳게 지키는 성을 치기는 좋지 않은 철이오."

그런 말로 엉거주춤 낙양에 머물러 있는데, 갑자기 양성에서 사자가 달려와 알렸다.

"삼가 승전보를 아룁니다. 대왕의 명을 받들어 무관을 나온 한(韓) 태위께서 한왕(韓王) 정창을 쳐부수고 항복을 받아 냈습니다."

지난달 중순 한왕은 장량의 말대로 한(韓) 태위 신(信)을 무관에서 불러냈지만 그가 그렇게 정창을 이길 수 있으리라고는 기대하지 못했다. 태위 한신에게 맡긴 군사가 많지 않은 데다, 상대인 정창이 예사 장수가 아니었기 때문이다. 항우가 여러 장수들 중에서도 특히 아끼고 믿어 대군을 주며 무관을 지키러 보낸 터였다.

"과인이 한 태위에게 딸려 준 군사는 기껏 1만 명을 넘지 않았다. 무슨 수로 정창의 대군을 이겼단 말이냐?"

한왕이 믿지 못해 한 태위 신의 사자에게 물었다. 사자가 숨을 고르고 목소리를 가다듬어 일러 주었다.

"한 태위께서는 전에 대왕께서 남전(藍田)을 치실 때 쓰신 계책을 흉내 내어 먼저 허장성세로 한왕(韓王) 정창의 눈과 귀를 속였습니다. 무관을 나오자마자 널리 의병(疑兵)의 깃발을 세워 3만 군세로 위장하고는 멀리 양적의 정창에게 전서(戰書)를 띄워 남양에서 일전을 벌이자고 한 것입니다. 호랑이의 위세를 업은 여우처럼 항왕의 뒷받침만 믿고 그리 많지 않은 군사로 한(韓)나라를 지키고 있는 정창에게는 3만 명도 감당하기 어려운 대군입니다. 그런데 다시 남양은 왕릉(王陵) 장군이 오래 둥지를 틀고 있던 땅이라 아직도 우리 한나라를 따르는 세력이 많으니, 정창은 싸우기에 앞서 겁부터 먹었습니다. 한편으로는 팽성에 급히 구원을 청하고, 다른 한편으로는 하남왕 신양에게 사자를 보내 도움을 구하면서 며칠을 양적에서 머뭇거렸습니다."

"태위 신에게 그런 꾀가 있었단 말인가? 겉보기와는 다르구나."

한왕 유방이 사자의 얘기를 듣다가 너털웃음과 함께 말했다. 한 태위 신의 큰 키와 항시 희번덕거리는 듯한 굵은 눈망울이 떠오른 까닭이었다. 한왕의 웃음을 칭찬으로 알아들은 사자가 한층 신이 나서 말을 이었다.

"그러나 하남왕 신양은 대왕께 에워싸여 정창을 도울 겨를이 없고, 항왕은 군사는 보태 주지 않으면서 싸움만 재촉하니, 정창은 하는 수 없이 양적에서 2만 군사를 긁어모아 남양으로 떠났습니다. 자신이 없는 싸움을 하러 가는 길이니 행군인들 제대로 되겠습니까? 하룻길을 걸어 겨우 양성에 이른 정창은 성 밖에 진채를 내리고 군사들을 쉬게 하였습니다. 그런데 바로 그날 밤 한 태위께서 이끈 우리 군사가 정창의 진채를 급습하여 여지없이 짓밟아 버렸습니다."

"정창이 그렇게 만만한 장수가 아니다. 거기다가 한 태위는 남양에 있다 했는데 어떻게 3백 리나 떨어진 양성을 소리 소문 없이 급습할 수 있었느냐?"

이번에는 한왕이 궁금하다는 눈길로 물었다. 다시 한번 숨을 고른 사자가 답했다.

"한 태위께서는 남양으로 간 적이 없습니다. 무관을 나오신 뒤 노약한 군사와 마구잡이로 모아들인 농군들만 요란스러운 깃발을 앞세워 남양으로 향하게 하고, 태위께서는 젊고 날랜 군사 5천을 골라 처음부터 양적으로 바로 달려갔습니다. 다만 보는 눈이 많은 큰길을 피하고 몰래 밤길을 달리느라 오히려 양성에 이른 게 더뎌졌을 뿐입니다. 따라서 그 야습은 남양만 바라보고 있던 정창에게는 속절없이 당할 수밖에 없는 매서운 일격이었을 것입니다."

"정창은 그날 밤 양성에서 항복하였느냐?"

"아닙니다. 정창은 용케 몸을 빼 양적으로 달아났으나, 다음 날 하남왕 신양이 대왕께 항복하였다는 말을 듣고 비로소 성문을 열고 항복했습니다."

그러자 한왕이 다시 빙긋이 웃으며 저잣거리의 노름꾼처럼 말했다.

"신(信)이 이번 패에 크게 걸었구나. 크게 따 마땅하다……."

하지만 주변을 돌아보고 퍼뜩 정신이 들었던지 이내 군왕의 말투가 되어 덧붙였다.

"실로 과감한 돌진이었다. 그 땅을 얻을 만하다!"

하지만 그 자리에 있던 사람들은 며칠 뒤 한 태위 신이 낙양에 이를 때까지는 그 말뜻을 알아듣지 못했다.

한 태위 신이 항복한 한왕(韓王) 정창을 앞세우고 낙양으로 온 것은 한(漢) 2년 동짓달 초이렛날이었다. 성 밖까지 나가 한 태위 신을 맞은 한왕 유방은 크게 잔치를 열어 싸움에 이기고 돌아온 장졸들을 위로했다. 그리고 그 흥겨운 잔치가 끝날 무렵 한왕은 여럿에게 알리듯 말했다.

"한 태위 신은 모든 것을 내던져 한나라 땅을 되찾고 정창의 항복을 받아 냈다. 이제 왕이 되어서 자신이 싸워 얻은 땅을 다스릴 만하다. 신(信)을 새 한왕(韓王)으로 봉한다."

그 말에 곁에 있던 사람들은 비로소 며칠 전 한왕이 한 말의 뜻을 알아들었다. 관중이나 하남에서와는 달리 이번에는 분봉(分封)을 시행한 까닭이었다. 그 뒤로도 한왕 유방은 종종 공을 세운 제후를 왕으로 봉하여 군현제와 봉건제를 병행했는데, 이 또한 정치제도나 통치 방식에 대한 그의 유연한 자세를 짐작게 한다.

하루아침에 왕이 된 태위 신이 큰 키를 굽혀 절하며 사양하는 시늉을 했다.

"신은 대왕 곁에서 함께 싸우는 것을 자랑으로 삼아 온 한낱 무장입니다. 왕이 되고자 천 리 길을 내달으며 싸운 것이 아닙니다. 부디 신에게 과분한 명은 거두어 주십시오."

그러나 내심으로는 은근히 바라고 있었음에 분명했다. 그가 쓰고 있는 기치와 의장(儀仗)은 '한(韓)'으로 벌써 한군(漢軍)과는 달리 쓰고 있었다. 이끌고 온 군사도 그랬다. 그새 1만으로 부푼 그들은 차림부터 번쩍이는 갑옷으로 치장한 듯 이채로웠는데, 그 사이 스스로를 한군(韓軍)이라 일컫고 있었다.

그와 같은 일을 아는지 모르는지 한왕 유방이 다시 한번 엄하게 권했다.

"공을 세워도 보답이 없으면 누가 목숨 걸고 싸우려 하겠는가?

한왕(韓王) 신은 너무 겸양하지 말라."

태위 신이 못 이긴 척 한왕 자리를 받아들이며 말했다.

"대왕의 지엄한 분부라 따르기는 합니다만 신(臣)은 어디까지나 대왕의 손발에 지나지 않습니다. 앞으로도 대왕 곁을 한 치도 떠나지 않고 목숨을 던져 안위를 지켜 드리겠습니다."

그리고 그날부터 한왕(韓王) 신은 자기 군사 1만 명과 더불어 언제나 한왕(漢王) 유방 곁을 지켰다. 그 뒤 몇 번의 반복(反覆)이 있고, 마침내 흉노의 앞잡이가 되어 한(漢) 제국(帝國)에 베임을 당하게 되지만, 그것은 먼 훗날의 일이다.

하남왕 신양에 이어 한왕 정창에게까지 항복을 받아 내자 한군(漢軍)의 기세는 더욱 크게 떨쳤다. 그러자 이번에는 관동에서 따라온 장수들이 모두 들고일어나 그대로 승세를 타고 동쪽으로 쳐 나가기를 한왕 유방에게 졸라 댔다. 매사에 생각 깊고 조심성 많은 장량이 다시 장수들을 말렸다.

"떠나 온 고향을 그리워하는 장군들의 마음은 모르는 바 아니나, 모든 일에는 때가 있는 법이오. 항왕이 여러 달째 팽성에 틀어박혀 꼼짝 않고 있다 해서 강대한 진나라를 쳐부수고 천하를 제패한 그 힘이 줄어든 것은 아니오. 그가 한 번 움직이면 산이 뽑히고 바닷물이 넘치는 변고를 당할 것이니, 자는 범의 콧등에 침을 놓는 일은 없어야 할 것이오. 먼저 사람을 풀어 팽성의 공기를 살피고, 항왕의 예봉이 어디를 겨누고 있는지 알아본 뒤에 움직여도 늦지 않을 것이외다."

한왕 유방도 장량과 뜻이 크게 다르지 않았다. 장수들을 달래 그대로 대군을 낙양에 머무르게 한 채 가만히 사람을 팽성에 들여보내 항왕의 움직임을 살펴보게 했다. 오래잖아 세작으로 갔던 자가 돌아와 알렸다.

"지난달 항왕은 제왕 전영과 조나라를 치기 위해 대군을 일으켰으나, 대왕께서 함곡관을 나오셨다는 말을 듣고 출발을 미루었다 합니다. 그러다가 하남왕 신양과 한왕 정창이 모두 대왕께 항복했다는 말을 듣자 이제는 서쪽으로 군사를 낼 채비를 하고 있다는 소문입니다. 실제로 적지 않은 군사가 팽성 서쪽에 모여 먼길 떠날 채비를 하고 있음을 제 눈으로 똑똑히 보고 왔습니다."

한왕은 그 말에 홍문의 잔치가 떠오르며 절로 간이 떨려 왔다. 아직은 패왕 항우의 그 엄청난 위세와 패기를 정면으로 받아 낼 자신이 없었다. 적어도 그 불같은 예봉(銳鋒)은 피하고 싶었다. 하지만 그때는 한왕 유방에게도 군주로서 지켜야 할 위엄과 품위가 있었다.

"옛말에 이르기를, '만족할 줄 알면 위태로움이 없다[知足不殆].' 하였소. 지난 8월 고도현의 옛길로 한중을 빠져나온 이래 우리는 참으로 많은 것을 얻었소. 멍석 말듯 삼진으로 밀고 든 지 두 달도 안 돼 두 왕을 사로잡고 한왕을 제 도성에 가두어 드넓은 관중 평야를 다 차지했소. 그리고 다시 동쪽으로 함곡관을 나온 뒤이제 겨우 한 달 남짓, 우리는 하남과 한(韓)나라를 평정하고 그왕 신양과 정창의 항복을 받아 내 위엄을 천하에 떨쳤소. 이만하면 만족해도 될 듯하오. 거기다가 우리 장졸은 이제 지쳤고, 그들을 먹일 곡식과 싸움에 쓸 물자도 다해 가오. 더하여 날은 차고 땅은 얼어붙어 대군이 행군하기에도 마땅치 않으니, 여기서 이만 물러나는 게 어떻겠소? 관중으로 돌아가 기력을 회복하고 곡식과 물자를 넉넉히 장만하였다가, 날이 풀리는 대로 다시 나오는 게 군사를 부리는 순리일 것이오."

그렇게 팽성과 항왕의 말을 쑥 빼고 장수들을 달랬다. 대장군 한신도 이번에는 장량과 뜻을 같이하여 그런 한왕을 거들었다. 그러자 동쪽으로 쳐들어가자고 우기던 장수들도 어찌하는 수가 없었다. 불만스러운 대로 진채를 뽑아 관중으로 돌아갔다.

삼진을 차지한 뒤로 한왕은 도읍을 외진 남정에서 함양이나 역양으로 옮기려 했다. 특히 함양은 진나라가 제후국 시절부터 6백 년이나 도읍으로 삼았던 곳이라 한왕은 내심 그곳을 자신의 새 도읍으로 여기고 있었다. 그런데 함곡관을 들어서자 승상 소하가 보낸 이졸이 한왕을 기다리고 있다가 찾아와 말했다.

"승상께서 태자를 모시고 역양에서 기다리십니다. 대왕께서도 그리로 드시라 하십니다."

"파촉에 있어야 할 승상이 어떻게 하여 역양에 있는가?"

한왕이 난데없어 하며 그 이졸에게 물었다. 이졸은 들은 대로 알려 주었다.

"대왕께서 군사를 이끌고 함곡관을 나가셨다는 말을 듣자 승상께서는 파촉에 있는 승상부(丞相府)를 닫고 관중으로 나오셨습니다. 그리고 함양 인근과 역양을 두루 돌아보신 뒤에 마침내 역양에 자리 잡고 다시 승상부를 여셨습니다."

역양은 새왕(塞王) 사마흔이 도읍했던 곳으로, 폐구나 함양에 비해 물이 멀고 외진 땅이었다. 한왕은 소하가 그곳을 도읍으로 고른 까닭이 궁금했지만 만나서 물어보기로 하고 역양으로 길을 잡았다.

며칠 뒤 한왕 유방이 역양에 이르러 보니 성안은 두어 달 전 새왕 사마흔으로부터 항복을 받을 때와는 딴판이 되어 있었다. 성곽과 궁실(宮室)은 그새 새로 지은 듯 깨끗이 수축되어 있으며, 거리도 전란의 시대 같지 않게 조용하고 가지런했다. 그렇게 보아서 그런지, 전보다 훨씬 늘어난 듯한 성안 백성들도 활기에 차 있었다. 모두 승상부를 파촉에서 그리로 옮긴 승상 소하가 한 달 만에 바꾸어 놓은 역양의 모습이었다.

"폐구(廢丘)는 옹왕 장함의 도읍이고 관중의 요충에 자리 잡은 땅입니다. 그러나 아직 장함이 차고 앉아 죽기로 지키고 있으며, 백성들은 사방으로 흩어져 대왕의 도읍으로 삼을 수가 없습니다. 또 함양은 진나라의 도성으로 오래 번성하였지만, 이제는 땅기운이 다해 새로 일어나는 우리 한나라의 운세를 감당해 낼 수 있을 것 같지 않았습니다. 거기 비해 역양은 비록 명산대천(名山大川)을 끼고 있지는 않았으나, 잠시 행궁이 머무르기에는 모자람이 없는 땅입니다. 새왕 사마흔이 싸움 없이 항복한 덕분에 성 안팎이 온전하면서도, 적왕 동예의 도읍이었던 고노(高奴)처럼 궁벽하지도 않으니, 한동안은 이곳을 우리 대한(大漢)의 도읍 삼아 썼으면 어떻겠습니까?"

새로 마련한 왕궁에서 한왕을 맞은 소하는 그렇게 물어 역양을 도읍으로 정한 까닭을 밝히는 것에 대신했다. 모든 일에 빈틈 없는 소하가 정한 일이라 고개를 끄덕이며 듣고만 있던 한왕이 문득 걱정스러운 얼굴로 물었다.

　"그렇지만 함곡관에서 너무 가까우니 지키기에 어렵지는 않겠소?"

　"깊숙이 들어앉아 지키려고만 한다면 파촉이나 남정이 훨씬 더 좋은 도읍이겠지요."

　소하가 그렇게 말하고는 한왕을 달래듯 이었다.

　"그렇지만 대왕께서는 곧 관외로 나가 중원의 사슴을 쫓으실 분입니다. 그때 관중에서 군사와 물자를 거두어 대왕의 뒤를 대기에는 함곡관에서 가까운 이 역양이 더 나을 듯합니다."

　그러자 슬며시 장난기가 인 한왕이 갑자기 소하를 나무라듯 말했다.

　"승상은 전에 나를 파촉 한중으로 몰아넣지 못해 성화더니, 이제는 또 관외로 밀어내지 못해 안달이구려. 도읍을 어찌 당장 다스려야 할 땅을 보아 정하지 않고 멀리 나가 싸울 때를 위해 정한단 말이오?"

　"신이 대왕께 파촉 한중으로 들기를 권한 것도 다시 관외로 나가 천하를 다툴 밑천을 장만하기 위함이었습니다. 이제 삼진까지 거두어 밑천을 든든히 하셨으니, 대왕께서는 마땅히 관외로 나아가 천하를 도모하셔야 합니다. 이와 같이 모든 일이 일찍이 신이 헤아린 대로 되어 가고 있는데, 어찌하여 대왕께서는 신을 한결 같지 않다고 몰아대십니까?"

소하는 한 번 웃는 법도 없이 그렇게 받고는 다시 덧붙였다.

"도읍을 옮긴다는 것은 나라를 옮기는 일이나 다름없습니다. 조정을 열 궁실을 마련해야 하며, 종묘를 옮기고 사직을 새로 세워야 합니다. 새 도읍에 맞게 법령과 규약을 고치고, 현읍을 다스릴 제도도 다시 정비해야 하며……."

소하가 그렇게 끝없이 할 일을 늘어놓으며 복잡한 문서와 도적(圖籍)까지 꺼내자 그런 일에 밝지 못한 한왕은 이내 두 손을 들고 말았다.

"그만 되었소. 내 더 묻지 않을 테니 이제부터 나라 안의 일은 승상이 모두 알아서 처결하시오."

그렇게 소하의 입을 막은 한왕은 곧 안으로 들어가 그리로 옮겨 온 가솔들을 만나 보았다.

그사이 소하는 여치(呂雉)를 왕후로 세우고 어린 아들 영(盈)은 왕자로, 딸은 공주로 올려 한왕 유방이 없어도 아래위가 온전한 왕실(王室)을 짜 놓고 있었다. 그런 다음 그들에게 예법을 가르치고 시중들 사람을 붙여 궁궐 안에서 살게 하니 풍읍의 농투성이 아낙이나 논두렁 밭두렁에서 뛰놀던 시골 개구쟁이들은 간 곳이 없었다.

태공과 유오도 잘 모셨다. 궁실에 못지않은 거처를 마련하고 따로 사람을 딸려 늙은 그들 부처를 정성 들여 보살피게 했다. 뿐만 아니라 한왕의 형인 유백(劉伯)과 유중(劉仲)의 가솔들도 관중에 따라온 이들은 모두 살기에 어려움이 없도록 뒤를 봐주고 있었다.

한왕이 함곡관을 나가 하남과 한(韓)나라를 치고 그들 두 왕의 항복을 받은 것은 파촉 한중을 나와 관중을 휩쓴 기세를 관외로까지 활짝 펼쳐 본 셈이었다. 거기에 비해 당장은 앞길을 막는 세력이 없는데도 패왕의 위세에 지레 겁을 먹고 군사를 돌려 관중으로 돌아온 것은 비굴한 움츠림으로 보일 수도 있었다.

하지만 한왕은 역양에 든 지 열흘도 안 돼 그 회군이 비굴한 움츠림이 아니라 한층 드넓게 펼치기 위한 바닥 다지기임을 보여 주었다. 먼저 역상과 근흡에게 각기 적지 않은 장졸을 보태 주고 아울러 글을 보내 하루빨리 농서와 북지를 평정하도록 재촉했다. 그리고 한편으로는 관중, 관외를 가리지 않고 크게 방을 써 붙이게 했다.

대한(大漢)의 왕 유방은 함께 천하를 평정할 인재를 널리 구한다. 어느 땅에서 누구 밑에 있건, 우리 한(漢)나라에 군사 5천이나 현 하나를 바치면 장군으로 쓸 것이요, 군사 1만이나 군(郡) 하나를 바치면 만호후(萬戶侯)에 봉하리라.

대략 그와 같은 내용으로, 아직 귀순하지 않은 토호들이나 다른 제후를 섬기는 장수들을 한편으로 끌어들이기 위해서였다.

소하도 관중의 자원을 거둬들이고 나누어 쓰는 법령을 새로 지어 관중에서 다시 시작하는 한(漢)나라의 바탕을 다져 나갔다.

소하에게는 지난번 한왕이 아직 패공으로 함양을 차지했을 때 승상부와 어사부에서 모조리 손에 넣은 진나라의 문서와 도적이 있었다. 그 문서와 도적에 따라 세금을 매기고 군사로 쓸 장정을 뽑으니, 육국을 쳐 없애고 천하를 아우른 진나라의 풍부한 자원은 그대로 한나라가 오롯이 차지한 듯하였다.

그 밖에도 소하는 제도를 고치고 새로운 질서를 정해 거듭된 전란으로 거칠어진 관중 백성들의 마음을 안정시켰다. 진나라 것이라도 쓸 만한 것을 버리는 법이 없었으며, 전에 없던 것이라 해서 마땅히 세워야 할 것을 마다하지 않았다. 또 옛 진나라 관리라도 유능하면 주저 없이 불러다 썼고, 전에 한신을 천거할 때 그러했듯 졸오, 포의라도 재주만 뛰어나면 무겁게 써 주기를 한왕에게 힘써 권했다.

장량도 그런 소하와 함께 한왕이 민심을 거둬들이도록 도왔다. 어느 날 조용히 한왕을 찾아보고 말했다.

"진나라의 포악한 임금들과 시황제 부자를 거치는 동안 관중 곳곳에는 백성들이 드나들 수 없는 땅이 생겼습니다. 진귀한 꽃과 나무를 심어 놓고 함부로 들어가지 못하게 하는 동산[苑]과 천자의 사냥에 쓸 날짐승과 들짐승을 기르는 숲[囿]과 궁중에 쓸 과일을 딸 과수를 기르는 들[園]과 제멋대로 물고기를 잡지 못하는 못[池]이 바로 그렇습니다. 이는 원래 백성들의 것이었으니 마땅히 백성들에게 돌려주어야 합니다."

그와 같은 장량의 말을 한왕이 전혀 알아듣지 못한 것은 아니었으나 그래도 궁금한 게 있다는 듯 물었다.

"방금 전란에 시달리는 백성들에게는 보다 시급한 일이 많을 것이오. 그런데 하필이면 그리 넓지도 않은 왕실의 동산과 숲과 들과 물이겠소? 그리고 백성들에게 돌려준다 한들 논둑, 밭둑도 없고 도랑도 쳐 있지 아니한 산과 들과 물을 어떻게 백성들에게 나눠 준단 말이오?"

"옛적에 제선왕(齊宣王)이 맹자에게 묻기를 '주(周) 문왕은 사방 70리가 되는 숲을 유(囿)로 가져도 백성들은 오히려 그걸 좁다 여겼는데, 나는 겨우 사방 40리의 유를 가졌건만 백성들이 너무 넓다 하니 어찌 된 일이오?'라고 물었습니다. 그러자 맹자가 말하기를 '문왕의 유는 사방 70리가 되어도, 풀 베고 나무하는 백성들이나 토끼를 쫓고 꿩을 잡는 백성들이 마음대로 드나들며 왕과 함께 쓰니 백성들은 오히려 그걸 좁다 여긴 것입니다. 그런데 대왕께서는 비록 사방 40리밖에 안 되는 유를 두셨으나, 그 안에서 사슴이나 고라니를 잡으면 사람을 죽인 것과 같이 벌한다 하니, 이는 나라 안에 사방 40리나 되는 함정을 판 것과 다름없습니다. 백성들이 어찌 그걸 넓다 여기지 않겠습니까?'라고 했다 합니다.

그런데 진나라의 군주들이 한 짓이 바로 제선왕과 다르지 않았습니다. 그 동산과 숲과 들과 물을 엄한 법으로 얽어 마치 나라 안에 커다란 함정을 파 놓은 듯하니, 비록 그 땅이 넓지 않아도 그 때문에 관중 백성들이 겪은 괴로움이 컸습니다. 거기다가 그 동산과 숲과 들과 못은 구태여 나누지 않고도 얼마든지 백성들에게 돌려줄 수 있습니다. 곧 엄한 진나라의 법이 금하던 바를 풀어 백성들로 하여금 함께 쓰게 하면 그게 바로 백성들에게 돌려주는 것이 됩니다."

장량이 그렇게 차근차근 말해 주었다. 듣고 난 한왕이 깊이 고개를 끄덕이다 문득 좌우를 돌아보며 큰 소리로 명했다.

"이제부터 관중의 원(苑), 유(囿), 원(園), 지(池)는 모두 원래의 임자인 백성들에게 돌려주도록 하라! 백성들은 모든 산과 들에서 꼴과 장작을 얻을 수 있고 날짐승과 들짐승을 사냥해도 좋다. 또 관중의 모든 못과 소에서 마음대로 물고기와 자라를 잡아도 된다."

도필리들이 그와 같은 한왕의 명을 방으로 써서 사방에 붙이자 관중 백성들은 또 한 번 한왕의 인정 많고 너그러움에 감격했다.

한왕은 또 하상군에 있는 요새와 진지들을 크게 수축하였다. 하상은 뒷날 풍익(馮翊)이라 불리게 되는 땅으로 역시 뒷날 경조 (京兆)를 거쳐 장안(長安)이라 불리게 될 위남의 왼팔 같은 곳이다. 당장 급하지도 않은 그곳의 방비를 그 어디보다 굳건히 한 것으로 미루어, 어쩌면 한왕은 그때 이미 장안을 뒷날의 도읍으로 마음에 두고 있었던 것인지도 모른다.

정월에 들기 바쁘게 농서에서 반가운 소식이 왔다. 농서도위 역상이 보낸 사자가 역양으로 달려와 한왕에게 알렸다.

"도위께서 마침내 농서를 모두 평정하셨습니다. 사흘 전 이양을 떨어뜨려 옹왕 장함의 남은 세력을 모조리 쓸어버렸기로 이렇게 달려와 기쁜 소식을 전합니다."

그와 같은 사자의 말에 한왕이 흐뭇해하면서도 알 수 없는 게 있다는 듯 물었다.

"신성군(信成君) 역상이 결코 용렬한 장수가 아닌데 기껏해야 장함의 졸개들에게 이렇게 여러 달 끌려다닌 까닭이 과인은 몹시 궁금하였다. 그동안 농서에서 무슨 일이 있었는지 네가 아는 대로 말해 보라."

그러자 사자가 어디서부터 어디까지 말해야 될지 몰라 잠시 머뭇거리다가 나름대로 간추려 말했다.

"도위께서 처음 상군을 쳐서 그 현성을 우려뺄 때만 해도 기세가 대단했습니다. 그러나 옹왕 장함의 장수들이 여러 갈래로 군사를 나누고 흩어져 각기 현읍을 지키기 시작하면서 평정이 더뎌지기 시작했습니다. 죽기로 지킬 뿐만 아니라, 이웃 성에서 구원을 와 우리 등 뒤를 어지럽히니 성을 떨어뜨리는 데만 힘을 모을 수가 없었습니다. 특히 지난 섣달에 있었던 세 번의 싸움은 대왕께서 장함을 폐구로 몰아넣을 때의 싸움에 못지않게 치열했습니다."

"누가 어디서 그렇게 뻗대었단 말인가?"

"언지현(焉氏縣) 싸움에서 도위께 맞선 옹왕의 장수는 별로 이름 없는 자였으나 그가 이끈 군사들이 날래고 사나웠습니다. 듣기로는 옹왕 장함이 처음 함양을 떠날 때 죄수 중에서 뽑아 조련한 군사들의 일부라 하는데, 신안에서 용케 생매장을 면하고 살아남은 뒤로 장함에게 충성을 다했다고 합니다. 도위께서는 그들 1천여 명이 지키는 언지성을 떨어뜨리기 위해 전군(全軍)을 들어

이레 밤, 이레 낮을 싸우셔야 했습니다.

또 순읍에서는 옹왕 장함 밑에서 장군 노릇까지 한 주류(周類)와 싸웠는데 그 또한 예사내기가 아니었습니다. 그와 그의 졸개 3천을 죽이거나 사로잡기 위해 우리 한군도 그 못지않은 해를 입었습니다. 가까운 구원병이 없어 등 뒤 걱정 없이 사흘 만에 성을 떨어뜨릴 수 있었던 것만 해도 여간 다행이 아닙니다.

이양성 싸움도 만만치 않았습니다. 성은 소장(蘇駔)이라는 장수가 지키고 있었는데, 한때 옹왕 장함의 총애를 받았을 만큼 용맹과 무예가 뛰어난 자였습니다. 역시 열흘 가까이나 성을 에워싸고 기운을 뺀 뒤에야 소장이 성을 버리고 달아나게 할 수 있었습니다. 하지만 그 목을 얻게 된 것은 이틀 뒤 무성현 백성들이 그 목을 잘라 바쳐 준 뒤였습니다.”

한왕은 거기까지 듣자 농서도위 역상이 얼마나 힘든 싸움을 해 왔는지 알 수 있을 듯했다.

“신성후 역상에게 무성현 6천 호를 식읍으로 내린다. 그를 따라 애쓴 장졸들에게도 비단과 금을 아낌없이 내려 그 고초를 위로해 주도록 하라!”

그렇게 명을 내려 역상과 그 장졸들을 상주고, 농서에는 다시 군을 설치해 한나라가 직접 다스리는 땅을 삼았다. 또 북지에 가 있는 근흡에게도 사람을 보내 싸움의 경과를 알아보게 했다. 그런데 새로운 소식은 북지가 아니라 멀리 동쪽의 팽성에서 먼저 왔다.

중원의 사슴을 쫓아

　패왕이 마침내 대군을 이끌고 제나라를 치러 팽성을 떠났습니다. 패왕이 이끄는 군사는 구강왕(九江王) 경포의 군사를 빼고도 10만 명이 넘는다는 소문입니다. 제왕(齊王) 전영도 지지 않고 5만 군을 모아 성양 쪽으로 내려오고 있다고 합니다. 군사는 전영 쪽이 모자라나, 제 땅에서 먼 길을 오는 적을 기다리는 격이니 반드시 전영이 불리하다고 할 수는 없습니다. 거기다가 양쪽 모두 오래 쌓인 감정이 있어 거록에 못지않은 피투성이 싸움이 벌어질 듯합니다.

　장량이 관동에 풀어놓은 세작이 그런 글을 보내 왔다. 다 읽은 한왕 유방은 곧 한신을 불러 그 글을 보여 주며 물었다.

"대장군은 이 싸움을 어떻게 보시오?"

한신이 그리 밝지 않은 얼굴로 먼저 대답했다.

"항왕이 성난 칼끝을 제왕 전영에게로 돌리게 된 것은 경하드릴 일입니다. 그러나 이 둘의 싸움이 우리가 바란 만큼 대왕께서 천하를 도모하시는 데 도움이 되는지는 의문스럽습니다."

"대장군은 무엇 때문에 그렇게 보시오?"

"전영이 도읍 임치에 멀찌감치 물러앉아 성벽을 높이고 군량을 넉넉히 해서 기다렸다면 이번 싸움은 대왕께 크게 이로운 일이 되었을 것입니다. 그리되면 항왕은 천 리가 넘는 길을 걸어가 지친 데다 군량까지 넉넉하지 못한 군사로 굳센 임치성을 쳐야 하기 때문입니다. 전영은 적어도 몇 달은 항왕의 발길을 북해(北海, 여기서는 북쪽 바닷가 변두리 땅의 뜻) 끝에 묶어 두어 대왕을 도울 수 있었고, 아주 잘되면 그 두 마리 호랑이가 모두 상해 대왕의 앞길을 크게 열어 줄 수도 있었습니다.

그런데 이제 전영은 제 성품을 이기지 못해 많지도 않은 군사로 천 리 길을 마중 나가고 있습니다. 자칫하면 성양쯤에서 오히려 제나라 군사보다 적게 걸은 항왕의 대군과 마주치게 되었으니, 그 싸움이 전영에게 좋게 끝나기를 바랄 수 있겠습니까? 공연히 항왕의 기세만 키워 우리에게로 몰아 보내지 않을까 걱정입니다."

하지만 그 자리에 함께 있던 장량은 한신과 생각이 달랐다. 한신의 말에 금세 걱정스러운 표정이 되는 한왕을 달래기라도 하듯 밝은 목소리로 말했다.

"대장군의 헤아림이 어련하겠습니까만, 이번 싸움의 끝을 달리 볼 수 없는 것도 아닙니다. 신이 보기에는 설령 일이 그릇되어 제왕 전영이 일찍 낭패를 보는 수가 있어도, 항왕이 쉽게 동북쪽의 수렁에서 발을 빼지는 못할 것입니다. 조왕(趙王)을 낀 진여가 멀지 않은 곳에 만만찮은 기세로 버티고 있고, 연왕(燕王) 장도도 함부로 요동왕 한광을 죽인 죄가 있어 항왕을 전처럼 받들지는 않을 것이기 때문입니다. 또 제나라 사람들의 굽히지 않는 기질도 염두에 두셔야 합니다. 천하의 시황제도 육국 가운데 맨 마지막으로, 그것도 속임수를 써서야 옛 제나라를 제 땅으로 아우를 수 있었습니다. 그런 제나라 사람들의 기질과 항왕의 앞뒤 없고 무자비한 병략(兵略)이 부딪치면 무슨 일이 일어날지 모릅니다."

그런 장량의 말에 한왕의 얼굴이 조금 풀리기는 했지만 궁금한 것은 오히려 늘었다는 표정이었다. 항왕과 제왕의 싸움 결말을 달리 보는 두 사람의 눈치를 번갈아 살피다가, 다시 누구에게 랄 것도 없이 물었다.

"오늘 자방과 대장군을 부른 까닭은 항왕과 제왕 전영의 싸움이 어떻게 되는가보다는 이제 과인이 무엇을 해야 하느냐를 묻기 위해서였소. 그런데 두 분이 보는 바가 다르니 과인도 어찌해야 할지 모르겠소."

하지만 그런 한왕의 물음에 대해서는 두 사람의 답이 같았다.

"아직은 가볍게 움직일 때가 아닌 듯합니다. 당분간은 이대로 관중에 머물러 대한(大漢)의 기반을 다지면서 조용히 관동의 변화를 살피도록 하십시오. 그러다가 때가 무르익으면 함곡관을 나가 멍석을 말듯 천하의 형세를 결정지으셔야 합니다."

한신이 그렇게 대답하자 장량도 말없이 고개를 끄덕여 뜻이 같음을 나타냈다. 그런데 며칠도 안 돼 다시 한왕의 마음을 관외 (關外)로 쏠리게 하는 일이 생겼다. 마침내 북지가 한군(漢軍)에게 떨어졌다는 소식이 그랬다.

기도위 근흡이 북지를 우려빼고 옹왕 장함의 아우 장평을 사로잡았습니다. 그 밖에도 기도위는 농서의 여섯 현을 평정하고 거사마(車司馬)와 군후(軍侯) 넷, 기장(騎將) 열둘을 죽였으며, 수만 군사에게서 항복을 받아 냈습니다. 이제 관중은 온전히 한나라의 땅이 되었으니 대왕께서는 기뻐하시옵소서.

그와 같은 글을 받은 한왕은 다시 장량과 한신을 불러 의논했다.
"근흡이 북지까지 우려빼 이제는 등 뒤를 걱정할 일이 없어졌소. 또 우리 장졸들도 어지간히 쉬었으니, 패왕이 제나라에 묶여 있는 틈을 타 다시 한번 중원으로 나가 보면 어떻겠소?"
한왕이 그렇게 묻자 장량과 한신은 아직도 무겁게 고개를 저었다. 그리고 한왕이 그 까닭을 묻자 두 사람이 서로 거들어 가며 말했다.
"들기로 항왕은 성양에서 한 싸움으로 제왕 전영의 대군을 산산조각내 버렸다 합니다. 전영은 군사 약간과 겨우 몸을 빼내 평원으로 달아났으나 항왕의 무자비한 보복을 겁낸 그곳 백성들에게 목을 잃고 말았습니다. 평원 백성들에게서 전영의 목을 받은 항우는 옛 제왕 전건의 아우 전가(田假)를 찾아 다시 제왕으로 세웠습니다. 그리고 남은 전영의 세력을 쫓아 북해로 갔다고 하는데, 언제 군사를 돌려 서쪽으로 달려올지 모릅니다. 아직은 가볍게 관외로 나갈 때가 아닙니다."

그들의 말로 미루어 두 사람이 모두 관동에 풀어놓은 세작들을 통해 세심하게 관동의 형편을 살피고 있는 듯했다. 장량과 한신이 입을 모아 말리자 한왕도 더는 고집을 부리지 않았다. 그때껏 해 온 대로 다시 관중에서 내치를 다지는 데 힘과 정성을 쏟았다.

한왕은 북지를 차지해 관중을 온전히 다스리게 되었음을 경축한다는 핑계로 크게 사면령을 내려 백성들의 마음을 다시 한번 어루만져 주었다. 한왕이 처음 관중에 들었을 때, 모든 법을 없애고 다만 석 줄만 남긴 적이 있었다. 이른 바 '약법삼장(約法三章)'으로, 그 일은 한왕이 관중의 인심을 얻는 데 크게 도움이 되었다.

하지만 뒤늦게 관중에 들어온 패왕 항우는 다시 진나라의 모든 법을 되살리고 오히려 자신의 엄한 군율을 보탰다. 따라서 백성들은 여전히 진나라의 엄한 법에 시달릴 뿐만 아니라, 어지럽게 뒤바뀌는 형세에 치여 이쪽저쪽 죄를 짓고 쫓기는 사람들이 많았다. 그런데 그걸 한왕이 다시 풀어 주었으니 관중 백성들이 고마워하지 않을 수가 없었다.

한(漢) 2년 2월 한왕 유방은 마침내 진나라의 사직단(社稷壇)을 없애고 한나라의 사직단으로 바꾸어 세웠다. 겉보기에는 승상 소하의 말을 따른 것이지만, 이 또한 천하를 다투러 중원으로 나가기 전에 먼저 해 두어야 할 한나라의 바닥 다지기였다.

사(社)는 토지신(土地神) 또는 그 토지신을 모시는 사당으로 작게는 이정(里亭)에서 크게는 나라에 이르기까지 각기 모시는 신과 사당이 따로 있었다. 직(稷)은 피나 메기장을 가리키지만, 신으로는 오곡(五穀)을 모두 관장하는 곡물신의 뜻을 가진다. 또 사(社)처럼 직(稷)에도 제단이나 사당의 뜻이 있다.

이 토지신과 곡물신을 모시는 제단이 사직단이다. 마을이나 읍락(邑落)의 사직단에는 사당이 있으나 나라의 사직단에는 사당 대신 특별히 신성하게 여기는 작은 숲과 노천의 제단이 있을 뿐이다. 숲을 이루는 나무는 그 왕실이 특히 숭상하는 수종(樹種)으로 그 한곳 신이 깃든다고 하는 곳에 흙과 돌로 된 제단이 쌓아졌다. 아마도 뒷날 왕실의 조상신을 모신 종묘(宗廟)와 나란히 있게 되면서 생긴 변화인 듯하다.

이 사직단은 종묘와 더불어 그 나라를 상징하는 공간으로, 뒷날까지도 나라를 곧 사직이라 일컫게 되었다. 진나라에도 진영(秦嬴, 처음으로 진나라를 봉읍으로 받은 비자(非子)) 이래의 사직단이 있어, 나라는 벌써 2년 전에 망했어도 상징으로는 아직 살아 있었다. 그런데 이때 한왕이 사직단을 허물어 진나라는 상징조차 없어지고, 그 빈자리를 한나라가 온전히 대신하게 된다.

그사이에도 소하는 장정을 모으고 군량을 쌓아 한군의 전력을 증강했다. 한신은 군사들을 조련하는 데 게으르지 않았으며, 장량은 끊임없이 사람을 관동으로 보내 그곳의 형세를 살피게 했다.

그사이 겨울이 가고 봄도 깊어졌다. 소생하는 봄기운과 더불어 한 겨울을 싸움 없이 쉰 한군 진영에도 활기가 넘쳐흘렀다. 그런 어느 날 장량과 한신이 함께 한왕을 찾아왔다.

"대왕, 이제 동쪽으로 밀고 나아갈 때가 온 것 같습니다. 항왕은 결국 쉽게 빠져나오기 힘든 수렁에 빠졌습니다."

그와 같은 장량의 말에 한왕이 어리둥절해 물었다.

"자방 선생, 그게 무슨 말씀이시오? 한 달 전만 해도 옷깃을 잡고 말리듯 하시던 분이 어찌 된 일이오?"

"항왕의 지나친 혈기와 자부가 기어이 일을 낸 듯합니다. 죽은 제왕 전영을 따르던 세력을 쫓아 멀리 북해까지 간 그는 모반의 뿌리를 뽑는다면서, 가는 곳마다 성곽을 허물고 해자를 메울 뿐만 아니라, 민가까지 모조리 불살라 버렸습니다. 전영을 따르던 군사들은 항복해도 산 채 땅에 묻어 죽였고, 여자와 아이들은 모두 부로(俘虜)로 삼아 끌어가니, 제나라 북쪽 땅은 몇 십 리를 가도 연기 나는 인가를 보기 어렵다 합니다. 그러자 제나라 사람들은 항복해도 죽고 싸워도 죽을 바에야 원 없이 싸우다 죽겠다며 저마다 들고일어나 지금 산동은 반란으로 들끓고 있다고 합니다. 아무리 항왕이라도 당분간은 그곳에서 빠져나오기 어려울 것입니다."

이번에는 한신이 차분히 일러 주었다.

"항왕은 천하를 아우른 진나라의 수십만 갑병을 마소 잡듯 하며 마침내 함양까지 이른 사람이외다. 힘없는 제나라의 백성들이 무슨 수로 오래 맞설 수 있겠소?"

114

장량과 한신 두 사람이 한꺼번에 군사를 내자고 하자 오히려 뜨악해진 한왕이 그렇게 반문했다. 한신이 바로 받았다.

"하지만 그 진나라를 먼저 뿌리째 뒤흔든 것은 진승과 오광을 따라 일어난 백성들이었습니다. 그들을 따르는 수졸 몇 백 명이 있었다 하나 그들도 원래는 흙만 파고 살던 농투성이들이었고, 나중에 합세한 수십만 명은 오갈 데 없던 유민들이 무리 지은 것에 지나지 않았습니다."

"신이 보기에도 이번에 제나라 백성들이 모두 들고일어난 것은 대왕을 위해 하늘이 마련한 호기 같습니다. 어서 대군을 내어 비어 있는 중원을 차지하십시오."

장량도 한신을 거들었다. 그제야 한왕도 더는 두 사람을 떠보지 않고 명을 내려 장수들을 불러 모으게 했다. 날이 풀리면서 장수들도 주먹이 근질근질하던 차였다. 출병 논의가 시작되자 두 손을 들어 환영하는 뜻을 드러냈다.

이에 한왕은 승상 소하에게 1만 명의 장졸을 딸려 도읍인 역양을 지키게 하면서, 아울러 호구를 헤아려 장정을 모아들이는 일과 부세를 거두어 군량과 물자를 대는 일을 맡게 했다. 효혜왕자와 왕실을 보살피는 일도 소하 몫이었다. 그리고 다시 역이기, 역상 형제에게 3만 군을 남겨 관중을 지키게 한 뒤, 한왕 자신은 가려 뽑은 5만 군을 이끌고 함곡관을 나왔다. 한(漢) 2년 늦은 봄 3월 초순의 일이었다.

하남왕 신양이 한왕에게 항복을 한 데다 제나라에 발목이 잡힌 패왕은 하남을 돌아볼 틈이 없었다. 그 바람에 한왕이 대군을 이끌고 함곡관을 나와서도 한동안은 무인지경 내닫듯 했다. 한달 음에 임진관(臨晉關)까지 나와 하수를 마주했다.

임진관은 하수 서편 물가에 세워진 관으로, 동쪽 건너편은 옛 진(晉)나라 땅이었다. 달리 포진관이라고 불리기도 하는데, 그때 는 서위왕(西魏王) 위표의 땅을 마주 보고 있었다.

"남으로 내려가 한(韓)나라 땅을 가로지른 뒤 바로 서초(西楚) 의 도읍인 팽성을 치는 것이 좋겠소? 아니면 물을 건너 동북쪽을 평정한 뒤 남으로 내려가는 것이 좋겠소?"

임진관에 이른 날 한왕이 여러 장수들을 불러 놓고 물었다. 바로 패왕의 도읍인 팽성을 칠 마음은 전혀 없었지만, 한왕은 전혀 내색하지 않았다. 장량이 나서서 한왕의 속을 읽고 있는 듯 말했다.

"비록 항왕이 없다고는 하나 바로 팽성을 치는 것은 무리입니다. 먼저 하수를 건너 서위왕과 은왕(殷王)의 땅부터 거둬들이는 게 좋겠습니다."

"서위왕 위표는 전에 임제성(臨濟城)에서 그때는 진나라 장수였던 장함에게 죽은 위왕(魏王) 구(咎)의 아우라고 들었소. 용맹과 지략을 겸비했다는데, 그 땅을 거둬들이기가 쉽겠소? 그가 남쪽으로는 은왕 사마앙(司馬卬)과 손잡고 동쪽으로는 항왕에게 급한 구원을 청해 맞서 오면 되레 우리가 어려운 지경에 떨어지는 수가 있을지도 모르겠소."

한왕이 다시 그렇게 능청을 떨었다.

"위표는 틀림없이 패왕이 서위왕으로 세웠으나 반드시 그의 사람이라고 하기는 어려울 듯합니다. 패왕이 제멋대로 천하를 갈라 주는 바람에 위표 또한 적지 않은 불평을 품었을 것이기 때문입니다."

장량이 한왕의 속을 아는지 모르는지 그렇게 곧이곧대로 대답했다.

지난날 임제성에서 장함에게 몰린 위왕 구(咎)가 백성들을 구하고자 항복하고 스스로 불에 뛰어들어 죽은 뒤, 위표는 간신히 목숨을 건져 초나라로 달아났다. 그때 초 회왕은 송의의 뒷받침으로 왕다운 왕 노릇을 하고 있었다. 위표가 항복해 오자 수천 명의 군사를 딸려 주며 다시 위나라 땅을 경략하게 했다.

위표는 힘을 내어 위나라 땅의 성 스무남은 개를 함락하고 때마침 장함의 항복을 받아 낸 상장군 항우를 찾아갔다. 그 전에 이미 송의를 죽여 회왕을 허수아비로 만든 항우는 그런 위표를 위왕에 봉하고 자신을 따르게 했다. 이에 위표는 날래고 씩씩한 병사들만 골라 데리고 항우를 따라 함곡관으로 가며 여러 곳에서 공을 세웠다.

그런데 패왕이 된 항우는 다시 분봉(分封)에서 위표의 불평과 원망을 샀다. 원래 위표의 근거인 양(梁) 땅을 자신의 서초에 넣고, 위표에게는 하동을 주며 서위왕으로 평양에 도읍하게 한 때문이었다.

한왕도 이미 그걸 알고 있었으나 여전히 시치미를 떼며 다시 물었다.

"하동이 양보다 더 좁지 않고 사람이 적거나 땅이 메마르지도 않거늘 어찌 위표가 항왕을 원망한단 말이오?"

그리고 기어이 한신까지 끌어들여 왜 그런가를 설명하게 한 뒤에야 하수 건너기를 허락했다.

임진관을 나와 하수를 건넌 한의 대군은 기세 좋게 하동으로 밀고 들어갔다. 그런데 하동에 들어선 다음 날이었다. 척후로 몇 기를 이끌고 나갔던 기장 하나가 돌아와 급하게 알렸다.

"30리 앞에서 서위왕 위표의 대군이 몰려오고 있습니다. 군사는 기껏해야 3만을 넘지 않아 보이나 갑주와 기치가 여간 삼엄하지 않습니다. 위표가 전력을 들어 맞서러 나온 게 틀림없는 듯합니다."

그 말에 한신이 뜻밖이라는 듯 물었다.

"이제 우리가 항복을 권하는 사자를 평양으로 보내려고 하는데 언제 벌써 위표가 대군을 이끌고 내려왔단 말이냐? 혹시 무얼 잘못 본 것은 아니냐?"

"제 눈으로 똑똑히 서위왕의 기치를 읽었습니다. 은빛 갑옷을 입고 백마에 높이 올라 앞서 오는 그 모습도 틀림없이 지난날 관중에서 먼빛으로 본 적이 있는 서위왕 위표였습니다."

그 말에 한신은 한참이나 고개를 갸웃거리며 생각에 잠겼다. 그러다가 가만히 이를 사리물더니 이윽고 한왕을 바라보며 말했다.

"차라리 잘되었습니다. 전군을 이끌고 제 발로 마중을 나왔다니 한 싸움으로 짓뭉개 항복을 받아 내는 것도 동북을 평정하는 양책이 될 수 있습니다."

그러고는 장수들을 모아 싸울 채비를 하게 했다. 한왕도 일이 예상과 다르게 벌어지는 데 놀라면서도 잠자코 한신이 하는 대로 지켜보았다.

한신은 조참과 관영에게 보기(步騎) 5천 명을 주고 전군으로 세웠다. 그리고 자신은 중군이 되어, 각기 군사 1만 명을 거느린 번쾌와 주발을 좌우익으로 삼고, 5천 갑병(甲兵)으로 한왕 유방을 호위하며 전군의 뒤를 받쳤다. 그때 한왕은 태복 하후영이 모는 수레를 타고 있었으며, 그 곁을 장량과 장이가 여러 장수들과 함께 말을 타고 따랐다. 그런 중군의 뒤를 다시 한왕(韓王) 신(信)이 맡았다. 한왕 신은 정창의 항복을 받아 낼 때부터 이끌고 다니던 한군(韓軍) 1만 명으로 중군의 든든한 울타리가 되어 주었다. 그 밖에 주가와 기신이 이끄는 2만 명이 후군으로 유군(遊軍)을 겸했다.

한군(漢軍)이 규모와 위세를 아울러 뽐내며 10리쯤 나아갔을 때였다. 갑자기 전군에서 전령이 달려와 대장군 한신에게 조참과 관영의 말을 전했다.

"위군과 곧 마주치게 되었는데, 알 수 없는 일은 위나라의 삼군, 오병이 한 덩이가 되어 몰려오고 있는 점입니다. 어떻게 보면 전군이 거대한 유성추(流星鎚)처럼 한꺼번에 치고 들어 결판을 내겠다는 것 같기도 하고, 또 어떻게 보면 그저 어지럽게 떼 지어 몰려오고 있을 뿐인 듯도 합니다. 두 분 장군께서 어떻게 해야 할지 몰라 대장군의 분부를 기다리십니다."

"조(趙), 관(灌) 두 장군께 잠시 기다려 달라고 하라. 내 곧 대왕을 모시고 그리로 가겠다."

한신은 조참과 관영에게 그렇게 명을 전하게 하고, 곧 한왕 유방에게 전군에서 온 전갈을 알렸다. 그 말을 들은 한왕은 하후영에게 급히 수레를 몰게 해 전군 쪽으로 달려갔다. 오래잖아 한신과 함께 전군에 이른 한왕은 장졸들을 헤치고 나가 위군 쪽을 바라보았다. 어찌 된 셈인지 위군은 행군을 멈추고 있었는데, 기치나 대오는 멀리서 보기에도 전혀 흐트러짐이 없었다.

"선생이 보기에는 어떻소?"

말을 탄 채 수레 곁을 따르고 있던 장량을 쳐다보며 한왕이 물었다. 장량이 한 번 더 적진을 살펴본 뒤에 가만히 말했다.

"글쎄요. 왠지 싸우려고 온 군대 같지는 않습니다. 북과 징 소리가 전혀 들리지 않을뿐더러 한 가닥 살기조차 느껴지지 않습니다."

"기치는 정연하지만 높이 들려 휘날리지 아니하고, 창칼은 날카로워도 그 끝이 모두 앞을 향하고 있지 않습니다. 싸우러 온 군사가 아닌 듯합니다."

한신도 나지막한 소리로 그렇게 맞장구를 쳤다.

그때 위군의 문기가 열리며 은빛 갑주를 걸치고 백마를 탄 장수 하나가 부장 두엇을 뒤딸리고 나왔다. 한군(漢軍) 쪽을 찬찬히 살펴보던 장수가 한신의 수자기를 알아보고 크게 소리쳐 물었다.

"나는 서위왕 위표라 하오. 장군의 높으신 성과 크신 이름은 어찌 되오?"

"나는 한(漢) 대장군 한신이라 하오. 우리 대왕의 명을 받들고 하동 땅을 거두러 왔소!"

한신이 짐짓 목소리에 힘을 실어 그렇게 대답했다. 그러자 서위왕 위표가 가볍게 손을 모아 한신에게 예를 표하고 말했다.

"내 지난날 패왕의 군중에서 장군을 만난 듯도 하오만 그때는 알아뵙지 못했구려. 한왕께서는 어디 계시오?"

서위왕 위표의 그 같은 물음에는 알 수 없는 위엄 같은 것이 서려 있었다. 한신도 지지 않겠다는 듯 목소리를 높였다.

"싸움터에서는 위로 하늘에 견주는 이도, 아래로 못[淵]에 이르는 이도 모두 장수의 명을 따라야 한다 했소이다. 그런데 우리 대왕은 왜 찾으시오?"

"이제 한나라의 대장군이 되셨으니 군진(軍陣)의 일은 마땅히 장군과 논의해야 할 것이오. 그러나 한왕께서 몸소 이곳까지 납시었다니 아무래도 한왕부터 먼저 뵈어야 될 듯싶소."

그 같은 위표의 말에 한왕이 수레에서 일어나 윗몸을 드러내 보이며 말했다.

"서위왕은 그간 무양(無恙)하시었소? 그런데 이제 창칼이 서로 부딪치게 된 마당에 과인을 찾는 까닭이 무엇이오?"

그러자 위표는 먼저 말 위에서 깊숙이 고개를 수그린 뒤 공손히 말했다.

"저는 대왕께서 하동으로 드셨다는 말을 듣고 서위를 들어 바치고자 우리 장상들과 더불어 마중을 나왔습니다. 하지만 한때나마 대왕처럼 저도 왕호를 쓰며 한 나라를 다스렸습니다. 더구나 항적(項籍, 항우)이 제멋대로 주무르기는 해도 왕호를 내리고 땅을 나누어 주신 분은 의제(義帝)이셨으니 어찌 그것을 가볍게 여길 수 있겠습니까? 이에 아무에게나 함부로 내던지지 못하고 대왕을 찾았던 것입니다. 이제 격식을 갖춰 이 땅과 그에 깃들인 창맹(蒼氓)을 대왕께 바치고자 하오니 물리치지 마시고 거두어 주옵소서."

말뿐만이 아니었다. 위표는 곧 좌우에게 명을 하여 모든 깃발을 뉘고 병장기를 땅바닥에 내려놓게 했다. 그리고 자신도 말 위에서 내려 보검을 풀고 갑옷투구를 벗은 뒤 홀로 한왕의 수레 앞으로 걸어와 엎드렸다.

한왕은 그렇게 시세에 밝고도 예모 반듯한 위표에게 흠뻑 반했다. 그를 다시 위왕(魏王)으로 봉하고 옛 위나라 땅을 모두 돌려주었다. 또 한왕(韓王) 신(信)처럼 제 군대를 따로 이끌고 언제나 가까이서 자신을 따르게 했다.

위표를 따라 평양성으로 들어간 한왕은 크게 잔치를 벌여 장졸을 위로하고 자신도 장수들과 함께 마셨다. 술이 취하자 위표가 싸움 한번 없이 항복해 온 것이 모두 자신이 잘나 그리된 양 허세를 부리더니 다음 날은 술이 깨기도 전에 장수들을 불러 큰소리치듯 말했다.

"이제는 하내를 거둘 차례요. 은왕(殷王) 사마앙에게도 글을 보내 항복을 권하시오. 만약 항복하지 않으면 대군을 보내 옥과 돌을 가리지 않고 모조리 태워 버릴 것이라고 하시오!"

그러자 장량이 희미하게 웃으며 말했다.

"은나라는 작고 그 왕 사마앙의 군사는 많지 않으나, 서위왕 위표와는 경우가 다릅니다. 또 신이 알기로 대왕께서는 이미 한 번 은왕 사마앙을 실망케 하신 터라 이제 말이나 글로는 결코 그의 항복을 받아 내실 수 없을 것입니다."

"그것은 또 무슨 소리요? 내가 언제 은왕을 실망케 했단 말이오?"

한왕이 알 수 없다는 듯 물었다. 그때 그 자리에 섞여 있던 위표가 나서서 말했다.

"신이 은왕 사마앙과 이웃하고 있어 그 일을 잘 압니다. 대왕께서도 아시다시피, 사마앙은 원래 조(趙)나라 장수로 항우를 따라 공을 세워 하내를 봉토로 얻고 왕이 되었습니다. 하지만 사마앙 또한 하남왕 신양처럼 장이의 사람으로서, 장이가 진여에게 나라를 뺏기고 대왕의 슬하로 들자 그도 마음이 바뀌었습니다. 지난번 대왕께서 함곡관을 나오셨을 때 신양이 항복하는 걸 보고 그도 나라를 들어 항복하려 했습니다.

하지만 대왕께서는 낙양에서 군사를 물려 관중으로 돌아가시고, 사마앙의 속셈만 항왕에게 알려지고 말았습니다. 사마앙의 부장 가운데 하나가 팽성으로 달려가 항왕에게 그 일을 고자질한 탓이었습니다.

성이 난 항왕은 객경(客卿)으로 데리고 있던 진평(陳平)이란 자에게 군사를 주고 가만히 은왕 사마앙을 치게 했습니다. 진평은 형왕(兄王, 위왕 구) 밑에서 태복 노릇을 하다가 죄를 짓고 항왕에게로 달아난 자입니다. 하내 땅의 사정에 밝은 형왕의 옛 신하들과 장수들을 끌어모아 갑작스레 조가를 치고, 사마앙을 사로잡아 항복을 받아 내고 말았습니다. 그게 겨우 두 달 전의 일인데, 사마앙이 어찌 다시 대왕께 항복할 수 있겠습니까?"

위표의 그 같은 말에 한왕 유방은 입맛이 썼다. 그러나 그 진평이 지난날 홍문의 잔치에서 몸을 빼내는 자신을 눈감아 주던 바로 그 사람인 줄은 기억해 내지 못했다.

"그런 일이 있었던가? 안타까운 일이다……."

한왕은 그러면서 혀를 찼으나, 사정을 알고 보니 하내 땅을 거둬들이는 길은 다시 한번 힘으로 은왕 사마앙을 사로잡는 수밖에 없어 보였다. 더는 따져 묻지 않고 그 일을 슬며시 대장군 한신에게로 미루었다.

사마앙을 사로잡고 하내 땅을 거둬들이라는 한왕의 명을 받은 한신은 그사이 7만으로 불어난 대군을 이끌고 조용히 하동을 떠났다. 하내에 이르자 조참에게 군사 1만 명을 떼어 주며 수무를 치게 하고, 자신은 나머지 군사를 휘몰아 곧바로 은왕의 도읍 조가를 두텁게 에워쌌다.

성을 에워싼 첫날 한신은 소용없을 줄 알면서도 옛 주인이었던 장이와 전우였던 하남왕 신양을 내세워 은왕 사마앙을 달래 보려 했다. 하지만 은왕 사마앙은 이미 그들의 말을 들어줄 처지가 아니었다. 두 달 사이에 두 번이나 주인을 바꾸어 항복을 할 수도 없는 일이거니와, 부모처자가 모두 팽성에 볼모로 끌려가 있었다. 장이와 신양이 번갈아 성벽 아래서 불러 대도 성가퀴에

조차 나와 서지 않았다. 싸우다 죽어 부모처자라도 살릴 작정이
었다.

그날 밤 한신은 장수들을 불러 모아 놓고 말했다.

"도읍이라 그런지 조가는 성이 높고 든든하여 힘으로 깨뜨리
기에는 어려울 듯하오. 아무래도 꾀를 써서 사마앙을 성 밖으로
끌어낸 뒤에 사로잡는 수밖에 없소. 내일부터 장군들은 사졸들을
휘몰아 사방에서 매섭게 몰아치시오. 하지만 되도록이면 사졸들
이 상하지 않도록 성을 치는 시늉만 내야 하오. 그러다가 내 명
이 있거든 동문 쪽을 슬며시 열어 주고 나머지 세 곳만 더욱 불
같이 들이치시오. 이때는 구름사다리를 걸고 밧줄을 던지며 장졸
이 아울러 성벽 위로 뛰어올라야 하오."

그러고는 따로 관영을 불러 보기(步騎) 합쳐 5천 명을 딸려 주
며 가만히 일렀다.

"장군께서는 내일 하루 동문 쪽을 맡아 성을 들이치다가 해가
지면 에움을 풀고 동쪽으로 가시오. 말발굽은 헝겊으로 싸고 군
사들에게는 하무를 물린 채로 가야 하니 길은 더디겠지만, 날 새
기 전에는 한단으로 빠지는 관도 곁의 골짜기에 이를 수 있을 것
이오. 그곳에 군사들과 숨어 조용히 기다리면 늦어도 사흘 안에
사마앙이 그리로 갈 것이외다. 그때 날랜 기병을 내어 길을 끊고
사마앙을 사로잡아 이리로 데려오시오."

관영이 한신의 말을 믿지 못해 머뭇거리다 물었다.

"사마앙이 한단을 거쳐 제나라로 갈 수도 있겠지만, 정도로 빠
져 팽성으로 달아날 수도 있습니다. 그 부모처자가 모두 팽성에

끌려가 있다 하니 오히려 그쪽을 지키는 편이 낫지 않겠습니까?"

"사마앙도 약하고 비굴한 것을 못 참는 항왕의 성격을 잘 알 것이오. 그저 한목숨 붙여 팽성으로 달아나서는 가솔들은커녕 제 한 몸도 건사할 수 없소. 항왕에게 군사를 빌리더라도 싸워서 제 땅을 되찾는 길만이 살길이니, 반드시 항왕이 있는 제나라로 갈 것이오."

한신은 그렇게 잘라 말하고 다음 날 아침 전군을 들어 조가를 들이쳤다.

한신의 말을 옳게 여긴 관영도 군사들을 휘몰아 금세라도 성문을 깨고 들이닥칠 듯 요란하게 동문을 짓두들겼다. 그러다가 날이 저물자 보기 5천 명을 이끌고 가만히 동쪽으로 떠났다. 밤길을 걸어 조가 동북쪽 30리쯤 되는 골짜기에 이른 관영은 그곳에 군사를 숨기고 은왕 사마앙이 가까운 관도로 쫓겨 오기만을 기다렸다.

다음 날 한신은 다시 아침부터 전군을 들어 조가성을 매섭게 들이쳤다. 전날과 달리 한군 장졸들이 성벽에 구름사다리[雲梯]를 걸치고 갈고리 달린 밧줄을 성가퀴에 걸어 성벽 위로 기어오르자 그러잖아도 겁을 먹고 있던 은왕 사마앙의 군사들은 크게 놀랐다. 하루 낮은 그럭저럭 버텨 내는 시늉을 했으나, 그날 밤이 되자 구석구석에서 성을 빠져나가 한군에게 투항해 버렸다.

하룻밤 새 알아보게 줄어든 군민을 보고 사마앙은 낙담했다. 다시 한군이 성벽을 기어오르자 장졸들을 무섭게 몰아대 간신히 버티고는 있어도, 마음속으로는 이미 성을 지키기는 글렀다 싶었다. 급한 곳을 막기 위해 동서남북 뛰어다니면서도 어디로 빠져 나갈까를 살피기 시작했다.

그런데 한나절을 싸우다 보니 한군데 빈 곳이 보였다. 동북쪽 으로 조금 올라가면 한단으로 빠지는 길이 있는 동문 쪽이었다. 전날부터 공격이 뜸하다 싶더니, 그날도 그쪽으로는 아무런 공격 이 없었을 뿐만 아니라 에워싸고 있는 군사도 없는 듯했다.

"한왕은 내가 패왕이 있는 팽성으로 달아날 줄 알고 있는 모양 이다. 거기다가 동북쪽은 상산이니, 우리를 미워하는 조왕과 진 여의 땅이라, 동문 쪽을 지키는 것은 허술하기 짝이 없다. 내 동 문으로 치고 나가 제나라로 가리라. 가서 패왕께 군사를 빌려 하 내를 되찾으리라."

사마앙은 그렇게 마음을 정하고 밤이 되기를 기다렸다. 때마침 3월 초순이라 그날 밤은 달이 없었다. 믿는 군사 3천 명을 뽑아 길 떠날 채비를 시키고 밤이 깊기를 기다리던 사마앙은 삼경이 되기 바쁘게 군사들을 휘몰아 동문을 뛰쳐나갔다.

은왕 사마앙의 군사들이 갑자기 동문으로 빠져나오자 잠들어 있던 한군 진채가 잠시 술렁거렸다. 기병 한 떼가 횃불을 밝히고 한참이나 사마앙을 뒤쫓는 시늉을 했으나 오래는 아니었다. 그 바람에 마음을 놓은 사마앙은 곧장 관도로 접어들어 한단을 바 라고 달렸다.

그런데 한 30리나 달렸을까? 갑자기 관도 곁 골짜기가 횃불로 환해지며 한 떼의 인마가 몰려나와 사마앙의 길을 막았다.

"은왕 사마앙은 어디 있는가? 사마앙은 어서 말에서 내려 항복하라! 한(漢) 기장 관영이 여기서 기다린 지 오래다."

횃불로 보아서는 몇 만 명인지도 모를 보졸들을 뒤로하고 수백 철기와 더불어 앞장서 길을 막고 섰던 장수가 크게 소리쳤다.

그래도 사마앙은 선선히 항복할 처지가 못 되었다. 어떻게든 헤치고 나아가 볼 작정으로 이끌고 있던 장졸들에게 소리쳤다.

"겁먹지 말라. 적은 얼마 되지 않는다. 힘껏 부딪쳐 흩어 버리고 산동으로 가자!"

하지만 사마앙의 장졸들은 사정이 달랐다. 골라 뽑은 3천 명이라지만, 목숨 바쳐 사마앙을 따라야 할 대의 같은 것은 없었다. 거기다가 한군이 어둠 속에서 갑자기 나타나 놀라고, 횃불 때문에 실제보다 몇 배나 많아 보여 먼저 기가 죽고 말았다. 태반은 싸워 볼 엄두도 내지 못하고 흩어져 달아나기 바빴다.

밤길을 쫓겨 온 천 명 남짓으로 이틀 전에 와서 쉬며 기다린 5천 명 사이를 뚫고 나가자니 일은 처음부터 어려울 수밖에 없었다. 사마앙이 장졸들을 다잡아 좌충우돌 한군과 부딪쳐 보았으나 끝내는 몇 겹으로 에워싸이고 말았다. 그래도 사마앙은 항복하지 않고 작은 언덕에 의지해 다시 한 시진을 싸웠다.

그때 다시 서쪽에서 수많은 병마가 달려왔다. 그 한 갈래가 한군을 헤치고 똑바로 사마앙의 군사들 쪽으로 달려오더니 두 장수가 횃불 앞으로 나서며 소리쳤다.

"은왕은 어디 계시오? 과인은 하남왕 신양이오."

"사마 장군은 어디 있는가? 나 장이가 할 말이 있으니 잠시 얼굴을 내밀라!"

사마앙은 그 소리에 한편으로는 안도가 되면서도 다른 한편으로는 맥이 쭉 빠졌다. 항복하면 죽지는 않겠지만, 그곳을 빠져나가 부모처자를 구할 수도 없게 되었다는 생각 때문이었다. 잠시 망설이다 마지못해 얼굴을 내밀었다.

"대왕은 어찌 한왕께 항복하여 대의를 밝히지 않고 어리석고 무도한 항우를 쫓아 죽으려 하시오? 한때 어깨를 나란히 하고 싸운 정리로 차마 그냥 두고 볼 수 없어 이렇게 달려왔소."

사마앙을 알아본 하남왕 신양이 먼저 그렇게 입을 열었다. 장이가 그 뒤를 이었다.

"사마 장군의 가솔들이 모두 팽성으로 끌려간 일은 한왕께서도 잘 알고 계시오. 하지만 멀리 제나라에서 발목이 잡혀 있는 항왕보다 우리 한군이 먼저 팽성으로 들어가면 무슨 걱정이 있겠소? 어서 한왕께 항복하여 가솔도 구하고 천하 평정의 대업에도 공을 이루시오."

그렇게 되자 사마앙도 더는 버티려야 버틸 수가 없었다. 마침내 말에서 내려 항복하고 말았다.

은왕 사마앙이 항복했다는 말을 듣자 한왕 유방은 크게 기뻐했다. 그러나 제 발로 찾아온 것이 아니라 사로잡혀 항복해서 그런지 위표 때와는 대접이 달랐다. 사마앙에게서 왕위를 거두고 은(殷) 땅에는 하내군(河內郡)을 설치했다.

한왕은 조가를 하내군의 치소(治所)로 삼고 그곳에서 한동안 대군을 쉬게 했다. 임진 나루를 건넌 뒤로 피 튀기는 싸움은 없었으나 그래도 편하게 다리 한번 뻗지 못하고 내달아 온 한군이었다. 거기다가 위표의 항복을 받고 사마앙을 사로잡을 동안 따로 험한 일을 맡아 한 장졸들이 적지 않아 그들을 상주고 다독일 필요도 있었다.

하지만 한군이 조가에서 보름이나 머문 데는 한왕의 타고난 성품 탓이 더 컸다. 임진관에서 하수를 건넌 지 보름도 안 돼 두 왕의 항복을 받고 하동과 하내의 기름진 들판을 얻게 되자, 한왕은 평소의 느긋함을 넘어 은근히 자만까지 느꼈다. 장졸들을 위로하기보다는 스스로 대견스러워하면서 잔치와 술을 즐겼다.

한왕이 만석군 석분(石奮)의 누이를 거두어 미인(美人)으로 삼은 것도 그렇게 하내에 머물 때의 일이었다. 석분은 원래 조나라 사람으로 일찍부터 한왕을 따라나섰으나 나이가 어리고 배운 게 없어 벼슬이 높지 못했다. 겨우 열다섯의 나이로 허드렛일 시중을 들게 되었는데, 한왕은 그가 공손하고 예절 바름을 어여삐 여겨 언제나 곁에 두고 부렸다.

그런데 석분의 집이 바로 그 하내에서도 한군의 진채와 멀지 않은 곳에 있다는 말을 듣자, 한왕이 장난삼아 물었다.

"네 집에는 어떤 사람들이 있느냐?"

그러자 석분이 공손하게 대답했다.

"저에게는 어머님만 살아 계시는데 불행히도 앞을 못 보시며 집은 매우 가난합니다. 또 누이가 하나 있는데 거문고[琴]를 잘 탑니다."

그 말을 듣고 한왕은 슬며시 딴마음을 먹었다. 지나가는 말처럼 그 누이의 자태를 물어 아리땁다는 말을 듣기가 바쁘게 가만히 석분을 떠보았다.

"네 누이로 하여금 나를 따르도록 할 수 있겠느냐?"

"바라건대 대왕을 위해 힘을 다해 보았으면 합니다."

한왕의 말을 알아들은 석분이 그렇게 대답하고는 하루 말미를 얻어 집으로 돌아갔다. 그리고 무슨 말을 어떻게 했는지 다음 날로 누이를 한왕의 군막으로 데려와 잠자리를 시중들게 했다. 한왕이 크게 기뻐하며 석분을 중연으로 올리고 그 누이를 미인에 봉했다. 쉰 살이 다 돼 가는 호색한이 이제 겨우 열다섯 살 난 시중꾼을 영악한 뚜쟁이로 만든 셈이지만, 탐락(耽樂)에 그렇게 거침없는 게 또한 한왕 유방이었다.

한왕이 새로 얻은 석(石) 미인을 밤낮 없이 끼고 술을 즐기니 장졸들도 마시고 즐기는 데 눈치를 보지 않았다. 그래서 한군이 아래위를 가리지 않고 흥청거리며 세월을 보내고 있는데, 다시 기쁜 소식이 더해졌다.

"마침내 수무성(修武城)이 조참 장군께서 이끄는 우리 한군 손에 떨어졌습니다. 조 장군께서는 저희 왕명을 어기고 끝까지 맞서던 위나라 장수와 그를 따르던 군민들을 모조리 베어 우리 한나라의 위엄을 보이셨습니다. 그러나 항복한 군사들과 백성들은 조금도 해치지 않았습니다."

그 소식이 다시 한왕을 흥겹게 하여 그때까지 애매하던 한군의 진로를 그 자리에서 불쑥 결정하게 했다.

"우리도 이만 수무로 내려가면 어떻겠소? 거기서 며칠 쉬면서 하동을 다독인 뒤에 다시 하남으로 내려가 낙양쯤에 자리 잡으면 좋을 듯하오. 낙양은 관중에서도 멀지 않을 뿐만 아니라, 우리가 관외에서 새로 얻은 한(韓)과 하동, 하내, 하남의 한가운데에 있는 땅이오. 거기서 한 번 더 군사를 키우고 싸움에 필요한 물자를 넉넉히 마련하면서 산동의 정세를 살피는 게 어떻겠소? 그러다가 때가 오면 남으로 한(韓)나라를 가로질러 서초(西楚)로 밀고 드는 것이오!"

한왕이 장수들을 모아 놓고 천하는 꼼짝없이 자신의 손아귀에 있다는 듯 그렇게 큰소리를 쳤다. 장량이나 한신도 바로 동쪽으로 쳐들어가 패왕 항우와 결판을 낼 엄두는 못 내고 있었다. 그렇다고 한왕의 허풍처럼 서초로 밀고 들 자신은 없었지만, 일단 군사를 하남으로 내자는 데는 뜻을 같이했다.

다른 장수들도 패왕 항우가 버티고 있는 산동으로 밀고 들기보다는 남쪽으로 내려가기를 바라 일은 한왕의 뜻대로 되었다. 한신이 이끄는 한군 본대는 먼저 수무로 옮겨 조참의 군사와 합치기로 했다. 그리고 며칠 편히 쉰 뒤에 다시 낙양으로 내려가기로 했다.

수무로 옮겨 앉아 한 덩이가 된 한군은 거기서도 조가에서처럼 잔치와 술로 흥청거리며 쉬었다. 그런데 수무에 이른 지 닷새쯤 된 날이었다. 진작부터 한군 진중에서 일하고는 있었으나, 그리 드러나 보이지 않던 위무지(魏無知)란 하급 무관이 한왕을 찾아보고 말했다.

"신이 옛적 위왕 구를 섬기고 있을 때에 함께 일한 적이 있는 진평이란 사람이 찾아와 대왕을 뵙고자 합니다."

"위왕 밑에 있던 진평이라면 바로 얼마 전 항왕의 명으로 은왕 사마앙의 항복을 받아 낸 서초의 장수 아닌가? 그런 사람이 무슨 일로 과인을 만나고자 한다는 것이냐?"

들은 지 오래잖아 진평의 이름을 기억하는 한왕이 그렇게 되물었다.

"아마도 항왕을 떠나 대왕께 의탁하러 온 것 같습니다."

한왕의 물음에 위무지가 조심스레 받았다. 그래도 한왕은 전혀 반가워하는 기색이 없었다.

"내 듣기로 진평은 전에 위왕을 섬기다 달아난 적이 있다고 했다. 그런데 이번에 또 항왕에게서 달아나 과인에게로 오려 한다니 도대체 어떻게 된 일이냐?"

"진평이 전에 위왕을 떠나게 된 까닭은 그때 제가 곁에서 보아 잘 압니다. 그것은 간특한 자들의 참소 때문이지 결코 진평에게 허물이 있어서가 아니었습니다. 또 듣기로는 이번 일도 반드시 진평에게 무슨 죄가 있어서는 아닌 듯합니다. 항왕이 귀가 얇아 헐뜯는 자들의 말만 믿고 그를 죽이려 하기 때문에 어쩔 수 없이 달아난 것이라 들었습니다."

위무지가 조심스러우면서도 간곡한 목소리로 그와 같이 대답했다.

실로 그랬다. 그해 정월 진평이 은왕 사마앙을 사로잡아 항복을 받고 돌아왔을 때만 해도 패왕 항우는 그를 아끼고 믿었다.

"그것 보아라. 내 무어라 하더냐? 이번에 진평은 적어도 그 멀쑥한 허우대 값은 넉넉히 하지 않았느냐?"

객경(客卿)에 지나지 않는 진평을 장수로 세우는 데 반대하던 사람들을 돌아보며 핀잔처럼 말했다. 그리고 진평의 벼슬을 도위로 올리면서 금 스무 일(鎰, 스물넉 냥)을 상으로 내려 그를 아끼고 믿는 정을 따로 표했다.

그런데 보름 전 사마앙이 다시 서초를 저버리고 한왕 유방에게 항복했다는 소식이 들어오자, 패왕 항우는 사마앙이 처음 항복해 올 때 기뻐한 만큼이나 그 배신에 성을 냈다. 그러나 죽은 전영을 따르는 무리들에게 발목이 잡혀 제나라에서 몸을 빼지 못하는 바람에 당장 달려가 분을 풀 수가 없었다. 그저 길길이 뛰며 소리만 지르는데, 그 틈을 탄 간신배들이 항왕에게 속살거렸다.

"지난번에 진평은 대왕을 속였습니다. 옛날 위구의 패거리만 잔뜩 끌고 가 싸움도 않고 은왕과 그 장리(將吏)들을 꾀어 항복을 산 것입니다. 우리 서초의 힘도, 대왕의 위엄도 펼쳐 보이지 못하고 받아 낸 그 항복이 어떻게 잘 지켜지기를 바라겠습니까? 과연 한왕 유방이 대군을 보내자 그들은 하루아침에 무릎을 꿇고 만 것입니다."

그 말을 곧이들은 패왕은 더욱 화가 나 제나라만 평정하면 바로 하내로 달려가 은왕과 그 장리들을 모조리 잡아 죽여 버리겠다며 이를 갈았다. 뿐만 아니라 일을 그렇게 만든 진평도 구실만 생기면 잡아다 목을 베리라 별렀다. 그런데 마침 패왕의 근신 중에 진평과 가까운 사람이 있어 그 일을 가만히 진평에게 귀띔해 주었다.

진평은 진작부터 패왕 항우의 오만과 편견 때문에 되풀이되는 실책에 실망을 키워 왔다. 그러나 은왕 사마앙을 칠 때 항왕이 보여 준 믿음이 고마워 겨우 마음을 붙이고 있는데, 이제 다시 패왕이 자신을 죽이려 한다는 말을 듣자 정나미가 뚝 떨어졌다. 하나뿐인 목이 베이기 전에 스스로 살길을 찾아 달아나기로 작정했다.

하지만 진평에게는 나름대로의 결벽이 있었다. 위왕을 떠날 때 그랬던 것처럼 패왕을 떠나면서도 벼슬과 재물로 마뜩잖은 의심을 받고 싶지는 않았다. 이에 진평은 패왕으로부터 받은 관인(官印)과 상으로 받은 금은을 모두 봉한 뒤에 사람을 시켜 되돌려 주게 하고, 자신은 샛길로 빠져 패왕의 군중을 벗어났다.

칼 한 자루만 차고 밤길로만 며칠을 달려 어렵게 산동을 빠져나온 진평은 마지막으로 한왕 유방을 찾아가 몸을 의탁해 보기로 마음먹었다. 하수를 따라 서쪽으로 가다가, 한왕이 수무에 있다는 소리를 듣고 백마(白馬) 맞은편에서 물을 건너려 했다.

어떤 한적한 나루에서 배를 찾던 진평은 쫓기는 듯한 마음에 이것저것 살피지 않고 배 한 척을 얻어 탔다. 그런데 전란 시절의 뱃사공이란 게 태반은 수적이나 다름없었다. 진평이 배에 오르자 어디서 왔는지 우락부락한 사공 몇이 이런저런 핑계로 같이 배에 올랐다. 진평의 멀쩡한 허우대에다, 걸치고 있는 옷이 해져도 비단이요, 차고 있는 칼도 값싸 보이지 않아 수적들을 꾀어

들인 듯했다. 틀림없이 진평이 많은 재물을 몸에 숨기고 있으리라 믿고 강물 한가운데서 재물을 턴 뒤에 죽여 버릴 작정이었다.

배가 강물 가운데로 들어간 뒤에야 그런 심상찮은 낌새를 알아챈 진평이 곧 꾀를 냈다. 먼저 허리에 차고 있던 칼을 풀어 나이 든 사공에게 내밀며 말했다.

"이보시오, 사공. 나는 강을 건너면 이 칼이 소용없으니 당신이 받아 두시오. 비록 보검은 아니나 여럿이서 술 한잔 나눠 마실 만한 값은 될 것이오."

그리고 진평은 옷을 훌훌 벗어젖혔다. 이어 누가 보아도 그 안에 아무것도 감춰진 것이 없음을 알 수 있게, 벗은 옷을 뱃전에 내던지고 사공들 사이에 끼어들며 말했다.

"보아하니 일손이 넉넉지 않은 듯하구려. 내가 노 젓는 걸 돕겠소."

뱃사공들이 머쓱해서 말했다.

"노 젓기는 어려서부터 익힌 일이라 우리만으로도 넉넉하오. 어찌했거나 물은 건너게 드릴 테니 손님은 그냥 뱃전에 앉아 계시오."

그러고는 일없이 백마 쪽 나루에 내려 주었다. 진평이 속으로 안도의 한숨을 내쉬면서 배에서 내리는데 다시 칼을 받은 늙은 사공이 말했다.

"우리에게는 이 칼이 술 한잔 나눠 마실 값밖에 안 되지만, 손님에게는 훨씬 요긴하게 쓰일 듯하오. 이 칼도 가져가시오."

이에 진평은 칼까지 되찾아 차고 수무로 올 수 있었다.

위무지가 그처럼 간곡하게 진평을 변호해 줄 수 있었던 것은 이미 그 모든 일을 들어서 알고 있었기 때문이었다. 한왕도 그런 위무지의 정성을 물리칠 수 없었던지 마지못한 듯 말했다.

"그를 들게 하라."

한왕 유방의 허락이 떨어지자 위무지는 곧 진평을 불러들였다. 그때 진평을 한왕의 유막(帷幕)으로 데리고 들어온 것은 누이 석미인 덕에 중연이 된 석분이었다. 나중에 다섯 부자의 녹봉이 합쳐 만석이 되었다 해서 만석군(萬石君)으로 불린 석분은 때마침 산동에서 도망쳐 온 다른 여섯 사람도 함께 데리고 왔다.

진평을 비롯한 그들 일곱 명이 한꺼번에 유막 안으로 들어서자 한왕이 그들을 보고 물었다.

"너희들 중 누가 진평인가?"

"제가 진평입니다."

진평이 한 발 나와 길게 읍하며 대답했다. 그를 물끄러미 바라보던 한왕이 문득 알 수 없다는 눈길이 되어 물었다.

"그대가 진평인가? 그런데 몹시 낯이 익구나."

그러나 진평은 깊숙이 허리를 굽혀 군왕을 만나 보는 예를 올릴 뿐 한왕의 물음에 얼른 대답을 하지 않았다. 한왕이 잠시 기억을 더듬다가 불쑥 말했다.

"이제 알겠다. 그대는 지난해 홍문의 잔치에서 몸을 빼내는 나를 눈감아 준 항왕의 빈객(賓客)이 아닌가?"

"대왕께서 기억하시니 바로 아룁니다. 실은 제가 바로 그 사람입니다."

진평이 그렇게 대답했으나 얼굴에는 자랑하거나 내세우기는 커녕 어딘가 민망스러워하는 기색이 있었다. 그게 이상한지 한왕이 다시 물었다.

"만약 그때 그대가 과인이 패상(霸上)으로 돌아가는 길을 가로막으려 들었다면 과인은 큰 어려움을 겪었을 것이다. 어쩌면 범증(范曾) 늙은이의 독한 손에서 끝내 빠져나올 수 없었을지도 모른다. 따라서 그때 그대는 과인의 목숨을 구해 준 것이나 다름없는데, 이렇게 과인을 찾아오면서 어찌 그 일을 먼저 말하지 않았는가?"

홍문에서의 일이 새삼 고마운지 그렇게 묻는 한왕은 말투까지 달라져 있었다. 그러나 진평은 한층 민망스러워하는 낯빛이었다. 오히려 죄지은 사람마냥 한참이나 깊이 머리를 수그리고 있다가 처연하게 말했다.

"송구스러우나 그때 저는 패왕을 주인으로 섬기고 있었습니다. 또 대왕께서 무사히 몸을 빼내시면 제 주인 되는 패왕께 크게 해로우리란 것도 잘 알고 있었습니다. 그런데도 대왕께서 떠나시는 것을 눈감아 주었으니, 이는 제 주인 되는 패왕께 불충한 짓을 한 것입니다. 대왕께서는 장차 천하의 주인이 되실 분으로서, 비록 대왕을 다소 도운 공이 있다 해도 제 주인을 저버린 자를 높이 세워서는 결코 아니 됩니다. 더군다나 대왕은 하늘이 돌보는 분이시니, 그날 제가 그곳에 없었더라도 터럭 하나 상함이 없이 패상의 진채로 돌아가실 수 있었을 것입니다."

그 말에 한왕이 잠시 말을 잃고 진평을 바라보았다. 자칫 모든 일에 성의 없고 소홀하다는 말을 들을 만큼 너그럽고 대범한 한 왕이었으나, 그런 진평의 말에는 무언가 한왕의 가슴 깊은 곳을 건드리는 데가 있었다. 이윽고 다시 한 차례 깊이 고개를 끄덕인 한왕이 짐짓 엄한 표정으로 진평의 말을 받았다.

"허나 그대는 이제 그 주인을 떠났으니, 새삼 그대에게 그때의 불충을 물을 수는 없구나."

"신도 이제는 돌아갈 곳이 없는 외로운 몸이 되었습니다. 대왕께서 받아 주신다면 앞으로 두 번 다시 제 주인에게 불충하는 일은 없을 것입니다."

진평이 한층 깊숙이 머리를 조아리며 그렇게 맹세하듯 말했다. 그러자 그것으로 치러야 할 의식은 다했다는 듯 한왕이 다시 평소의 표정으로 돌아가 위무지를 돌아보며 말했다.

"이 사람들이 먼 길을 오느라 그런지 주리고 지쳐 보인다. 먼저 상을 차려 내어 배불리 먹게 하고, 객관으로 보내 하룻밤 쉬게 한 뒤 다시 만나 보기로 하자."

그러자 다시 진평이 나서서 말했다.

"신은 큰일을 하고자 위태롭고 먼 길을 달려왔습니다. 제가 대왕께 드리려는 말씀은 오늘을 넘겨서는 아니 될 것입니다."

그런 진평의 두 눈에서는 조금 전과 달리 은은한 불길이 타오르는 듯했다. 주리고 지친 기색은 전혀 보이지 않았다. 이에 한왕은 진평에게 따로 상을 차려 술과 밥을 내리고, 마주 앉아 기다리다가 그의 말을 들었다.

진평의 말을 한나절 듣고 나자 한왕은, 한신도 아니고 장량도 아닌, 전혀 새로운 형태의 인재를 얻었음을 깨달았다. 한신이 타고난 병가라면 장량은 도가적인 사고로 단련된 책사였다. 이에 비해 진평은 귀곡(鬼谷)을 거치지 않은 종횡가(縱橫家)였다.

실천적이고도 실용적인 점에서 세 사람의 학식과 재주는 비슷했다. 그러나 모두 책을 읽었지만, 진평에게서는 전혀 서생(書生) 티가 나지 않았다. 또 인간에 대한 지식도 세 사람 모두 남달랐지만, 진평은 특히 탐욕이나 허영 같은 인간의 약점에 밝아 이채로웠다.

한왕은 그 모든 걸 그저 막연한 직관으로 느끼고 있을 뿐이었으나 그 때문에 진평을 얻은 기쁨이 줄지는 않았다. 마침내 말을 끝낸 진평에게 한왕이 새삼 물었다.

"그대는 초나라에서 무슨 벼슬을 하였는가?"

"도위였습니다."

진평이 그렇게 대답하자 한왕이 들뜬 목소리로 말했다.

"그렇다면 그대는 우리 한나라에서도 도위다. 허나 그냥 도위가 아니라, 참승(驂乘)으로 과인과 함께 수레를 타며 호군(護軍)으로 과인에 갈음하여 여러 장수들을 잘 살피도록 하라."

그리고 좌우에 명하여 그날로 진평을 참승과 호군을 겸하는 도위로 삼았다. 그 소문이 퍼지자 오래 한왕을 따라다니며 공을 세운 장수들이 그냥 보고 있지 않았다. 우르르 한왕의 유막으로 몰려가 한목소리로 따졌다.

"대왕께서는 어찌 초나라에서 도망쳐 온 졸개를 하루아침에 그렇게도 높이 세우셨습니까? 그 재주나 사람됨이 높고 낮음을 알아보지도 않고 참승을 삼아 함께 수레를 타시며, 또 호군으로 세워 오히려 우리 나이 든 장수들을 감독하게 하셨습니까?"

하지만 한왕은 눈도 깜빡하지 않았다.

"그대들 모두 내게는 날카로운 손톱이나 어금니[爪牙] 같은 장수들이나, 사람의 재주와 쓰임은 여러 갈래다. 진평은 과인이 중원(中原)의 사슴을 쫓는 데 없어서는 아니 될 사람이니, 그대들은 더 시비하지 말라!"

그러면서 오히려 진평을 더욱 아끼고 믿었다.

수렁

한(漢) 2년 3월 하순, 말 그대로 저무는 봄[暮春]의 햇살이 따가운 날이었다. 산동 임치에서 하룻길쯤 되는 제수 동쪽의 높지 않은 황토 언덕 아래 수많은 사람들이 한 덩이로 엉겨 일하고 있었다. 황토 언덕 사이로 난 좁고 얕은 골짜기 바닥을 넓히고 깊게 하는 것이 그들의 일이었다.

하지만 멀리서는 그저 한 덩이로만 보이는 그들도 가까이 가서 보면 두 종류로 나뉘었다. 하나는 날카로운 병기와 채찍을 들고 일을 시키는 쪽으로, 패왕 항우를 따라 제나라를 치러 온 초나라 군사들이었다. 우두머리가 죽은 뒤에도 항복하지 않고 맞서는 반도(叛徒)들을 뒤쫓아 멀리 북해까지 왔다가 마침내 그들을 쳐부수고 서쪽으로 되돌아가는 중이었다.

다른 하나는 그런 초나라 군사들에게 짐승처럼 몰리며 일하고 있는 쪽으로, 죽은 제왕(齊王) 전영을 따르던 군사들이었다. 전영이 죽자 멀리 임치까지 도망쳐 와 버렸으나 끝내 패왕의 군사들에게 사로잡히고 말았다. 그리하여 모진 고초와 학대를 받으면서 끌려가다가, 갑자기 그곳에 내몰려 벌써 이틀째 땅을 파고 있었다.

일을 시키는 초나라 군사들은 하나같이 표독을 부리며 악을 썼다. 채찍을 날리고 창대를 몽둥이 삼아 휘두르면서 인정사정없이 제나라 항병(降兵)들을 몰아댔다.

"빨리빨리 해. 이 버러지 같은 것들아!"

"어서 파라고. 이 썩어 자빠질 시체 같은 놈들아!"

"뭐? 제나라를 다시 세워? 죽은 전영의 원수를 갚는다고? 에라이, 순……."

그렇게 욕하면서 때리거나 차는 쪽은 차라리 점잖았다. 초나라 군사 태반은 일을 시키기 위해 욕하는 것이 아니라, 괴롭힐 구실을 찾기 위해 일을 다그치고 있는 듯했다. 그러다가 용케 죽일 만한 구실을 찾아내면 바로 창칼을 휘둘러 항병들의 목숨을 끊어 버리기도 했다.

"어이, 참아. 그런다고 저것들한테 죽은 고향 친구들이 되살아나나?"

"한둘 죽인다고 내일 당장 싸움 끝내고 부모처자에게 돌아갈 수 있는 것도 아닌데……."

"공연히 손에 피만 묻히지. 구석구석 쥐새끼들처럼 몰려다니는 것들을 다 어쩔 거야?"

초나라 군사들 중에도 그렇게 좋은 말로 말리는 자가 없는 것은 아니었으나, 그 살벌한 분위기가 자아내는 공포는 대단했다. 이미 지난 며칠 공포에 길들여진 제나라 항병들은 이제 체념을 넘어 일종의 마비에 빠져들고 있었다. 무얼 하는지도 모르면서 당장 자기들을 노려보고 있는 죽음의 공포에 짓눌려 허둥지둥 땅을 팠다.

이윽고 황토 언덕 사이의 얕은 골짜기는 길고 깊은 구덩이로 변했다. 천여 명의 포로들이 이틀에 걸쳐 판, 길이 한 마장에 너비와 깊이가 모두 세 길이 넘는 황토 구덩이였다.

황토 언덕 위에서 일의 진척을 살피고 있던 군사 하나가 저만치 작은 진세를 이루고 있던 저희 편에게 깃발로 신호를 보냈다. 일을 시키던 군사들보다 한층 엄중하게 무장한 초나라 군사 한 떼가 미리 준비된 긴 사다리를 들고 언덕으로 달려왔다. 그들이 들고 온 사다리를 구덩이 바닥에 걸치며 소리쳤다.

"어이, 그만하면 됐어. 모두 올라와 목이라도 축이고 다시 하자구."

그러자 구덩이 바닥에서 포로들을 몰아대던 초나라 군사들이 하나둘 사다리를 타고 기어오르기 시작했다.

일손이 멈춰지고 구덩이 바닥에 함께 있던 초나라 군사들이 줄지어 구덩이 밖으로 기어오르자 비로소 제나라 항병들도 퍼뜩 정신이 든 듯했다. 무엇에 홀려 있다 깨난 사람들처럼 화들짝 놀라며 사다리 쪽으로 몰려들었다.

"저희도 잠깐 나갔다 오면 안 될까요?"

"나도 저 밖에 볼일이 있는데…….."

자기들의 운명을 어렴풋이 예감한 포로들이 허옇게 질린 얼굴로 사다리 끝을 움켜잡고 위로 올라가고 있는 초나라 군사들을 올려다보았다. 그러나 초나라 군사들은 이미 받은 명령이 있는지 뒤도 돌아보지 않고 구덩이 바깥으로 기어 나가기 바빴다.

더욱 불안해진 포로들은 아직 남아 있는 초나라 군사들의 옷깃을 부여잡고 애걸하기 시작했다. 그러자 초나라 군사들은 저마다 칼을 빼 들고 소리쳤다.

"물러나라! 우리는 되돌아올 것이다. 너희들도 일을 마치면 밖으로 나갈 수 있다."

그러나 그때 이미 포로들은 아무도 그 말을 믿지 않았다. 초나라 군사들이 목숨을 건져 줄 끈이라도 되는 듯 사다리 주변으로 모여들어 그들에게 엉겨 붙으려 했다.

마지막까지 바닥에 남아 있던 초나라 군사들은 한 손으로는 사다리를 잡고 다른 한 손으로는 칼을 휘두르며 밖으로 기어 나왔다. 밖에 있던 초나라 군사들이 흔히 진과(秦戈)라고 불리는 낫 달린 창이나 기마병과 싸울 때 쓰는 긴 창으로 구덩이 위 언덕에서 그들을 도왔다. 뒤따라 올라오는 제나라 항병들을 무자비하게 찌르고 찍고 베었다.

그러자 구덩이 바닥은 순식간에 아비규환으로 변했다. 사다리를 오르려다 창칼에 찍혀 다치거나 죽은 항병들이 사다리 근처를 시뻘겋게 뒤덮었다. 그런데도 여전히 기를 쓰고 사다리를 기어오르다가 다시 창칼에 찔려 떨어지며 구슬픈 비명을 질러 대는 자들이 있는가 하면, 아예 올라가기를 단념하고 위를 향해 소리소리 악담과 저주를 퍼붓는 자들도 있었다. 체념한 듯 그리운 사람들의 이름을 부르며 눈물짓기도 하고, 구덩이 바닥에 실성한 듯 퍼질러 앉아 무언가 알아듣지도 못할 소리를 웅얼대기도 했다.

그런데 다시 더 끔찍한 일이 벌어졌다. 어느새 전갈을 받은 후진(後陣)에서 마른 생선 두릅 엮듯 줄줄이 묶은 항병들을 끌고 왔다. 아무것도 모르고 거기까지 끌려온 항병들은 언덕 위에 줄지어 세워지고서야 자신들이 어디에 와 있는지를 알아차렸다. 발아래 길고 깊게 입을 벌리고 있는 구덩이만으로도 눈앞으로 다가온 죽음을 한순간에 절감했다.

그제야 새로 끌려온 항병들도 구덩이 아래쪽과 마찬가지로 저마다 죽음을 앞둔 생명의 처절한 안간힘을 펼쳐 보였다. 그러나 몸부림쳐도 달라지는 것은 아무것도 없었다. 그들을 끌고 온 초나라 군사들이 발로 차고 창대로 후려치자, 줄줄이 묶인 채 구덩이 바닥에 처박히며 이미 펼쳐진 아비규환에 새로운 지옥도(地獄圖)를 보탤 뿐이었다.

뒤이어 임치 부근에서 뻗대다 사로잡힌 제왕 전영의 잔병(殘兵) 9천 명이 모두 산 채로 구덩이에 던져질 때까지 그런 참극은 몇 차례고 되풀이되었다. 나중에는 구덩이가 내던져진 사람의 몸으로 채워져, 묶이지 않은 자들은 그들을 딛고 언덕 위로 기어오를 수도 있었으나, 누구도 살아서 구덩이 밖으로 기어 나가지는 못했다. 언덕 위에서 기다리고 있던 초나라 군사들의 창칼이 그들을 난자했기 때문이었다.

이윽고 시체와 뒤섞인 구덩이 안의 사람들이 야릇한 마비와 무력감에 빠져 두 눈만 껌벅이고 있을 때 말발굽 소리와 함께 한 무리의 장수들이 나타났다. 오추마(烏騅馬)에 높이 오른 패왕 항우와 그의 장수들이었다.

언덕 위에 이른 패왕은 말 위에서 잠시 발아래 구덩이를 내려다보았다. 거기서 벌어지고 참상에 잠시 눈살을 찌푸리는 듯했으나, 이내 차가운 낯빛으로 고개를 돌려 좌우를 바라보며 짧게 명했다.

"묻어라!"

그리고 다시 모두 들을 수 있을 만큼 큰 소리로 외쳤다.

"모두 산 채 묻어 과인이 받은 천명(天命)에 맞선 죄가 얼마나 큰 것인지를 천하가 알게 하라. 우리 서초를 두려워하지 않은 죄와 과인이 믿고 아끼는 장졸들을 죽고 다치게 한 죄가 어떤 벌을 받게 되는지를 만민에게 보여 주어라."

그런데 참으로 알 수 없는 일은 패왕 항우의 짧은 생애에서 되풀이되는 '산 채 묻기[坑]'란 포로 처리 방식이다. 패왕은 구체적으로 기록된 것만도 세 번에 수십만 명을, 암시되기로는 거의 통상적으로 항복한 적들을 산 채로 묻고 있다.

그때 패왕이 빠져 있던 격정이 눈먼 복수의 쾌감인지 아니면 믿고 아끼던 이들을 잃은 슬픔으로 뒤틀리고 모질어진 감상인지는 알 길이 없다. 그들을 산 채 묻기로 한 결정도 마찬가지다. 뒷사람들이 흔히 추측하듯, 포로 관리의 효율성만 따지는 냉정한 계산이었는지 아니면 타고난 잔인성과 흉포함의 발로였는지도 이제 와서 정확하게 알 길은 없다.

하지만 그런 생매장이 거지반 패왕의 손아귀에 들어온 천하를 다시 잃게 만든 원인 중의 하나라는 것은 아무도 부인하지 못한다. 그런데도 기록을 보면 패왕은 정당성과 효율성을 굳게 믿으며 그 일을 되풀이한 듯하다. 나중에 외황(外黃)의 열세 살 난 아이에게서 깨우침을 받고서야 비로소 항복하거나 사로잡힌 적을 산 채 묻는 일을 그만둔다.

따라서 그때의 패왕에게는 그 생매장이 당연하기만 했을 것이다. 산 채로 땅에 묻혀 꺼져 가는 수많은 생명의 절규보다는, 자신을 거기까지 끌어내 세월과 기력을 허비하게 만든 제왕 전영에게 느끼는 분노가 더 강하게 패왕의 정서를 사로잡고 있었음에 틀림이 없다.

"못된 놈. 그래도 편하게 죽은 걸 다행으로 여겨라. 내게 사로잡혔으면 가죽을 벗기고 살점을 저며 죽였을 것이다!"

두 언덕 사이가 메워져 평평해질 무렵에야 그곳을 떠나면서 패왕은 머리만 상자에 담겨 온 전영을 떠올리고 그렇게 중얼거렸다.

돌이켜 보면 숙부 항량이 처음 동아에서 전영을 구해 줄 때부터가 악연의 시작이었다. 항량은 있는 힘을 다해 장함을 쳐부수고 전영을 구해 냈으나, 전영은 곧장 제나라로 돌아가 집안싸움에만 골몰하였다. 그리고 항량이 글을 보내 함께 싸워 주기를 청해도, 초나라로 도망쳐 온 전가(田假) 패거리의 목을 요구하며 끝내 그 요청을 들어주지 않았다. 전영만이라도 빨리 돌아와 항량 곁에 있었더라면 정도(定陶)의 참극은 없었을 것이라고 패왕은 굳게 믿고 있었다.

거록의 싸움에서도 전영은 패왕 항우에게 전혀 도움이 되지 않았다. 패왕이 왕리(王離)의 대군과 피투성이 힘겨운 싸움을 벌이고 있을 때, 성안에 갇혀 있던 조왕(趙王)과 장이 외에도 적지 않은 제후들이 군사를 내어 함께 싸워 주었다. 그러나 조카 전불(田市)을 왕으로 세우고 스스로 재상이 되어 제나라의 실권을 틀어쥐고 있던 전영은 화살 한 대 보태지 않았다.

패왕이 관중으로 쳐들어갈 때도 그랬다. 천하의 제후들이 모두 패왕을 따라 진나라를 쳐 없애는 데 공을 다투었으나, 전영만은 제나라에서 꼼짝하지 않았다. 그때 패왕은 그의 힘이 아쉬워서가 아니라, 그 교만과 오기가 미워 가만히 이를 사리물며 뒷날을 벼렸다.

그 뒤 진나라를 쳐 없앤 패왕이 홍문에서 천하대세를 장악하자 가장 먼저 반기를 든 것도 전영이었다. 전영은 패왕이 제나라 왕으로 보낸 전도(田都)를 쳐부수어 내쫓고, 교동왕으로 돌린 전불을 즉묵까지 따라가 죽였다. 그리고 팽월을 시켜 패왕이 제북왕으로 보낸 전안(田安)마저도 죽여 버렸다.

하지만 전영의 도전은 패왕이 정해 보낸 삼제왕(三齊王)을 모두 죽이거나 내쫓은 것으로 끝나지 않았다. 세 땅을 아우른 다음 스스로 제왕이 되어, 천하를 분봉한 패왕의 권위에 정면으로 맞섰다.

직접은 아니라도 패왕이 된 항우에게 처음으로 패배를 맛보인 것도 전영이었다. 전영이 팽월을 시켜 서초(西楚) 땅을 노략질하게 하자, 패왕은 소공 각에게 군사 3만을 주어 팽월을 치게 했다. 팽월은 그 소공 각이 이끈 서초의 대군을 양(梁) 땅에서 여지없이 쳐부수어 버리는데, 그때 팽월의 신분은 제왕 전영의 장군이었고, 그 군사는 제군(齊軍)의 기호(旗號)를 쓰고 있었다.

한왕 유방에 가려 크게 드러나지는 않지만, 어찌 보면 전영은 초기의 패왕을 가장 애먹이고 힘들게 한 맞수였다. 그리고 그가 근거했던 제나라도 끝까지 천하대세의 향방을 가늠하는 저울추 노릇을 한다.

하지만 패왕으로 하여금 죽은 뒤까지도 전영을 미워하게 만든 것은 무엇보다도 그런 때 그런 곳에다 자신을 끌어다 놓은 일이었다. '그런 때'란 한왕 유방이 관중을 모두 차지하고, 그것도 모자라 관외의 한(韓)나라와 하남까지 삼켜 버린 심상찮은 때를 말한다. '그런 곳'은 이름만 들어도 분통이 터지는 유방이 다시 하동과 하내를 휩쓸고 있다는데, 자신은 엉뚱하게도 전영의 졸개들에게 끌려다니고 있는 산동 북쪽 땅을 말한다.

원래 패왕은 한왕 유방을 그리 싫어하지 않았다. 항량이 살아 있을 때 유방에게 보인 까닭 모를 호의가 기억에 남아 있었고, 또 여러 달 함께 싸우며 진나라의 성읍(城邑)을 거둬들일 때 동고동락한 정도 있었다.

가까이서 보아 알게 된 유방의 무능이나 결함도 패왕을 마음

편하게 했다. 패왕은 개인적인 용력(勇力)도 군사를 부리는 재주
도 신통찮은 주제에, 맺고 끊는 데 없이 수하 장수들과 한 덩이
로 어울려 뒹구는 유방을 장수로서는 처음부터 얕보았다. 거기다
가 유방의 감출 줄 모르는 물욕과 군막 안까지 여자들을 끌어들
일 정도로 지저분한 행실은 유방을 난세의 바람을 잘 탄 늙은 허
풍선이, 오입쟁이쯤으로 여기게 했다.

패왕이 한왕 유방을 달리 보기 시작한 것은 유방이 먼저 관중
으로 들어가 진나라의 항복을 받아 낸 다음이었다. 관중으로 들
어가려면 함곡관을 넘어야 한다는 통념을 깨고 유방이 남양으로
길을 돌아 무관을 넘은 것부터가 놀라운 일이었다. 뿐만 아니라,
그렇게 진 제국의 심장부에 바로 뛰어든 유방이 격렬했을 그 마
지막 저항을 꺾고 마침내 진왕(秦王) 자영의 항복을 받아 냈다
는 소식을 들었을 때는 충격과 함께 걷잡을 수 없는 시샘까지 느
꼈다.

그러다가 유방이 제 장수를 시켜 함곡관을 닫고 자신의 진입
을 막으려 들자 패왕은 살의(殺意)가 들 만큼 그 컴컴한 속셈이
의심스러웠다. 관중에 든 지 두 달 만에 유방이 거둬들인 인심도
패왕의 경계심을 일으키기에 충분했다. 그러나 홍문의 잔치에서
보여 준 비굴함은 다시 패왕을 방심하게 했다. 거기다가 한왕(漢
王)을 받아들인 유방이 잔도를 불사르고 파촉 한중으로 들어갈
때는 천하대세가 그걸로 모두 결정된 듯 보였다.

하지만 고도(古道)를 통해 파촉 한중에서 나오면서 유방은 다
시 흉물스러운 야심가로 떠올랐다. 그리고 한 달도 안 돼 삼진을

평정하여 관중을 차지함으로써 더욱 밉살맞으면서도 정체 모를 괴물같이 되어 갔다. 그러다가 함곡관을 나와 중원으로까지 손을 뻗치자 홍문의 잔치 때 죽이지 못한 게 뼈저리게 후회되는 천하 쟁패의 난적(難敵)으로 다가왔다.

가슴에 품은 미움과 분노대로라면 패왕은 한왕 유방이 한중을 나왔을 때 이미 관중으로 대군을 내어 결판을 봐야 했다. 그런데 장량의 말에 속고, 의제를 둘러싼 서초 내부의 형세가 뜻 같지 않아 머뭇거리는 사이에 전영이 먼저 일을 내고 말았다. 멀리 관중에 있는 유방의 칼이 설령 염통을 겨냥하고 있다 해도, 당장 가까운 산동에서 콧등을 갉겨 대는 전영을 버려둘 수는 없었다.

"못된 놈. 지독한 놈……."

패왕은 다시 그렇게 중얼거리고 혀를 차며 죽은 전영을 떠올렸다.

지난 정월에 있었던 성양의 싸움은 피와 주검에 어지간히 단련된 패왕에게조차 끔찍했다. 전영이 임치에서 성벽을 높여 기다리지 않고 거꾸로 천 리 길을 마중 와 준 것은 고마웠으나, 먼 길을 벼르고 와서 그런지 전영이 이끈 제군은 처음부터 만만치가 않았다. 패왕의 이름과 서초의 기치만 보아도 벌벌 떨며 손을 들줄 알았는데 전혀 그렇지가 않았다. 오히려 패왕이고 서초의 군사라 더욱 싸울 만하다는 듯 기세를 올렸다.

거기다가 패왕이 데리고 간 군사는 소문처럼 그리 많지 않았다. 전영을 얕봐 강동병 3만에 용저와 종리매가 이끄는 군사 3만이 전부였다. 원래 패왕은 구강왕 경포와 그 군사들도 제나라 정벌에 불러 쓰려 하였다. 그러나 경포는 병을 핑계로 오지 않고 장수 하나에 군사 수천 명을 딸려 보냈을 뿐이었다. 그 바람에 6만 군사로 성양에 이른 패왕은 전군을 들어 닷새나 거세게 몰아쳤지만 성을 떨어뜨리기는커녕 문루 하나 제대로 그을지 못했다.

"안 되겠다. 아부께 글을 올려 군사를 더 뽑아 올리게 하라. 빨리 전영을 사로잡고 팽성으로 돌아가야 하니, 되도록 많은 군사를 이끌고 아부께서도 함께 오시도록 해야 한다."

마침내 패왕은 그렇게 명을 내려 범증에게 증원을 요청했다. 범증도 중원으로 뻗어 나오기 시작한 한왕 유방을 꺾는 일이 더욱 급함을 잘 알고 있었다. 빨리 제나라를 평정하고 서쪽으로 갈 양으로 팽성을 지키는 군사들 중에서 굳세고 날랜 5만 명을 가려 뽑았다. 그리고 다음 날로 팽성에 남아 있던 계포와 함께 그들을 이끌고 성양으로 떠났다.

"이제 우리 서초의 맹장(猛將)과 정병(精兵)은 거의 모두 이 성양으로 데려온 셈입니다. 팽성에 아직 10만 대군과 여러 장수가 남았다 하나, 그래도 나라의 도읍을 너무 허술하게 비워 둔 게 아닌지 모르겠습니다."

군사를 이끌고 성양에 이른 날 범증이 그런 걱정을 했다. 그러나 패왕은 터무니없다는 듯 웃으며 받아넘겼다.

"과인이 없다 해도 10만 군민이 지키는 서초의 도성이외다. 누가 감히 팽성을 넘겨본단 말이오?"

"한왕 유방이 다시 임진관을 나와 하수를 건넜다니 아무래도 마음이 놓이지 않습니다. 하동을 지키는 서위왕 위표도 믿을 수 없고, 하내의 은왕 사마앙도 그렇습니다. 이미 한왕(韓王) 정창과 하남왕 신양의 항복을 받아 기세가 오른 터에 다시 하동 땅과 하내 땅을 어우르게 되면 간이 부푼 유방이 무슨 일을 저지를지 모릅니다. 더구나 팽성의 지세는 드넓은 들판 가운데 있어 사방이 열려 있는 형국입니다. 깊은 물이나 험한 산이 가로막지 않아 밖으로 뻗어 나가기에는 좋으나, 제자리에 앉아서 지키기에는 결코 이롭지 못합니다. 사방으로 적을 받게 되어 있어 웬만한 대군으로는 지키기 어려울 것이기 때문입니다."

그래도 범증은 걱정스러운 기색을 떨쳐 버리지 못하고 그렇게 말했다. 패왕이 다시 너털웃음으로 범증을 안심시켰다.

"임진관에서 팽성까지는 2천 리 가까운 길이니 아부께서는 너무 걱정하지 마시오. 성양은 내일이면 떨어지고 전영은 사로잡힐 터, 설령 유방이 오늘 당장 팽성으로 밀고 든다 해도 우리가 먼저 팽성에 돌아가 있게 될 것이오."

그리고 다음 날 날이 밝는 대로 맹렬히 성양을 공격했다. 범증의 말대로 서초의 맹장과 정병들이 모두 나선 공성(攻城)이었으나, 워낙 성벽이 두텁고 높은 데다 안에서 지키는 사람들이 악착같았다. 제왕 전영의 군사들과 성안 백성들이 한 덩이가 되어 죽기로 맞서니 패왕의 뜻대로 되지 않았다.

그 바람에 적지 않은 장졸만 다치고 다시 사흘이 헛되이 지나갔다. 하지만 서초의 군사가 워낙 많은 데다, 지난 3년 곳곳에서 피투성이 싸움을 벌이며 날래고 모질게 단련돼 있었다. 다시 닷새째 되는 날 밤, 벌써 열흘이나 쉴 새 없이 싸워 와 지친 성양성 안의 군민들은 초나라 군사들의 매서운 야습을 견뎌 내지 못하고 성을 내주었다.

"전영을 사로잡아라! 전영을 사로잡으면 천금의 상에 만호후로 올릴 것이다!"

성문이 열리자 패왕은 먼저 전영부터 사로잡아 오게 했다. 하지만 밉살맞게도 전영은 성이 떨어지기 전에 3백여 기를 거느리고 북문으로 달아나고 없었다. 패왕이 펄펄 뛰며 군사들을 풀어 전영이 달아난 곳을 알아보게 했다.

오래잖아 전영이 평원(平原)으로 갔다는 게 알려졌다. 패왕은 사마 용저에게 5천 군사를 주며 전영을 뒤쫓게 했다. 용저가 밤을 낮 삼아 평원으로 달려가니, 다행히도 패왕을 두려워한 평원의 백성들이 전영을 죽여 그 목을 바쳐 왔다.

살아 있는 전영에게 분풀이를 못한 게 패왕으로서는 분통 터지는 노릇이었지만, 그래도 그 목을 얻은 것으로 급한 불길은 잡힌 줄 알았다. 그런데 그 뒤처리가 다시 패왕의 발목을 잡아 그 뒤 석 달 가까이나 더 수렁 같은 제나라 땅에 묶어 두었다.

성양을 떨어뜨린 패왕은 사로잡힌 전영의 군사들과 그들을 거들어 싸운 백성들을 모조리 성 밖에 끌어내어 산 채로 땅에 묻었다. 그 머릿수가 군민을 합쳐 3만이 넘었다. 또 초나라 군사들에게는 상 대신 약탈을 허용하니, 빼앗기지 않으려다 죽임을 당하는 백성들의 비명 소리와 겁탈당하는 부녀자의 애처로운 신음이 며칠이나 성안을 가득 메웠다.

"이만하면 과인과 서초에 맞선 죄가 얼마나 큰 것인지 알았을 것이다. 이제 제왕을 다시 세워 그에게 제나라를 맡기고 우리는 팽성으로 돌아가자!"

사흘째 되는 날 패왕은 그렇게 말하고 제왕으로 내세울 만한 인물을 찾아보게 했다. 마침 옛 제나라의 마지막 왕 전건의 아우 전가(田假)가 멀지 않은 곳에 있었다. 전가는 전에도 제나라 사람들이 왕으로 세운 일이 있었는데 항량이 동아(東阿)에서 구해 준 덕분에 제나라로 되돌아온 전영에게 쫓겨나고 말았었다.

패왕이 전가를 제왕으로 세우고 성양을 떠나려 하자 전가가 덜덜 떨며 빌었다.

"대왕, 이대로 떠나셔서는 아니 됩니다. 대왕께서 이리 떠나시는 것은 저를 죽을 구덩이에 몰아넣고 가는 것이나 다름없습니다. 엎드려 빌건대, 천하가 안정될 때까지 저를 팽성에 머물게 해 주십시오."

"제왕이 제나라에 머물지 않고 어찌 서초의 도읍으로 가겠다는 것이오? 제나라 백성들을 뽑아 군사를 기를 때까지 약간의 장졸을 남겨 줄 터이니 이곳에 머물러 봉토를 지키시오."

패왕이 그렇게 권했지만 전가는 눈물까지 보이며 간청했다.

"비록 전영은 죽었으나 지금 제나라는 전영의 잔당(殘黨)으로 덮여 있습니다. 대왕께서 떠나시면 제나라는 그날로 손바닥 뒤집히듯 뒤집히고 말 것입니다."

"전영의 잔당? 그럼 제나라 백성들이 그토록 많이 전영을 따르고 있었단 말이오?"

"그 형 전담(田儋)으로부터 산동의 민심에 내린 뿌리가 결코 얕지 않습니다. 그렇지 않고서야 어떻게 혼자서 삼제의 왕을 모두 죽이거나 내쫓을 수 있었겠습니까? 제발 저도 그 삼제의 왕처럼 되지 않도록 굽어 살펴 주십시오."

전가가 그렇게 애걸하고 있는데 갑자기 급한 전갈이 들어와 전가를 거들어 주었다.

"전영의 부장 하나가 동아에서 크게 군사를 일으켰습니다. 그자는 성양을 우려빼신 대왕께서 초나라 군사를 시켜 성안 남자들은 모두 산 채로 땅에 묻고, 부녀자들은 남김 없이 겁간한 뒤 부로(俘虜)로 끌고 갔다고 제나라 백성들을 속였다고 합니다. 또 백성들의 재물을 모두 약탈하고 민가를 모조리 불살라 성안을 잿더미로 만들었다고 거짓말하였으며, 성벽은 허물고 해자는 메워 성양성이 있던 곳은 평지가 되었다고 충동질해 백성들을 저희 편으로 끌어들였다는 것입니다……."

"너희들이 정녕 그렇게 해 주기를 원한다면 그리해 주지."

하지도 않은 일까지 덮어씌우는 데 화가 난 패왕이 그렇게 소리치고 다시 소식을 가지고 온 군사에게 물었다.

"그래, 그것들은 지금 어떻게 하고 있느냐?"

"동아에서 모은 군사가 저희 말로 3만인데, 다시 곡성(穀城)을 아울러 5만으로 키운 뒤에 성양으로 쳐들어오겠답니다."

"알았다. 그렇다면 내 이제 그것들을 모조리 사로잡아 산 채로 묻고 그 처자는 또한 모조리 부로로 끌고 갈 것이다. 민가는 모두 불사르고 성은 평지로 만들어 주리라!"

패왕 항우는 그렇게 말하고 그날로 대군을 몰아 곡성으로 달려갔다. 하루 낮, 하룻밤의 끔찍한 싸움 끝에 곡성은 떨어지고, 싸움에서 1만여 명을 죽인 초나라 군사들은 사로잡은 5천 명을 다시 산 채 땅에 묻었다. 어린아이와 부녀자들을 모두 부로로 삼았으며 성은 태우고 허물어 평지로 만들어 버렸다.

패왕은 그 본보기가 제나라 사람들을 충분히 겁주어 저항의 의지를 꺾어 놓을 줄 알았다. 그런데 아니었다. 그 소문이 퍼지기 시작하면서 오히려 그게 불씨가 된 듯 산동에는 크고 작은 저항의 불길이 잇따라 타올랐다.

제나라 백성들이 모두 들고일어나 여기저기서 힘대로 맞서니 산동은 곧 패왕에게 고약한 수렁 같은 땅이 되고 말았다. 무턱대고 대군을 쪼갤 수 없어 가까운 곳부터 하나하나 불길을 잡아 가는 식으로 대군을 움직이는데, 그게 끝이 없었다. 여기를 비벼 껐다 싶으면 저기서 일고, 거기 가서 끄고 나면 다시 여기서 이는 식이었다.

방금도 패왕은 그 불길을 쫓아 멀리 북해까지 갔다가 돌아오는 길이었다. 구석구석 비로 쓸듯 산동 북쪽을 휩쓴 뒤에, 마지막으로 임치에 모여 힘을 기르고 있는 전영의 잔당들을 쓸고 나니 벌써 제나라에 온 지 두 달이 훌쩍 넘어서고 있었다.

'지난날 관중에 들 때처럼 이번에도 나는 엉뚱한 곳에서 너무 오래 발목이 잡혀 있는 것은 아닌가. 나는 너무 오래 제나라에 묶여 있고, 팽성에서 너무 멀리 와 있는 게 아닌가……'

지난 두 달 남짓을 돌이켜 보다 갑자기 불길한 느낌이 든 패왕이 자신에게 그렇게 물었다.

하지만 당장은 오고가는 것이 자신의 손에 달려 있지 않다는 게 다시 한번 패왕의 심기를 상하게 했다. 좋다. 그렇다면 너희 제나라 쥐새끼들, 산동의 쉬파리 떼를 끝까지 뒤쫓아 철저히 짓밟아 주마…….

본진으로 돌아간 패왕이 자신의 군막으로 들어가니 언제 왔는지 범증이 어두운 얼굴로 기다리고 있었다. 홍문의 잔치 이후 별로 웃는 낯을 본 적이 없어 그의 어두운 얼굴이 오히려 익숙하지만, 그래도 패왕은 건성으로 물어보았다.

"아부께서는 무슨 걱정이라도 있으시오? 어째 얼굴이 밝지 않소."

그러자 범증이 노여움과 비아냥이 섞인 말투로 대답했다.

"홍문에서 관 뚜껑에 못질하다 놓친 그 교활 무쌍한 장돌뱅이가 기어이 큰일을 저지르려는가 봅니다. 한왕 유방이 마침내 은왕 사마앙의 항복을 받고 군사를 남으로 돌렸다고 합니다. 지금 평음진으로 내려가고 있다는데, 무슨 수작인지 모르겠습니다."

"그 일이라면 그리 걱정 않으셔도 되겠소. 이제 임치에 둥지를 틀고 있던 도적 떼까지 쓸었으니 성양으로 돌아가면 될 것이오. 가서 전가에게 제나라를 맡기고 우리는 팽성으로 돌아가면 아무 일도 없으리다. 오히려 한왕 유방더러 제발 팽성으로 와 달라고 하시오. 그러면 우리는 먼저 가서 편히 쉬며 기다리다가 제 발로 찾아온 그 늙은 도둑을 잡을 수 있을 것이오!"

"그게 반드시 그렇게 되지는 않을 듯합니다. 지난 두 달을 돌이켜 보십시오. 당장도 또 어디서 악에 바친 제나라 것들이 들고 일어날는지……."

범증이 여전히 어둡고 무거운 얼굴로 그렇게 받았다. 그러잖아도 지쳐 있던 항우는 울컥 화가 솟구쳤으나 상대가 범증이라 함부로 속을 드러내지는 못했다. 숨만 씨근거리고 있는데 군사 하나가 급히 달려와 알렸다.

"역성에 또 반군이 들었다 합니다. 죽은 전영의 종제가 이끄는 군사라고 하는데 그 기세가 자못 날카롭습니다. 전횡(田横)의 명을 받들어 성양으로 몰려가는 길이라 합니다."

전횡은 전영의 아우로서 장수의 재질이 있었다. 전에 전영이 스스로 재상이 되어 전담의 아들 전불을 왕으로 세우고 제나라를 다스릴 때는 장군이 되어 형을 도왔으며, 전영이 마침내 제왕이 되었을 때는 대장군으로 제나라의 대군을 모두 거느렸다.

"내가 전횡을 잊고 있었구나. 그래 전횡은 지금 어디에 있다고 하더냐?"

패왕이 문득 생각난 듯 그렇게 물었다. 그 군사가 알아 온 대로 모두 말했다.

"성양이 떨어질 때 겨우 군사 몇 백 명만 데리고 멀리 달아났던 전횡은 형이 평원에서 죽었다는 말을 듣자 보수설한(報讎雪恨)을 맹세하며 군사를 모았습니다. 상복을 입고 검은 기를 세워 제나라 사람들을 충동질하니 금세 몇 만 군사가 그 아래 몰려들었다고 합니다. 거기다가 우리 군사가 가는 곳마다 항복한 자는 모두 산 채 묻고 성은 허물어 평지를 만든다는 소문이 돌자 더 많은 사람이 모여, 지금은 그 세력이 전영이 살아 있을 때에 못하지 않다는 것입니다. 역성에 있는 무리들에게 성양으로 오라고 한 것으로 미루어 성양을 되찾을 작정인 듯합니다."

그때 다시 범증이 조용히 물었다.

"역성에 있는 군사는 얼마나 된다고 하더냐?"

"저희 말로는 몇 만이라고 떠드나 인근 백성들에 따르면 5천을 크게 넘지 않을 거라 했습니다. 그것도 제대로 버린 창칼조차 없는 농투성이들이라 우리 대군이 밀고 들면 모두 놀라 달아나고 말 것입니다."

"달아나는 게 아니라, 우리가 역성에 닿기 전에 먼저 성양으로 달려가 전횡과 합세하겠지."

범증이 남의 말 하듯 그렇게 말하며 가볍게 한숨을 내쉬었다. 그제야 뭔가 심상찮은 느낌이 든 패왕이 성난 기색을 감추고 물었다.

"아부, 그게 무슨 말씀이시오? 우리는 어떻게 해야 하오?"

"어서 빨리 군사를 성양으로 돌려야 합니다. 늦어지면 돌아가도 성양은 이미 우리 것이 아니고, 성안의 전가는 이미 죽은 목숨일 것입니다."

"역성의 적도는 어찌해야 하오?"

"성양으로 가는 길목이니 응당 쳐 흩어야 하겠지요. 하지만 열에 아홉 적도들은 우리가 그곳에 이르기 전에 성양으로 달아나고 없을 것입니다."

그 말에 급해진 패왕은 그날로 대군을 휘몰아 역성으로 달려 갔다. 그러나 하룻밤, 하루 낮을 내달아 역성에 이르러 보니 범증 의 말대로 반군들은 이미 하루 전에 떠나고 없었다.

"적도들은 성안의 곡식을 모조리 거두고 장정들까지 뽑아 세 력을 배나 불린 뒤에 급히 성을 떠났다고 합니다. 성안에는 곡식 한 톨, 장정 한 명 남아 있지 않습니다."

역성 안을 돌아보고 온 집극랑 하나가 패왕 항우에게 그렇게 알려 왔다. 그 말에 패왕의 결기가 다시 울컥 치솟았다.

"쌀 한 톨, 장정 하나 남아 있지 않다면, 이는 틀림없이 빼앗긴 것이 아니라 스스로 바친 것이다. 그리고 적도들에게 모든 것을 스스로 바친 성이라면 우리 서초나 과인에게는 있으나마나 한 성이다. 이제부터 성안은 불사르고 남아 있는 노소는 모두 부로 로 잡으라. 성벽을 허물고 해자를 메워 다시는 적도가 몸담을 수 없는 곳이 되게 하라!"

그렇게 명을 내려 또 한 번 제나라 사람들의 가슴속을 골 깊게 파 뒤집어 놓았다. 하지만 그 끔찍한 짓에 또 한나절을 허비해 성양으로 가는 길은 그만큼 더디어질 수밖에 없었다.

한편 이때 전횡은 이미 3만 대군을 모아 성양을 에워싸고 있 었다. 성양은 옛 노나라의 속국인 거(莒) 땅에 세워진 성으로, 그 형 전영이 패왕 항우와 싸워 크게 낭패 본 곳이기도 했다. 그때 는 패왕이 왕으로 앉힌 전가가 역시 패왕이 딸려 준 군사 1만여 명과 더불어 지키고 있었다.

"항우가 멀리 임치까지 짓밟고 다시 길을 되짚어 이리로 내려오고 있다고 합니다. 어서 성양을 떨어뜨려 근거를 마련하고 항우에게 맞서야 하지 않겠습니까?"

전횡이 성을 에워싸고 있을 뿐, 선뜻 들이치지 않는 걸 보고 그 부장들이 그렇게 재촉했다. 하지만 전횡은 무겁게 고개를 가로저었다.

"지금 우리 군세로는 아무 손상 없이 성양을 손에 넣어도 항우로부터 성양을 지켜 내기가 쉽지 않을 것이오. 그런데 다시 굳게 지키는 성을 공격하다가 군사라도 크게 상하는 날이면 그 일을 어찌하겠소? 반드시 계략을 써서 우리 군사를 상하지 않고 성을 떨어뜨려야 하오."

그런 전횡의 말에 종제 전기(田旣)가 한 꾀를 내었다.

"성양은 선왕(先王, 전영)께서 항우와의 싸움에 근거로 삼고자 공들여 민심을 수습한 땅입니다. 비록 선왕께서는 싸움에 지고 쫓겨나셨으나, 성안 백성들 가운데는 선왕의 위덕(威德)을 기리는 이들이 아직도 적지 않을 것입니다. 오늘 밤 성안으로 글을 매단 화살을 날려 보내 그들을 한번 달래 보면 어떻겠습니까? 먼저 전가를 목 베고 성문을 여는 자는 천금의 상을 주고 대장군으로 삼을 것이요, 그를 도운 성안 백성들도 모두 전보다 더한 은의로 대할 것이라고 하십시오. 그런 다음 이번에는 전가와 초나라에 빌붙으려 하는 백성들을 겁주는 것입니다. 그들에게 속아 미련스레 성안에서 머뭇거리다가 성이 깨어지는 날에는, 부조(父祖)의 나라를 저버린 죄를 물어 죽은 넋조차 돌아갈 곳이 없게 만들겠다고 하면, 성안 백성들의 마음이 달라질 것입니다."

전횡이 들어 보니 그럴 듯했다. 곧 흰 비단을 찢어 글을 쓰고 화살 끝에 매단 다음 성안으로 쏘아 보내게 했다. 전횡의 군사들이 그런 화살을 성안으로 쏘아 보내기 수십 차례였으나 낮 동안 성안은 괴괴하기만 했다.

하지만 밤이 되자 뭔가 심상찮은 수런거림이 성 밖에서도 희미하게 느껴졌다. 그런 말을 전해 들은 전횡이 가만히 명을 내렸다.

"모두 갑주와 투구를 여미고 단단히 싸울 채비를 하라. 동서남북 어느 쪽이건 성문이 열리기만 하면 적에게 숨 돌릴 틈을 주지 않고 들이쳐 단번에 성을 거둬들여야 한다."

그 같은 전횡의 명령에 장졸들도 진작부터 싸울 채비를 갖추고 성안의 변화를 지켜보았다.

성양성 안 백성들 가운데는 지난번 싸움 때 전영을 편들었다가 패왕 항우에게 부모 형제를 잃거나 처자를 빼앗긴 사람들이 많았다. 죽지 못해 초나라 군사들에게 눌려 지냈으나, 전횡이 성안으로 날려 보낸 글을 보자 더는 참지 않았다. 밤이 깊어지자 서로 모여 권하고 자시고 할 것도 없이 저마다 들고일어나 성 밖 전횡의 군사들에게 호응했다.

이경을 넘기면서 성안 후미진 곳부터 여기저기 불길이 일기 시작하더니 삼경에 접어들 무렵에는 성안 곳곳이 대낮처럼 타올랐다. 초나라 군사들이 눈에 불을 켜고 불을 지르는 자들을 잡으려 들었으나, 어둠 속인 데다 하도 여러 곳에서 불길이 솟아 군사만 성안 여기저기로 흩어지는 꼴이 되었다. 그러다가 함성과 함께 허술한 서문 쪽이 먼저 열렸다.

서문 쪽에는 마침 전기가 날랜 장정 수천 명과 함께 숨어 기다리고 있었다. 성문이 열리자마자 함성을 지르며 성안으로 몰려들었다.

"이때다. 이때를 놓치지 말라!"

"모두 성안으로! 어서 나머지 세 성문을 열어 전횡 장군을 안으로 모시자!"

전기의 군사들이 서문으로 뛰어들자 성안의 초나라 군사들은 더욱 혼란되었다. 적이 서문으로 들어왔다는 말에 군사를 있는 대로 그쪽으로만 몰았다. 그러자 다른 성문들까지 느슨해지면서 다시 남문이 열리고, 이어 북문까지 열렸다.

기다리고 있던 전횡의 군사들이 사방에서 홍수처럼 몰려들자 그러잖아도 머릿수가 턱없이 모자라던 초나라 군사들은 더 싸울 뜻이 없어졌다. 장졸들이 저마다 성을 버리고 달아나기 시작했다. 그렇게 되니 패왕이 세운 허수아비 왕은 아무도 돌봐 줄 겨를이 없어, 제왕 전가는 그 난판에 어디로 갔는지 자취 없이 사라지고 말았다.

성안 백성들의 호응 덕분에 별로 힘들이지 않고 성양을 떨어뜨린 전횡은 크게 기세가 올랐다. 사로잡은 초나라 군사들과 끝까지 그들에게 빌붙어 자기들에게 맞선 제나라 사람들을 모두 목 벤 뒤에 성양에 눌러앉아 그곳을 근거지로 삼았다. 그리고 널리 사람을 풀어 지난번 난리 통에 흩어진 형 전영의 아들들을 찾아보게 했다.

전영의 아들들 가운데 맏이는 전광(田廣)이라 했는데, 일찍부터 왕재(王才)가 있다는 말을 들었다. 전횡의 군사들이 사방으로 수소문한 지 며칠 안 돼 그 전광이 어린 아우 하나와 성양에서 멀지 않은 민가에서 나왔다. 지난번 성양이 패왕에게 떨어졌을 때 초나라 군사들에게 쫓기다가 옷을 갈아입고 농부들 사이에 숨어 지낸 끝이었다.

전횡은 몹시 기뻐하며 조카 전광을 새로운 제나라 왕으로 모셨다. 한(漢) 2년 4월 초순의 일이었다.

전광이 왕위에 오르자 패왕 항우에게 의연히 맞서다가 죽은 그 아비 전영을 향한 존숭과 신망이 자연스레 그에게 쏠렸다. 그가 있는 성양은 도읍처럼 되고, 제나라의 사람과 물자가 모두 그리로 몰렸다. 전횡은 다시 대장군이 되어 패왕과 맞서 싸울 투지를 불태웠다.

한편 간신히 목숨을 건져 성양을 빠져나간 초나라 군사는 두 갈래로 나뉘었다. 한 갈래는 무턱대고 제 도읍인 팽성을 바라 달아났고, 다른 한 갈래는 임치에서 돌아오고 있는 패왕 항우를 찾아 동쪽으로 내달았다. 따지고 보면 초나라 군사들로서는 실로 오랜만에 무참하게 져서 쫓기는 셈이라, 어느 쪽도 제정신이 아니었다.

그런데 동쪽으로 달아나던 초나라 군사들이 정신없이 내닫기 이틀 만이었다. 멀리 동편으로 부옇게 먼지를 날리며 대군이 몰

166

려오고 있었다. 자라 보고 놀란 가슴 솥뚜껑 보고도 놀란다더니, 그때의 초나라 군사들이 그랬다. 놀라 무턱대고 달아나려다 다시 한번 쳐다보니 저희 편 깃발이라 구르듯 그리로 달려갔다.

마주쳐 오던 초나라 군사들이 도망쳐 오던 군사들의 말을 듣고는 그중 기장 하나를 패왕 항우에게로 데려갔다.

"어떻게 된 일이냐? 성양은 어쩌다가 잃었느냐?"

패왕이 터질 듯한 노기를 억누르고 차가운 목소리로 물었다.

"전영의 아우 전횡이 5만 대군을 모아 성을 에워싸는 바람에……."

"닥쳐라! 전횡의 군사라면 나도 들은 말이 있다. 저들은 5만이라 떠벌리지만 실제로는 까마귀 떼 같은 농투성이 3만에 지나지 않는다 하였다. 두텁고 높은 성을 의지하고 있는 너희 1만이면 넉넉히 지킬 수 있었다."

패왕이 드디어 참지 못하고 목소리를 높였다. 그 기장이 기어드는 목소리로 변명을 보탰다.

"거기다가 성안에 남아 있던 제나라 놈들이 성 밖의 적과 내통하여 밤에 몰래 성문을 열어 주는 바람에……."

"내 줄곧 손길에 인정을 남겨 그것들을 살려 준 걸 걱정했더니 끝내 그리되고 말았구나. 이제 다시 성양이 내 손에 떨어지면 제나라 종자는 아무도 살려 두지 않으리라!"

항우가 그렇게 말하고 부드득 이를 갈더니 다시 그 기장을 노려보며 물었다.

"성을 빠져나온 것은 너희들뿐이냐?"

"남문으로 한 갈래가 더 빠져나갔습니다. 아마도 팽성을 바라고 달아났을 것입니다."

"그럼 성을 지키던 제왕은 어찌 되었느냐?"

"워낙 순식간에 성이 떨어지고 홍수처럼 적이 밀려들어 살필 경황이 아니었습니다. 난군 중에 죽었다는 풍문이 있으나, 저희 가운데 직접 보거나 들은 사람은 없습니다."

그러자 패왕이 불이 뚝뚝 듣는 듯한 눈길로 그 기장을 노려보며 꾸짖었다.

"과인이 너희 1만을 성양에 남긴 까닭은 성과 아울러 제왕 전가도 지키라는 뜻이었다. 특히 네가 부장으로 이끈 철기 5백은 일이 있을 때 무엇보다 먼저 제왕을 보호하라 일렀거늘, 어찌하여 제왕이 죽었는지 살았는지도 모르고 홀로 도망쳐 왔단 말이냐?"

그제야 패왕의 마음을 읽은 그 기장이 몸을 부들부들 떨며 얼른 대답을 하지 못했다. 패왕이 길게 기다려 주지 않고 좌우를 돌아보며 엄하게 명령했다.

"여봐라, 이자를 끌어내어 목 베어라. 과인이 세운 왕이 모두 전가와 같은 꼴이 난다면 앞으로 누가 과인에게서 제나라의 왕위를 받으려 하겠는가?"

좌우에 있던 장수들이 한꺼번에 나서 패왕을 말렸다. 군율을 세우는 데는 엄하지만 자신이 곁에 두고 부리던 장졸에게는 곧잘 정에 약해지는 패왕이었다. 못 이기는 척 그 기장을 용서하면서도 제 속을 이기지 못해 주먹을 부르쥐었다.

"전횡 그 겁 없는 촌놈이 제 형을 따라 죽기를 재촉하는구나.

이제부터 전군은 일정을 배로 하여 성양으로 달려간다. 가서 성을 우려빼고 전횡을 사로잡아 목을 베리라. 성안의 목숨 있는 것은 모두 죽이고 성은 허물어 평지를 만들리라!"

그러고는 장졸들을 휘몰아 성양으로 달려갔다. 범증이 걱정스러운 듯 말했다.

"성안에서 평안히 쉬며 기다리고 있는 적을 고단한 군사로 쳐서는 이기지 못합니다. 적은 어차피 성에 의지해 우리에게 맞설 것이니 서두르지 마십시오."

범증의 말이라 못 들은 척할 수는 없지만, 그래도 패왕은 급한 마음을 이기지 못했다. 사마 용저와 정공을 불러 3만 군사를 떼어 주며 말했다.

"너희들은 밤을 낮 삼아 달려 먼저 성양으로 가라. 멀리서 에워싸고 전횡이 달아나는 걸 막고만 있으면 곧 내가 이끈 대군이 그곳에 이르러 한 싸움으로 성을 우려빼리라!"

하지만 그 같은 패왕의 서두름이 다시 화근이 되었다. 용저와 정공이 먼저 떠난 다음 날 아침이었다. 아직 성양이 70리나 남은 곳에 이르렀을 때 패왕은 다시 분통 터지는 꼴을 보아야 했다. 전날 밤낮을 달려 성양성 밖 30리 되는 곳까지 밀고 들었던 용저와 정공이 전횡의 군사들에게 야습을 받아 되쫓겨 온 일이었다.

전영조차 여우 대접도 안 해 준 패왕의 도저한 자부심에 그 아우 전횡은 쥐새끼나 다름없이 하찮아 보였다. 용케 성양을 차지하기는 했어도 성안에서 벌벌 떨며 기다리고 있을 뿐, 감히 성을 나와 매복하고 있으리라고는 상상도 못했다. 그런데도 성 밖

30리나 나와 용저 같은 맹장이 이끄는 3만 군을 형편없이 짓두들겨 내쫓아 버린 것이었다.

"어떻게 된 일이냐?"

성을 내기에 앞서 궁금함부터 풀어 볼 양으로 패왕이 용저에게 물었다. 언제나 곁에 두고 아끼는 장수라 그 목소리도 우선은 담담했다. 용저가 얼굴을 붉히며 더듬거렸다.

"전횡과 전기가 각기 한 갈래 군사를 이끌고 매복해 있다가 칠흑 같은 여명에 불시에 기습해 왔습니다. 놀란 군사를 수습해 맞받아치려 했으나 군사들이 워낙 지쳐 있어 뜻과 같지 못했습니다."

"너는 나를 따라 싸운 것만도 대소 쉰 번이 넘는다. 밤중에 행군하면서 척후도 보내지 않았단 말이냐?"

"전횡 같은 것이 감히 성을 나와 매복을 펼칠 줄은 차마 몰랐습니다."

용저가 더욱 낯을 붉히면서도 분하다는 듯 지그시 이를 사리물었다. 사람은 누구나 자신의 약점에 관대하기 마련인가? 그런 용저의 말을 듣자 패왕도 더는 꾸짖지 않았다.

"제나라 촌놈에게도 배울 것이 있구나. 알았다. 이제부터 내 너를 한 장수로 여겨 주마."

곁에 있지도 않은 전횡에게 그렇게 중얼거리면서 거기서 대군을 쉬게 하고 다시 한번 싸울 채비를 단단히 갖추게 했다. 하지만 전횡을 다시 보게 되어서라기보다는 그가 결코 성양을 버리고 달아나지 않으리란 확신을 얻었기 때문이라 보는 편이 옳다.

패왕 항우의 대군이 성양을 에워싼 것은 다음 날 한낮이었다. 패왕은 먼저 성루 아래로 가 전횡을 불러내고 항복을 권했다. 그러나 전횡이 욕설과 함께 내던진 것은 패왕이 성양을 지키라고 남겨 둔 초나라 장수들의 목이었다.

이에 성이 난 패왕은 그날로 성양을 들이치기 시작했으나 싸움은 뜻과 같지 못했다. 미리 성안에 들어 싸울 채비를 하고 있던 성안의 제군은 먼저 화살 비와 돌벼락으로 초군이 성벽으로 다가오는 걸 막았다. 그리고 간혹 용맹을 뽐내며 성벽을 기어오른 초나라의 장졸이 있어도 겁내거나 움츠리는 법 없이 성벽 아래로 밀어냈다.

"아니 되겠습니다. 오늘은 이만 장졸을 물려 쉬게 하고 내일 다시 전열을 가다듬어 성을 치도록 하시지요. 싸움이 길어질지도 모르니 따로 성벽을 허물고 성문을 깰 연장들도 마련해야 할 듯합니다."

범증이 펄펄 뛰며 군사를 몰아대는 패왕을 말렸다. 거기다가 그사이 날도 저물어 와 패왕은 하는 수 없이 공격을 멈추었다.

하지만 하룻밤 편히 쉬고 채비를 갖춰 성을 쳐도 싸움은 전날과 크게 다르지 않았다. 초나라 군사들이 맹렬히 들이치면 들이칠수록 성안의 군민들도 결사적이 되어 맞섰다. 그 바람에 다음 날도 패왕은 장졸만 숱하게 잃고 아무 얻은 것 없이 물러나지 않을 수 없었다.

전군을 들어 성양성을 들이쳤으나 잇따라 사흘을 내리 쫓겨나고 나서야 패왕은 점차 자신이 고약한 수렁에 빠져들었다는 느낌이 들었다. 두 해 가까이 실질적으로 제나라를 다스리며 그 힘을 모아 맞섰던 전영보다, 져서 쫓기는 군민들을 긁어모은 전횡의 항전이 더욱 치열한 듯 보였다. 그러나 그 치열함이 지면 죽는 길밖에 없다는 절박감으로 제나라 사람들을 내몬 자신의 엄혹함과 비정에서 비롯되었다는 걸 패왕은 아직도 깨닫지 못했다.

열흘이 지나도 성양이 떨어질 기미를 보이지 않자 패왕도 그곳의 싸움을 길게 잡지 않을 수 없었다. 그러자 처음 겪는 어려움이 패왕을 괴롭히기 시작했다. 초나라의 허술한 보급과 병참에서 비롯되는 어려움이었다.

패왕이 숙부 항량을 따라 처음 군사를 일으킨 곳은 그들 숙질이 오래 기반을 닦아 온 오중이었고, 크게 세력을 불린 곳도 대개 초나라의 옛 땅이라 군사들을 먹일 곡식이나 싸움에 쓸 물자를 모으는 데 군색함이 없었다. 옛 초나라 유민들의 성원이 있었기 때문이었다. 초나라 땅을 떠나 조나라를 구하고, 다시 서쪽으로 먼 길을 달려 함양까지 가서 싸웠지만 그때도 마찬가지였다. 진나라의 폭정과 압제에 대한 반감이 큰 어려움 없이 그 군사를 먹이고 입힐 수 있게 해 주었다.

그런데 제나라 땅에 와서 싸움이 길어지자 사정은 달라졌다. 지니고 온 군량과 물자가 떨어지자 그 땅에서는 구해 낼 길이 없었다. 민가를 뒤져 빼앗듯 곡식을 거둬들였으나, 백성들이 내놓을 마음이 전혀 없으니 거둬지는 양은 얼마 되지 않았다.

이에 패왕은 사람을 팽성으로 보내 급히 필요한 군량과 물자를 보내게 했으나 그마저도 바란 대로 되지 않았다. 군량과 물자를 실은 수레가 서초의 경계를 벗어나 제나라 땅으로 들어오기만 하면 이름도 모를 잡군의 공격을 받아 불살라지거나 빼앗기기 일쑤였다.

"창칼 없이 싸울 수 없듯이 아니 먹고 걸친 것 없이 싸울 수도 없습니다. 믿을 만한 장수에게 한 갈래 군사를 떼어 주어 남쪽에서 오는 군량과 물자를 보존하게 하십시오. 창읍까지만 내려가 기다리다가 호위해 오게 해도 초적(草賊)이나 잡군이 감히 우리 군량과 물자를 넘보지는 못할 것입니다."

범증이 다시 그렇게 패왕에게 권했다. 벌써부터 군사들이 주린 기색을 보이는 터라 패왕도 어찌하는 수가 없었다. 종리매에게 3만 군사를 떼어 주며 창읍에서 성양에 이르는 양도(糧道)를 지키게 했다.

전군을 고스란히 거느리고도 떨어뜨리지 못한 성인데, 거기서 다시 3만 군사를 떼어 내고 나니 싸움은 더욱 어려워질 수밖에 없었다. 연일 성을 들이치기는 해도 초군의 기세는 무디어져 겨우 싸우는 흉내나 낼 뿐이었다.

그렇게 되자 패왕은 문득 자신이 지난날 거록을 포위하였던 진나라 장수 왕리(王離) 꼴이 난 것 같아 불길하였다. 왕리는 장함에게서 20만 대군을 받아 거록성을 에워쌌다. 그러나 일종의 보급선인 용도를 지키기 위해 소각과 섭간에게 군사를 갈라 주었다가 패왕 자신이 이끈 7만 군사에 대군이 차례로 무너져 마침내 사로잡히는 치욕까지 당했다.

왕리의 선례 때문에 마음이 급해진 패왕은 더욱 거세게 장졸들을 몰아대었으나 늘어나는 것은 죽거나 다치는 군사들뿐이었다. 그러다가 겨우 도착한 군량과 함께 다시 기막힌 소식이 들어왔다.

"한왕 유방이 다섯 제후를 거느리고 마침내 평음진을 건너 하수 남쪽으로 내려왔습니다. 지금은 낙양 신성에 머물러 있는데 그 움직임이 심상치 않습니다. 대왕께서 비워 두신 우리 팽성을 엿보고 있는 게 아닌가 걱정됩니다."

그 말을 들은 패왕이 불같이 화를 내며 소리쳤다.

"그 늙은 도적놈이 스스로 목숨이 끊어지기를 재촉하는구나. 그런데 다섯 제후란 또 무엇이냐?"

"항복하거나 사로잡힌 왕들을 말합니다. 어떤 사람은 상산왕 장이, 위왕 표, 한왕 정창, 은왕 사마앙, 하남왕 신양을 이른다고도 하고 어떤 사람은 한왕과 하남왕 대신 새왕 사마흔과 적왕 동예를 들기도 합니다."

한 사람 한 사람 일이 있을 때마다 듣기는 하였으나, 다 모아 놓고 보니 벌써 일곱이나 되는 제후들이 한왕 유방에게 넘어갔다는 게 새삼 패왕의 화를 돋우었다.

"그것들은 과인이 한번 서쪽으로 길을 잡으면 목 없는 귀신이 될 놈들이다. 제후라니 무슨 당찮은 소리냐!"

소식을 가지고 온 군사가 바로 그 다섯 제후나 되는 듯 노려보며 그렇게 소리치다 문득 목소리를 가다듬어 좌우를 돌아보며 말했다.

"알았다. 유방 그 늙은 도적이 무슨 수작을 꾸미든 걱정할 것 없다. 모든 장졸은 동요하지 말라. 먼저 전횡을 사로잡아 그 가죽을 벗기고, 성양성을 허물어 평지를 만든 뒤에 서쪽으로 달려가도 늦지 않다. 먼저 간사한 토끼부터 잡고 살찐 사슴을 쫓으리라!"

팽성으로 가는 길

뒷날 동한(東漢)의 수도가 되는 낙양은 그때 하남군에 속한 현이었다. 진나라 말기 그 낙양현의 남쪽 경계에 새로이 성 하나가 쌓아졌는데 사람들은 그 성 이름을 말뜻 그대로 신성(新城)이라 불렀다. 수무에서 푹 쉰 한왕 유방이 평음진을 건너 그 신성에 이른 것은 한 2년 3월 중순의 일이었다.

그사이 불어나 10만 명이 훨씬 넘는 대군에, 항복받거나 사로잡은 왕 일곱을 거느리고 신성에 이른 한왕은 거기서도 느긋하게 머물러 움직일 줄 몰랐다. 천하 형세를 살핀다는 핑계였지만, 어쩌면 아직도 관외(關外)로 나온 뒤의 잇따른 군사적 성공과 그에 따른 전리(戰利)를 즐기고 있는지도 몰랐다. 하지만 매사에 느긋한 한왕도 신성에서는 그리 길게 즐길 팔자가 못 되었다.

며칠이나 이어진 술과 잔치에도 시들해진 어느 날 한왕이 장졸 몇 명과 성 밖을 돌아보고 있는데, 수염 센 늙은이 하나가 길게 읍을 하며 길을 막았다.

"앞에 오시는 분이 한왕(漢王)이시라면 신이 꼭 드릴 말씀이 있습니다. 대왕이 틀림없으십니까?"

"그렇소. 그런데 공은 누구시오?"

한왕이 걸음을 멈추고 대답과 더불어 그렇게 묻자 이번에는 그 늙은이가 대답했다.

"신은 이곳 향(鄕, 10리가 1정이요, 10정은 1향이 된다.)의 삼로(三老)로서 고을 사람들의 교화를 맡고 있는 동(董) 아무개입니다."

삼로는 향에서 교육과 민간의 풍속을 맡아 다스리는 관직의 이름이었다. 일곱 왕을 거느린 한왕 유방의 자리에서 보면 하찮은 향직(鄕職)에 지나지 않았으나, 그 나이를 보아준 것인지 한왕이 정중하게 받았다.

"원래가 동공(董公)이셨구려. 그래 과인에게 들려주실 말씀은 무엇이오?"

그러자 삼로 동공이 옷깃을 여미고 목소리를 가다듬어 길게 말했다.

"신이 듣기로 '덕을 따르는 자는 번창하고 덕을 거스르는 자는 망한다[順德者昌 逆德者亡].' 했습니다. 또 '명분 없이 군사를 내면 아무 일도 이룰 수가 없다[兵出無名 事故不成].'라는 말도 있습니다. 이는 곧 덕을 짚고 일어나고 대의명분을 앞세운 군사가 싸움에 이길 수 있다는 뜻입니다. 달리 '그 역적 됨(또는 그릇되고 해로움)을 널리 밝힌 뒤라야 비로소 적을 굴복시킬 수가 있다[明其爲賊 敵乃可服].'는 말도 그와 크게 다르지 않을 것입니다.

항우는 무도하여 함부로 그 임금인 의제(義帝)를 시해했으니 이는 천하의 역적이라 할 수 있습니다. 무릇 '어짊은 용맹을 부릴 일이 없고, 의로움은 힘을 쓸 일이 없다[仁不以勇 義不以力].' 하는 바, 대왕께서는 엄숙하게 의제의 장례를 치르신 다음 삼군에게 상복을 입히시고 크게 군사를 일으키도록 하십시오. 그 뒤 다시 천하 제후에게 의제께서 항우에게 시해당했음을 알리고, 그들과 더불어 군사를 일으켜 항우를 치시면, 온 세상 사람들이 그 덕을 우러르지 않을 수가 없을 것입니다. 이는 바로 삼왕(三王, 우왕, 탕왕, 무왕)께서 하신 일이기 때문입니다."

처음 동공에게 말을 시킬 때만 해도 술기운이 얼얼하게 남아 있던 한왕이었으나 거기까지 듣자 정신이 번쩍 들었다. 한왕의 내면에 깃들어 있는 본능적인 정치 감각이 그 말의 크기와 무게를 알아듣게 한 까닭이었다.

의제가 항우의 명을 받은 임강왕 공오와 형산왕 오예 등의 핍박에 죽은 것은 네댓 달 전의 일이라 한왕도 풍문으로 그 일을 들은 바 있었다. 하지만 무언가 엄청난 일이 벌어졌다는 느낌은 있어도, 그 정치적 의미나 자신이 활용할 방도가 얼른 떠오르지 않아 그대로 지나치고 말았다. 그런데 이제 삼로 동공에게 듣고 보니 뭔가 알 듯했다.

"내 근래에 그런 풍문을 듣고 걱정했더니, 그럼 그게 사실이었단 말이오? 의제께서 돌아가신 것이 정말로 항우가 몰래 임강왕 등에게 시켜서 한 일이오?"

한왕 유방이 짐짓 놀란 표정으로 물었다. 삼로 동공이 격해 떨리는 목소리로 대답했다.

"강 한가운데서 시해하여 물고기 배 속에 장사 지냈으니 하늘과 사람이 아울러 성낼 일입니다. 저희들 딴에는 아무도 모르게 한다고 했으나 눈 있고 귀 있는 초나라 사람치고 그 일을 모르는 이는 하나도 없다고 합니다."

그 말에 한왕은 굳이 꾸민다는 느낌 없이 한바탕 크게 소리 내어 울고 말하였다.

"의제께서 결국은 그리되신 것이구려. 세상이 헛된 이름을 전하지 않는 것처럼 거짓으로 덮어씌운 악을 전하는 법도 없는 모양이오. 과인은 눈멀고 귀먹어 그걸 알아듣지 못했소. 알려 주셔서 참으로 고맙소. 이제 과인은 돌아가 공의 말대로 의제를 위해 발상하고 그 원수를 갚아 천하의 대의를 바로 세울 길을 찾아보겠소."

그러고는 성안으로 돌아가기 바쁘게 장량과 한신, 진평을 불러 그 일을 말했다.

의제가 시해당할 때 장량은 겨우 항우에게서 몸을 빼내 샛길로 몰래 한왕에게 돌아오는 중이었으며, 한신은 삼진(三秦)을 평정하는 데 골몰하고 있었다. 둘 모두 바로 그 일을 알았다 해도 한왕 유방과 한나라를 위해 활용할 여유가 없었다. 그 뒤 의제가 항우의 손발 같은 제후들에게 시해되었다는 풍문이 들어왔을 때도 그랬다. 겨우 삼진을 평정하고 이제 막 관외로 세력을 넓히려는 참이라, 그걸 활용해 바로 항우와 천하를 다투는 일은 엄두조차 나지 않았다. 그런데 이제 한왕을 통해 삼로 동공의 말을 듣고 보니 달랐다. 장량과 한신, 진평뿐만 아니라 다른 여러 장수들에게도 의제의 죽음을 크게 내세워 패왕을 치는 대의명분으로 삼는 것이 해볼 만한 일로 보였다.

좌우 모두가 자신의 뜻을 옳게 여기자 힘이 난 한왕은 그날로 의제를 위해 발상거애(發喪擧哀)하고 크게 장례를 치르게 했다. 한왕 자신도 장졸들과 백성들이 보는 앞에서 왼 소매를 벗고[袒] 큰 소리로 목 놓아 울어 슬픔과 충심을 아울러 드러냈다. 그리고 상복을 갖춰 입은 뒤에는 사흘 동안이나 줄곧 의제의 빈소를 지키며 애곡(哀哭)을 그치지 않았다.

돌이켜 보면, 의제가 한왕을 믿어 먼저 서쪽으로 가게 한 것이 한왕에게 누구보다 먼저 진나라의 항복을 받아 낼 기회를 준 셈이었다. 나중에 항우가 제후들에게 천하를 나누어 줄 때도 관중을 먼저 차지한 자로 관중왕을 삼는다는 의제의 약속이 있어, 한왕에게 파촉 한중이나마 돌아올 수 있었다. 따라서 한왕의 슬픔과 눈물이 반드시 겉꾸밈일 까닭은 없었다.

늦었지만 엄숙하면서도 성대한 의제의 장례와 함께 한왕은 또 천하의 제후들에게도 사자를 보내 알렸다.

"의제는 천하가 함께 천자로 올려 세우고 만백성이 북면(北面)하여 섬기던 분이셨다. 그런데 이제 항우가 의제를 강남으로 쫓아냈다가 시해하였으니, 실로 대역부도한 짓이 아닐 수 없다. 과인이 친히 의제를 위해 발상하거니와, 모든 제후들도 흰 상복을 입고 애곡하여 의제의 죽음을 슬퍼할 일이다. 또 과인은 늦었으나마 관중의 모든 병마를 일으키고, 하동, 하남, 하내 세 군의 장사를 불러 모아, 장강과 한수를 따라 남으로 내려가려 한다. 천하모든 제후와 왕들도 크게 군사를 일으켜 과인과 같은 깃발 아래모이기를 바라노라. 과인과 함께 서초로 달려가 의제를 시해한항우를 쳐 없애고 천하의 대의를 바로 세우도록 하자!"

한왕의 사자가 이르자, 관동의 많은 제후와 왕들이 한편으로는의분에 차고 다른 한편으로는 한군의 기세에 눌려 분분히 한왕의 뒤를 따랐다. 그러나 겉으로는 대왕(代王)이지만 실제로는 조(趙)나라를 마음대로 주무르는 진여만은 달랐다. 사자가 가져간글을 읽고 난 뒤 무겁게 고개를 가로저으며 말했다.

"한왕의 뜻은 가상하나 역적 장이(張耳)가 그 밑에 있는 한 우리 조나라로서는 한나라의 의거를 도와줄 수가 없소. 만약 장이를 죽여 그 목을 조나라로 보내 준다면 우리도 한왕을 따를 것이오!"

한때는 서로를 위해 목이 잘려도 좋다고 할 만큼 가깝게 지내던[刎頸之交] 진여와 장이였으나 한번 틀어지니 원수라도 그보다모진 원수가 없었다. 사자가 돌아와 그런 진여의 말을 전하자 한왕이 막빈들을 불러 모아 놓고 어두운 얼굴로 말했다.

"진여가 지난날의 사사로운 감정을 이기지 못해 저렇듯 억지를부리니 실로 걱정이오. 이대로 두었다가는 오히려 항왕에게 붙어동북의 큰 우환거리가 될 것인즉 이를 어떻게 하면 좋겠소?"

그러자 그 자리에 함께 있던 장이가 나서 결연히 말했다.

"조나라와 대나라가 제나라를 평정한 서초(西楚)와 한 덩어리가 되고, 항우의 힘과 사나움에 진여의 꾀와 슬기가 합쳐지면 한나라와 대왕의 앞날은 없어집니다. 대왕께서는 망설이지 마시고 제 목을 쳐서 이 머리를 진여에게 보내십시오. 반드시 진여를 달래 대왕의 한 팔로 삼으셔야만 남쪽으로 내려가 대업을 이루실 수 있습니다. 그동안 대왕께서 베푸신 은의만으로도 신은 원 없이 눈감을 수 있습니다."

그 표정이나 어조가 결코 그냥 해 보는 소리가 아니었다. 그 자리의 어떤 사람에게는 그 길밖에 없는 듯도 보였다. 그때 장량이 일어나 가만히 웃으며 말했다.

"형편은 고약하지만 개 한 마리를 얻자고 호랑이 목을 미끼로 쓸 수는 없지요. 달리 좋은 길이 있을 것이니 상산왕께서는 하나뿐인 목을 아끼십시오."

그래 놓고는 가만히 진평을 건너보았다. 미리 짠 듯 진평이 일어나 말했다.

"제게 독한 계책이 있는데 한번 들어 보시겠습니까? 상산왕의 목을 보존하면서도 진여를 우리 편으로 끌어들일 수 있는 계책입니다."

"그게 무엇인가?"

한왕이 반갑게 되물었다. 진평이 무엇 때문인지 잠깐 머뭇거리다가 대답했다.

"안됐지만 상산왕을 닮은 사람의 목을 빌려 진여에게 보내는 것입니다. 그렇게 속여 진여를 한번 우리 편으로 끌어들여 놓으면, 나중에 상산왕께서 살아 있음을 알게 되더라도 쉽게 항우에게로 돌아가지는 못할 것입니다.”

“하지만 상산왕과 진여는 수십 년을 함께 지내며 생사고락을 같이한 사이입니다. 아무려면 진여가 다른 사람의 머리를 보고 상산왕의 것이라 속아 넘어가겠습니까?”

듣고 있던 한신이 그렇게 걱정했다. 그러자 진평이 다시 머뭇거리다가 대답했다.

“산 사람에게 붙은 머리와 이미 잘라진 목에 달린 머리는 다릅니다. 잘려 온 머리만 보고 살아 있을 때의 그 사람인지 알아보기는 결코 쉬운 일이 아닙니다.”

“그건 또 무슨 소린가?”

이번에는 한왕이 가볍게 찌푸린 얼굴로 진평을 보며 물었다.

“산 사람의 머리라면 목소리와 표정이 있고, 또 말을 시켜 캐물을 수도 있지만, 목을 잘라 보내온 머리는 그렇지가 못합니다. 목을 자를 때 피가 빠지고 옮기는 길에 피부가 말라 생전과는 다를 수밖에 없습니다. 거기다가 지금은 벌써 여름 4월로 접어드는 터라 소금에 절여 보내야 하니 원래 얼굴을 알아보기는 더욱 어렵습니다. 몇 개의 드러나는 특징만 상산왕과 같으면 아무리 진여라도 속지 않을 수 없을 것입니다.”

진평이 그렇게 답해 놓고 까닭 모르게 무안한 표정을 지었다. 자신이 낸 계책이 너무 지독한 것이라 여겨 그런 듯했다. 하지만 제 발로 찾아와 항복한 상산왕 장이를 목 베어 보낼 수는 없었다. 그 자리에 있던 딴 사람들은 오히려 진평의 계책이 절묘하다 여겼다.

한왕 유방도 장이의 목을 내주지 않고 진여를 한편으로 끌어 들이기 위해서는 그 길밖에 없다고 보았다. 곧 사람을 풀어 성 안팎을 가리지 않고 장이와 닮은 얼굴을 찾아보게 했다. 한나절 도 안 돼 장이와 비슷한 얼굴을 가진 자들이 대여섯 끌려왔다. 진평이 그중에서도 가장 장이와 비슷한 자를 골라 놓고 보니 한 군(漢軍) 보졸이었다. 진평은 그를 데리고 자신의 장막으로 가 술 과 고기를 대접한 뒤 말했다.

"한왕께서는 자네 머리를 빌려 큰일을 이루시려 하네. 부모와 처자는 한왕께서 돌봐 주실 것이니 아무 걱정 말고 죽어 주게. 만일 한나라가 천하 제후들을 모아 원통하게 돌아가신 의제의 한을 풀어 드리고, 천하를 다시 아우르게 된다면 이는 모두 자네 의 공으로 할 것이라고도 하셨네."

그러고는 보졸의 목을 벤 뒤 그 머리를 조나라로 보냈다. 진평 이 헤아린 대로 진여는 의심 없이 그 머리를 장이의 것으로 받아 들였다. 그날로 조왕(趙王) 헐(歇)을 달래 5만 군사를 한왕에게 보태기로 했다.

조나라가 한왕 유방의 요청을 받아들여 대군을 보내자 관동의 다른 제후와 왕들도 다투어 군사를 보냈다. 항복했거나 사로잡힌 다섯 왕도 각기 제 봉토로 돌아가 적지 않은 군사를 긁어모아 왔 으며, 스스로 항복해 와 왕위를 보존한 위왕(魏王) 표(豹)와 유방이 세운 한왕(韓王) 신(信)은 조나라에 못지않은 대군을 끌고 왔다. 연나라와 제나라에서도 적잖은 의군이 이르렀다.

한왕도 관중으로 사람을 보내 군사와 물자를 끌어낼 수 있는 데까지 끌어냈다. 소하가 솜씨를 부려 긁어모은 수십만 석 군량과 3만 군사가 역상, 역이기 형제에게 이끌려 낙양에 이르렀다. 요관을 지킨다고 뒤처져 있던 주발의 군대도 한왕이 이끈 본진으로 돌아왔다. 이에 팽성으로 쳐들어가는 한나라 군사는 15만으로 부풀어 올랐지만 관중은 폐구를 에워싼 군사들을 빼면 비어 있는 것이나 다름없었다.

때가 오면 천하가 모두 돕는다[時來天下皆同力]더니, 한왕의 기세가 치솟자 아직 제후의 열에 들지 못한 토호들과 뜻이 큰 초적(草賊)들도 가세했다. 그리하여 낙양현을 떠난 한군이 대량을 지나 외황에 이르렀을 무렵에는 한군과 한왕을 따르는 제후들의 군사를 합쳐 50만에 가까운 대군이 되었다. 그런데 그 대군은 외황에서 또 한 차례 크게 부풀어 올랐다.

그들 엄청난 대군이 산과 들을 덮으며 외황현 경계로 접어들 무렵이었다. 군사를 이끌고 앞서 가던 장수가 한왕 유방의 중군에 사람을 보내 급하게 알려 왔다.

"앞에 서초의 대군이 길을 막고 있습니다. 기세가 제법 날카롭습니다."

"낙양에서 천 리 길을 무인지경 지나오듯 했는데, 아직도 초나라에 감히 우리 대군의 길을 막을 군사가 남았단 말이냐? 우리 기치만 보고도 모두 거미 새끼들처럼 뿔뿔이 흩어져 달아나지 않았느냐?"

한왕이 가소롭다는 듯 그렇게 물었다. 전갈을 가지고 온 군사가 굳은 얼굴로 대답했다.

"알아보니 두 갈래 초나라 군사들이 합쳐 세력을 키운 것 같습니다. 한 갈래는 고양을 지키던 초나라 군사들로 왕무(王武)란 장수가 이끌고 있고, 다른 한 갈래는 수양을 지키던 군사들로 정거(程廒)란 장수가 이끌고 있습니다. 아마도 홀로 대왕께 맞설 자신이 없는 왕무가 싸워 보지도 않고 팽성으로 달아나다가 도중에 만난 정거를 꼬드겨 대왕께 맞서 보기로 한 듯합니다."

"그렇다면 전군(前軍)은 무얼 하느냐? 단숨에 저들을 쓸어버리고 대군의 길을 열어야 하지 않느냐?"

"실은 전군 선봉이 이미 한번 부딪혀 보았습니다만 뜻과 같이 못했습니다. 아장(亞將) 둘과 도위 하나, 중연 하나가 죽고 군사의 태반이 꺾였습니다. 알고 보니 적은 우리 전군보다 많은 5만 대군이라 합니다."

그래도 한왕은 느긋하기만 했다.

"그렇다면 우리는 10만을 보내면 되겠구나."

그렇게 대답하며 긴장하는 빛이 조금도 없었다. 그때 대장군 한신이 나섰다.

"병진은 반드시 머릿수가 결정하는 것이 아닙니다. 게다가 한번 싸움에 져서 기세가 꺾인 군사로 사나운 적을 맞을 때에는 신중하지 않으면 안 됩니다."

하지만 이렇다 할 싸움도 없이 머릿수로만 거기까지 밀고 온

다른 장수들은 한왕과 생각이 다르지 않았다. 그들 중에서도 번쾌가 큰 칼을 차고 나서 소리쳤다.

"비록 한 싸움을 이겼다고는 하나 적은 우리 기세에 겁먹고 쫓기던 군사들입니다. 거기다가 50만 대군이 뒤를 받치고 있는데 겁낼 게 무에 있습니까? 제게 군사 3만만 주시면 왕무와 정거를 사로잡고 우리 대군의 길을 열겠습니다."

"번 낭중기장(郎中騎將)이면 넉넉히 그리할 수 있으리라 믿는다. 우리 중군에서 3만을 갈라 줄 터이니 어서 과인의 앞을 막는 적을 흩고 길을 열라!"

한신을 제쳐 놓고 한왕이 그렇게 흔쾌히 번쾌의 출정을 허락했다. 한신을 대장군으로 세운 뒤로는 별로 없던 일이었다.

지난해 호치현에서 장평과 싸울 때 번쾌는 가장 먼저 성벽 위로 뛰어올라 현령과 현승(縣丞) 한 사람씩을 베어 죽이고, 적병 11명의 목을 베었으며 20명을 포로로 잡아 낭중기장에 올라 있었다. 그 뒤로도 여러 싸움에서 용맹을 떨쳐 모두 번쾌가 이길 줄 믿었으나 한신의 얼굴은 알아볼 만큼 어두워졌다.

'무언가 좋지 않다. 난조다…… 내 불길한 예감이 이렇게 모습을 드러내는 것인가.'

오래잖아 3만 군사를 이끌고 기세 좋게 중군을 떠나는 번쾌를 보며 한신은 속으로 그렇게 중얼거렸다.

번쾌는 다음 날 일찍 외황성 서쪽 20리쯤 되는 곳에서 왕무와 정거가 이끄는 초나라 군사와 맞닥뜨렸다. 원래 왕무와 정거는 수양성에 의지해 한군의 진격을 막아 보려 했다. 그러나 뒤따라

오는 저희 편의 머릿수만 믿고 앞뒤 없이 덤비는 한군(漢軍) 선봉대를 쳐부수고 나니 생각이 달라졌다.

"한 번 더 싸워 적의 기세를 꺾고, 정히 머릿수에서 밀리게 되면 그때 수양성으로 돌아가 농성하자."

왕무와 정거는 그렇게 의논을 맞추고 들판에 진세를 벌여 기다리다가 추격해 오는 번쾌를 맞았다. 하지만 초나라 장수들은 장터거리에서 개백정 노릇할 때의 불우한 날들이 단련한 번쾌의 분발을 이겨 내지 못했고, 그 군사들도 한중(漢中)에서 나온 이래 줄곧 이기기만 해 온 한군의 사기와 자신감을 당해 내지 못했다. 거기다가 소문과는 달리 초나라 군사의 머릿수도 한군보다 그리 나을 것이 없어 처음부터 이기기는 어려운 싸움이었다.

'잘못되었구나. 들판에서 싸우는 것이 아니었다. 높고 든든한 성벽에 의지해 버티면서 우리 대왕께서 돌아와 구원해 주시기를 기다리는 것이 옳았다……'

왕무와 정거가 그렇게 후회를 했을 때는 모든 것이 이미 늦어 버린 뒤였다. 대오고 진세(陣勢)고 가릴 것 없이 그저 한줄기 거센 홍수처럼 밀고 드는 한군 앞에 초나라 군사들은 제대로 맞서 보지도 못하고 밀리기 시작했다. 그러다가 번쾌가 미리 갈라 보낸 5천 인마가 함성과 함께 등 뒤에서 나타나 길을 끊자 그대로 무너져 버렸다.

"두려워 말라. 죽기로 길을 앗아 수양으로 돌아가자. 성안으로만 들어가면 모두 살 수 있다!"

왕무와 정거가 그렇게 군사들을 다그쳤으나 소용이 없었다. 그

총중에도 길을 앗아 달아난 날래고 모진 몇몇을 빼고는 모두 무기를 내던지고 한군에게 항복해 버렸다. 그걸 보자 왕무와 정거도 생각이 달라졌다. 군사들 없이는 돌아가 봤자 성을 지킬 수 없고, 성을 지키지 못하면 일껏 돌아가 봤자 곱게 보아줄 패왕이 아니었다.

"차라리 한왕에게 항복해 목숨이나 부지하며 뒷날을 도모하는 수밖에 없네."

마침내 왕무와 정거는 그렇게 의논을 맞추고 군사들과 함께 번쾌에게 항복하고 말았다. 항복한 군사 거의가 초나라 사람이요, 그 대부분은 역시 초나라 사람인 한왕 밑에서 다시 싸우기를 원하니 결국은 한군이 3만 가까이 더 늘어난 셈이었다.

그런데 그날 늘어난 한군의 머릿수는 그 3만뿐이 아니었다. 본진으로 돌아간 번쾌가 은근히 싸움에 이긴 자랑을 늘어놓고 있는데 다시 급한 전갈이 들어왔다.

"남쪽에서 또 대군이 몰려오고 있습니다. 이제 20리 밖에 이르렀는데, 그 기세가 어제 왔던 왕무와 정거의 군사들에 못지않다 합니다."

"항왕은 대군과 더불어 제나라에 붙잡혀 있으니 와 봤자 이름 없는 장수에 까마귀 떼 같은 잡병일 것이다. 이번에는 누가 나가 보겠는가?"

번쾌의 승리로 더욱 보이는 게 없게 된 한왕이 좌우를 돌아보며 호기롭게 물었다. 마침 곁에 있던 장수들이 저마다 나서 싸우기를 원했다.

그때 먼저 전갈을 가져온 군사를 뒤따르듯 또 다른 군사 하나가 달려와 알렸다.

"저편에서 사자를 보내왔습니다. 대왕을 뵙고자 청합니다."

"사자가 왔다고? 들라 하라."

한왕이 그렇게 허락하자 그 군사가 나가 군막 밖에 기다리던 사자를 데려왔다. 한왕이 사자를 살펴보니 어딘지 낯익은 데가 있었다. 사자가 한왕 앞에 머리를 조아리며 말했다.

"거야택(巨野澤)의 팽(彭) 장군께서 대왕께 먼저 문후 올리라 하셨습니다. 대왕께서 서쪽으로 관중에 드신 뒤의 자취는 저희도 멀리서나마 눈부셔하며 우러러 왔습니다."

그제야 한왕은 그가 누군지 알아보았다. 이태 전 패공으로 창읍을 칠 때 함께 싸운 적이 있는 팽월(彭越)의 수하였다. 일찍이 팽월과 함께 거야택에서 몸을 일으킨 백여 명의 젊은이들 가운데 하나로서, 그때는 팽월이 곁에 두고 손발처럼 부려 한왕도 그 얼굴을 익힐 수 있었다.

"나도 팽 장군이 지난해 초나라 장수 소공 각과 크게 싸워 이긴 일은 들어 알고 있다. 그래 팽 장군은 지금 어디 계시냐?"

"대왕께서 이리로 오신다는 말을 듣고 전군을 들어 마중 나오고 계십니다. 지금 20리 밖에 머물러 있는데, 대왕의 기치 아래 함께 싸우실 수 있도록 허락해 주시기를 바라십니다."

"과인이 듣기로 팽 장군은 이미 전영으로부터 장인(將印)을 받아 제나라의 장수가 되었다 하였는데, 이제 다시 과인의 기치 아래 들겠다니 그 무슨 뜻인가?"

한왕은 내심 반가우면서도 겉으로는 시치미를 떼고 그렇게 물었다. 어쩌면 이태 전 외로운 자신 밑에 들기를 마다하고 기어이 무리와 함께 거야택으로 돌아가 버린 팽월에게 느꼈던 서운함 때문이었는지도 모를 일이었다. 사자가 그런 한왕의 속마음을 읽었는지 팽월을 대신해 변명하듯 말했다.

"우리 장군님께서도 창읍에서 대왕을 따라 관중으로 들지 않은 일을 그 뒤로도 못내 후회하셨습니다. 그때 대왕이나 패왕을 따라간 이들은 세력이 크건 적건 저마다 제후나 왕이 되어 속한 곳이 있고 받은 땅이 있습니다. 하지만 오직 우리 장군님만은 수만 군사를 거느리고도 소속한 데조차 없는[無所屬] 신세가 되고 말았습니다. 그 외로운 때에 전영이 장인을 보내 대장으로 삼아 주니 그 정을 받아들였을 뿐, 그의 신하가 된 것은 아닙니다. 이제 진심으로 대왕을 주군으로 받들고 전군을 들어 한나라의 기치 아래 들고자 하오니 부디 저희들을 거두어 주십시오."

그 말에 한왕은 마음속에 남아 있던 작은 응어리마저 풀어지는 느낌이었다. 바로 좀 전의 호탕한 기분으로 돌아가 껄껄 웃으며 말하였다.

"이태 만에 팽 장군의 씩씩한 모습을 다시 보게 되니 고맙고 반가운 나머지 마음에 없는 소리를 해 보았다. 가서 팽 장군께어서 이리로 오시라고 이르라. 과인도 군문으로 나가 팽 장군을 맞을 것이다."

그리고 정말로 10리에 뻗친 군문 밖으로 나가 팽월을 맞아들였다. 오래잖아 그곳에 이른 팽월은 무릎 꿇고 군기(軍旗)를 바치

며 한왕 밑에서 싸우기를 빌었다. 한왕이 이미 천하를 얻은 양
말했다.

"팽 장군은 그간 위나라의 성 여남은 개를 얻어 그 공은 위나
라의 왕이 되어도 모자람이 없을 것이오. 하지만 지금 서위왕인
위표도 죽은 위나라 왕 위구(魏咎)의 종제일 뿐만 아니라 지난날
위나라의 여러 성을 빼앗은 공이 있어 그 또한 위왕(魏王)으로
모자람이 없소. 따라서 장군을 다시 위왕으로 세울 수는 없으나
왕이 될 길이 아주 없지는 않을 것이오."

그러고는 크게 인심 쓰듯 덧붙였다.

"팽 장군을 위나라 상국(相國)으로 삼되 서위왕 아래 들지 아
니하고, 거느린 군사도 이제껏 해 온 대로 장군의 뜻에 따라 부
릴 수 있게 하겠소. 이제 장군은 거느린 군사와 더불어 양(梁) 땅
으로 가서 그곳을 경략하도록 하시오. 그 땅을 모두 평정하면 다
시 장군을 그곳 왕으로 세울 수도 있을 것이오."

양도 위나라 땅이니 그런 한왕의 말은 두 위왕을 세우거나 언
젠가는 팽월로 위표를 갈음하겠다는 뜻처럼 들릴 수도 있었다.
그로부터 오래잖아 위표는 한왕을 버리고 패왕에게로 다시 돌아
가게 되는데, 어쩌면 위표가 한왕을 배신할 마음은 그때 이미 싹
트고 있었는지도 모른다.

어쨌든 다시 팽월의 군사 3만이 붙자 한왕이 이끄는 제후군의
세력은 56만으로 늘어났다. 한군이 처음 관중에서 나올 때에 비
하면 열 배나 부풀어 오른 숫자였다. 하지만 그 엄청난 제후군의
머릿수는 점차 허수(虛數)가 되어 갔다.

먼저 한왕의 장수들이 저마다 공을 서둘러 제후군의 알맹이가 되는 한군의 힘을 분산했다. 위나라 상국이 된 팽월이 제가 이끌고 온 3만을 데리고 양나라 땅을 평정하러 가자 다른 장수들도 길을 나누어 땅을 평정하자고 나왔다. 지난번 삼진(三秦)을 평정할 때의 방식이었다.

"신에게 군사 한 갈래를 주시면 추현으로 나가 노나라의 옛 땅을 거둬들이고 설현과 하구를 공략하여 패왕이 팽성으로 돌아오는 길을 끊겠습니다."

왕무와 정거를 사로잡아 기세가 오른 번쾌가 한왕을 찾아가 그렇게 청했다. 56만이란 엄청난 허수에 취해 버린 한왕이 아무 생각 없이 번쾌의 출병을 허락하고, 인심 좋은 부엌데기 밥 떠 주듯 3만 군사를 갈라 주었다. 처음 번쾌가 스스로 왕무 정거와 싸우겠다고 나설 때 한신이 느꼈던 불길한 예감이 차츰 그 모습을 드러내는 것 같았다.

번쾌가 따로 군사를 받아 떠나자 관영, 조참, 주발같이 패현에서부터 따라온 맹장들도 줄줄이 나섰다.

"소장은 정도로 가서 그 부근을 제압한 뒤 창읍과 방여(方興)를 되찾고 거기서 항우가 보낼 구원병을 막아 보겠습니다."

관영이 그렇게 말하며 한 갈래 군사를 원했고, 이어 평소 말이 없는 조참까지도 스스로 나서서 공을 다투었다.

"신도 관 장군과 더불어 정도로 갔다가 남쪽으로 선보(單父)를 거쳐 풍(豊), 패(沛)의 땅을 거둬들이겠습니다. 성양에서 팽성으로 오는 지름길은 그 두 곳을 지나게 되니, 설령 관영을 피해 내려온 초나라의 구원병이 있어도 반드시 신의 그물에 걸려들 것입니다."

요관을 지키다 늦게 뒤따라온 주발도 질세라 나섰다.

"제게도 한 갈래 군사를 나눠 주시면 곡우를 쳐서 떨어뜨린 뒤 유군(遊軍)이 되어 변화에 대응하겠습니다."

말하자면 독립 부대가 되어 상대편 영토에서 유격전을 펼쳐 보겠다는 뜻이었다.

한왕은 그들의 뜻도 모두 들어주었다. 고향을 같이하는 맹장들에게 각기 군사 2, 3만씩을 나눠 주며 원하는 곳에서 싸우게 했다.

한왕이 군권을 직접 행사하기 시작하면서, 대장군 한신의 머릿속에서 자라 가던 불길한 예감이 마비와 같은 무력감으로 변하기 시작한 것은 그때부터였다. 한왕이 무엇에 취한 듯 장수와 군사들을 흩어 버리는 것을 보고 한신은 속으로 한탄하였다.

'우리가 팽성을 치는 것은 급습의 일종이고, 급습의 기본은 집중과 신속이다. 그런데 이 무슨 분산과 우회냐? 거기다가 제후군이 모두 합쳐 56만 대군이라 하나 그중에 우리 한군은 기껏해야 15만이다. 우리 한군을 모두 데리고 있어도 각양각색의 56만 군사를 휘어잡기에 그리 넉넉한 숫자가 아니다. 그런데 그걸 다시 조각조각 나누어 맹장들에게 딸려 보내고 남은 5, 6만으로 그 열 배나 되는 제후군을 어떻게 휘어잡고 부리겠다는 것이냐?'

하지만 한신은 그 말을 입 밖으로 뱉어 낼 수가 없었다. 무언가 알 수 없는 힘이 그를 억눌러 한왕과 함께 떼밀려 가게 할 뿐이었다. 어쩌면 그때 한신은 56만의 눈먼 욕망이 어우러져 뿜어내는 열기와 떼밀듯 하는 그 엄청난 힘에 압도되고 만 것이나 아니었던지 모르겠다. 뒷날처럼 '군사는 많으면 많을수록 좋다[多多益善].'고 큰소리칠 수 있기 위해서는 한신의 군사적 재능이 아직도 더 단련받고 여물어지기를 기다려야 했다.

그런 한신에 못지않게 장량도 그 무렵부터 알 수 없는 망연함에 빠져들고 있었다. 남으로 내려갈수록 한왕 밑으로 들어오는 제후나 토호들은 늘고 군사도 폭발하듯 불어났으나 장량은 불안하고 막막해졌다. 심할 때는 그만큼 많은 수의 적들 가운데 겹겹이 에워싸인 기분까지 들었다.

'이건 천하대세를 결정짓는 싸움을 앞둔 왕사(王師)의 모습이 아니다. 유융(有娀)이 살던 땅이나 목야(牧野)의 들판으로 밀고 들던 탕왕(湯王), 무왕(武王)의 군대는 결코 이렇지 않았을 것이다. 무엇인가 잘못되고 있다……'

언제부터인가 장량도 그렇게 중얼거리며 무겁게 한숨지었다. 그러나 어찌 된 셈인지 그도 한신처럼 입을 열어 그런 느낌을 드러내지는 못했다. 임진관을 나와 하수를 건넌 이래 한 번도 꺾임 없이 부풀어 온 한군의 기세와 잇따른 한왕의 승운(勝運)이 장량을 함부로 말할 수 없게 했는지도 모를 일이었다.

한술 더 뜬 것은 진평이었다. 뒷날 진평은 특히 인간의 약점에 밝고 누구보다 그것을 잘 이용하게 되지만, 그때만 해도 그런 그의 재주는 제대로 다듬어져 있지 않았던 듯했다. 그는 진작부터 한왕과 비슷한 느긋함으로 세상의 움직임을 지켜보고 있었다.

'여간 눈치 빠르고 영악하지 않으면 이 같은 난세에 제후로 몸을 일으키기 어려웠을 것이다. 그런 제후들이 한번 싸워 보지도 않고 한왕을 따르는 것은 대세가 그리로 몰리고 있다는 뜻이다. 나도 주인을 바로 찾아왔다……'

그러다가 나중에는 한왕과 마찬가지로 나날이 불어나는 세력에 취해 은근히 그걸 즐기기까지 했다.

뒷날 돌이켜 보면, 사태를 꿰뚫어 보고 다가올 재난을 방비할 한신과 장량, 진평 모두가 그때 어떤 야릇한 패신(敗神)에 홀려 있었음에 틀림없었다. 누구보다 눈 밝은 그들이 몇 발자국 앞의 나락도 보지 못하고 바로 앞사람의 발꿈치만 보며 내달은 셈이었다. 그리하여 셋 모두 무너지는 언덕 위의 돌 부스러기처럼 한왕과 함께 계곡 바닥으로 굴러 떨어지면서 이를 바라보는 뒷사람들에게 기이한 감동과 충격을 준다.

하지만 나락은 금세 모습을 드러내지 않았다. 한왕이 이끈 제후군이 순수라도 하듯 느릿느릿 수양을 거쳐 우현, 율현을 휩쓸며 지나가도 길을 막는 초나라 군사가 없었다. 들리는 것은 한왕과 그를 따르는 제후들을 더욱 기고만장하게 만드는 승전의 소식뿐이었다.

"번쾌 장군이 추현과 옛 노나라 땅을 모두 휩쓸었습니다. 지금은 다시 남쪽으로 내려와 설현과 하구를 공략하고 있는데 머지 않아 그마저도 우리 손에 떨어질 것 같다고 합니다. 그리되면 이제 팽성 북쪽으로도 든든한 울타리가 생긴 셈입니다."

"관영 장군이 조참 장군의 도움을 받아 정도에서 초나라 장수 용저와 위나라 재상 노릇을 했던 항타(項佗)가 이끄는 대군을 물리쳤습니다. 처음에는 관 장군 홀로 사납고 날랜 초나라 군사를 만나 한때는 몹시 위태로운 지경에 빠지기도 했습니다. 하지만 다행스럽게도 조참 장군이 이끄는 군사가 때맞춰 이르러 뒤를 받쳐 준 덕분에 크게 이길 수 있었습니다. 이제는 정도에 눌러앉아 항왕이 성양에서 팽성으로 돌아오는 길목을 막아선 형국이 되었습니다."

"주발 장군도 곡우를 쳐서 떨어뜨렸습니다. 지금은 동쪽으로 군사를 움직이고 있는데 며칠이면 외황을 지나 우리 본대의 등 뒤를 든든하게 받쳐 주게 될 것입니다."

그런 전갈대로라면 아직 팽성을 떨어뜨리기도 전에 산동 땅이 거지반 한왕의 손안으로 들어온 셈이었다. 하지만 그래도 초나라가 아주 하늘의 버림을 받은 것은 아니었던지 한왕을 긴장시키는 소식도 있었다.

"소현에 초나라의 대군이 지키고 있다는 소문입니다. 거기다가 소성(蕭城)은 팽성의 서쪽 50리밖에 안 되는 곳에 있어 팽성의 외성(外城)이나 다름없습니다. 성벽이 높고 두터워 쉽게 떨어뜨리기 어렵습니다."

정탐을 나간 군사가 돌아와 한왕에게 그런 말을 했다. 곁에서 그 말을 들은 한신이 오랫만에 입을 열어 걱정을 드러냈다.

"만약 우리가 소성에서 싸움을 질질 끌고 있는 사이에 팽성에서 초나라 군사들이 나와 우리 뒤를 치면 우리는 등과 배로 적을 맞는 꼴이 되어 일이 고약하게 됩니다. 자칫하면 팽성에는 들어가 보지도 못하고 항왕의 대군이 먼저 이르러 크게 낭패를 당할 수도 있습니다. 여기저기 나가 있는 군사들을 불러들여 집중된 힘으로 한 싸움에 소성을 깨뜨려야 합니다. 그런 다음 여세를 몰아 항왕의 구원병이 이르기 전에 팽성까지 떨어뜨려야만 천하대세를 결정지을 수 있습니다."

아직도 50만 가까운 군사들에게 둘러싸여 있는 한왕에게는 그런 한신의 걱정이 쓸데없는 기우로만 보였다. 그러나 한신이 오랜만에 입을 연 터라 그런지 이번에는 별로 고집 부리지 않고 한신의 말을 받아들였다.

"그럼 관영과 조참만 불러들이는 게 좋겠소. 날랜 말을 탄 사자를 보내 관영과 조참에게 군사를 이끌고 탕현으로 돌아오라 하시오. 그리고 거기서 우리 군사를 정비하여 먼저 소성을 떨어뜨린 뒤에 하루빨리 팽성으로 가도록 합시다."

그리고 남은 한군과 자신을 따르는 제후군도 탕현으로 몰았다.

도읍인 팽성에서 멀지 않아서인지 탕현에도 적지 않은 초나라 군사들이 있었다. 하지만 탕현은 한왕이 사상(泗上)의 정장 노릇을 하다가 죄를 짓고 한참이나 숨어 산 적이 있는 곳이었다. 그때 얽힌 인연이 있는 데다, 한왕이 끌고 온 대군을 보자 성안의 군민은 기가 죽고 말았다. 며칠 성문을 닫아걸고 저항하는 시늉을 하다가 관영과 조참의 군사가 차례로 이르자 마침내 스스로 성문을 열고 나와 항복했다.

한왕은 다시 군사를 남으로 몰아 소현으로 갔다. 들은 대로 소

성안에는 패왕의 족제(族弟) 하나가 5만 군민을 다그쳐 싸울 채비를 단단히 갖추고 기다리는 중이었다. 저물녘에야 소성에 이르러 한 바퀴 성을 둘러본 한왕이 한신을 돌아보며 인심 쓰듯 말했다.

"탕현이 항복해 오기에 이대로 손에 피 묻히지 않고 팽성에 들게 되는가 했더니 아무래도 틀린 일 같소. 내일 날이 새는 대로 대군을 풀어 소성을 깨뜨린 뒤 바로 팽성으로 밀고 들도록 합시다."

그런데 이번에도 한왕은 알 수 없는 승운을 타고 힘든 싸움을 피할 수 있었다. 그날 밤의 일이었다. 날이 저물자마자 소성 안에서 글을 매단 화살 한 대가 날아왔다. 그 화살을 주운 병사가 그걸 한왕에게 갖다 바쳤다.

"저희들은 성안의 부로들로 전부터 의제의 원통한 죽음을 슬퍼해 왔습니다. 항씨(項氏)는 양치기 가운데서 왕손을 찾아 회왕(懷王)으로 세우고 또 의제로까지 떠받들었으되, 장사(長沙) 강물 위에서 의제를 시해하니 이제는 초나라의 대역무도한 죄인일 따름입니다. 충의는 멀고 창칼은 가까워 비록 항우의 군사들에게 부림을 당하고는 있으나 어찌 그것이 저희들의 진심이겠습니까? 대왕께서는 낙양에서 의제를 위해 발상하여 그 외로운 넋을 위로하고, 다시 의로운 군사를 일으켜 역적을 치러 이곳까지 이르셨습니다. 초나라의 백성 되어 그냥 있을 수 없어 머리를 맞대고 논의한 바, 오늘 밤 성안 젊은이들로 하여금 성문을 열게 하기로 하고 이 글을 올립니다. 동쪽 성문과 북쪽 성문 두 곳에 몰래 군사를 숨겨 두셨다가 삼경 되어 성루에 불길이 오르거든 바로 짓쳐 들도록 하십시오."

화살에 매단 흰 비단에는 대략 그런 뜻의 잔글씨가 씌어 있었다. 한왕이 기뻐하며 그대로 따르려 하자 장량이 조심스레 물었다.

"혹시라도 적의 속임수가 있을까 걱정입니다."

그때 함께 있던 진평이 빙긋 웃으며 말했다.

"성안의 군민은 기껏해야 5만이고 우리 군사는 50만이 넘습니다. 무슨 계략으로 5만이 50만에게 성문을 열어 주고 이길 수 있겠습니까?"

모두 듣고 보니 진평의 말이 옳았다. 어둠 속에 두 갈래 군사를 내어 동문과 북문 가까이 숨어 있게 하고 삼경이 되기만을 기다렸다.

삼경이 되자 정말로 두 문루에서 불길이 오르고 이어 성문이 활짝 열렸다. 기다리고 있던 한나라 군사들과 제후군이 함성과 함께 열어젖혀진 성문으로 뛰어들었다. 적이 오지 않는 제나라와 팽성 쪽으로 나 있어 싸움에 단련된 초나라 군사들보다 끌려온 소현 백성들이 더 많이 지키던 북문과 동문이었다.

그러잖아도 무슨 높고 거친 파도처럼 성을 에워싸고 있는 한나라 대군에 은근히 겁을 먹고 있던 초나라 군사들은 성문이 두 곳이나 열렸다는 소리를 듣자 벌써 싸울 기력을 잃고 말았다. 거기다가 한군이 쏟아져 들어오고 있는 그 성문들이 바로 자기들이 달아날 길임을 알게 되자 그대로 창칼을 내던지고 털썩털썩 무릎을 꿇었다. 죽을힘을 다해 빠져나가 팽성으로 달아난 것은 소성을 맡아 지키던 패왕의 집안 조카와 그 부장 몇 명뿐이었다.

"바로 팽성으로 가자. 오늘을 넘기지 말라!"

날이 샐 무렵 소성을 온전히 거둬들인 한왕이 갑자기 그렇게 서둘렀다. 한신이 가만히 말렸다.

"아무리 힘들 것 없는 싸움이라지만 밤을 새워 싸우느라 군사들이 지쳐 있습니다. 저들에게 밥을 지어 먹이고 한나절 쉬게 한 뒤 가는 게 좋겠습니다."

"하늘이 과인에게 팽성을 내리시려 하오. 아니 서초와 천하를 내게 주시려 하고 있소. 밤이 길면 꿈자리가 사나워지는 법, 하늘이 내리시는 것을 서둘러 받지 않으면 되레 화가 된다는 말도 있지 않소? 장졸들에게 밥을 지어 먹이고 쉬게 하는 일이야말로 팽성에 든 뒤에 해도 늦지 않소."

한왕은 무엇에 취한 사람처럼 그렇게 한신의 말을 받았다. 그리고 장졸들을 몰아대 그 길로 팽성으로 달려갔다.

그래도 한왕이 대장군인 한신의 말을 들어준 것이 있다면 관영과 조참의 군사를 소성에 남긴 일이었다. 그들에게 그곳에서 쉬면서 정도에서 한바탕 힘든 싸움을 겪고 산동을 에돌아 오는 동안의 피로를 씻는 한편, 같이 남겨 준 제후군 5만과 더불어 팽성의 서쪽 울타리가 되게 했다. 한왕의 머릿속에서 팽성은 이미 그 손안에 떨어진 성이었다.

한바탕 봄꿈

다음 날이었다. 한왕 유방을 종장(縱長)으로 삼은 제후군은 기세 좋게 팽성으로 떠났다. 그런데 관영과 조참이 이끈 8만을 떼어 놓고도 50만 가까운 대군이 소성을 떠난 지 반나절도 되지 않아서였다. 전군 선봉이 팽성 서문 앞에서 나아가기를 멈추고 뒤따라오던 중군에게 급한 전갈을 보내왔다.

"팽성 서쪽 성문이 활짝 열려 있고 성벽 위에는 아무도 없습니다. 다만 피난하는 백성들만 이따금 성을 버리고 달아나는 모습이 보일 뿐입니다. 하지만 아무래도 의심스러워 먼저 대장군께 알리고 군령을 기다립니다."

"그래도 팽성은 서초의 도읍일 뿐만 아니라 군사적인 요충이기도 하다. 한번 싸워 보지도 않고 내줄 리가 없다. 전군은 성 밖에 잠시 진세를 펼치고 대왕께서 이르시기를 기다려라!"

한신이 먼저 그런 명을 내리고 한왕과 함께 전군 쪽으로 달려
갔다. 전군 앞으로 나서 팽성을 바라보니 정말로 들은 대로였다.
성문은 활짝 열려 있고 성벽 위에는 지키는 군사 한 명 보이지
않았다. 무슨 소문을 들었는지 그때는 그쪽 성문으로 나다니는
피난민도 없어 마치 텅 빈 성처럼 보였다.

"자방 선생, 이게 어찌 된 일이오? 병법에 성문을 열고 성을 비
워 싸우는 계책도 있소?"

한왕이 알 수 없다는 듯 곁에 있는 장량에게 물었다. 장량이
희고 단정한 이맛살을 찌푸려 가며 이리저리 성안을 살피다가
역시 모르겠다는 듯 한신을 보고 말했다.

"대장군, 우리를 성안으로 꾀어 들여 들이치려는 계책치고는
너무 허술하고 위태롭지 않소? 아무리 매복을 하고 장치를 갖추
었다 해도, 50만 대군을 좁은 성안에 들여놓은 뒤에 무슨 수로
쳐부순단 말이오?"

"글쎄요……."

한신도 자신이 없는지 그렇게 대꾸하며 4월 한낮에 조는 듯
서 있는 팽성을 찬찬히 살펴보았다. 그때 갑자기 성문 안에서 한
무리의 사람들이 몰려나왔다. 갑주도 걸치지 않고 손에 든 병기
도 없는 것으로 보아 군사들은 아니었으나, 복색을 보니 여느 백
성들도 아니었다.

"저건 무엇이냐?"

한왕이 그들을 쳐다보다 누구에게인지 모르게 물었다. 곁에 있

던 눈 밝은 장수 하나가 대답했다.

"복색을 보니 유생의 무리들 같습니다. 누군가를 떠받들듯 에워싼 채 이리로 다가오고 있습니다."

"유생들이라……. 유생들이 무슨 일로?"

한왕이 이맛살부터 찌푸리며 그렇게 받았다. 저잣거리 시절부터 한왕 유방은 유자(儒者)들을 좋아하지 않았다. 아무 실상도 없는 대의명분을 내세워 사람을 귀찮게 하는 시끄럽고 까다로운 무리, 그게 장바닥을 떠돌던 젊은 유방의 머릿속에 박힌 유자의 인상이었다.

패공으로 몸을 일으킨 뒤에도 유자들을 보는 유방의 눈길은 크게 바뀌지 않았다. 역이기처럼 존중하며 쓴 경우도 있었으나, 그때도 유자로서가 아니라 종횡가적인 그 책모를 높이 샀을 뿐이었다. 오히려 대개의 경우 유자는 패공의 놀림거리나 짓궂은 장난의 대상이 되어, 심하게는 그들이 생명처럼 여기는 의관에 오줌을 누어 욕을 보였다는 기록까지 남아 있다.

한왕이 되어 더 많은 유자들을 관리로 거느리게 된 뒤에도 마찬가지였다. 전해 8월에는 유가의 가르침을 받은 것으로 알려진 주가(周苛)를 어사대부로 높인 적이 있지만, 그것은 유가이면서도 남다른 그의 장재(將材) 때문이었다. 또 기신(紀信) 같은 장수는 똑같이 패현에서부터 한왕을 따라나서 싸워 왔으나, 유가를 따른다 하여 주발이나 관영보다 한 길 낮춰 보았다.

"아마도 성안에 있는 유생들이 대왕께 항복하러 몰려나오는 듯합니다."

장량이 다가오는 유생들에게서 눈길을 떼지 않으며 대답했다. 한왕이 어이없다는 듯 빙글거리며 말했다.

"유생들이 무슨 일로 과인에게 항복을 한단 말이오? 내가 언제 그들과 싸우기라도 했단 말이오? 또 그들이 항복을 하면 어떻고, 안 하면 어떻다는 것이오? 이제껏 항왕에게 빌붙어 잘살다가, 일이 글렀다 싶자 과인에게 달려와 아첨으로 말잔치나 벌이려는 것이라면 아예 쫓아 버리시오."

그때 드디어 다가오고 있는 사람들을 알아보았다는 듯 고개를 끄덕이던 장량이 갑자기 목소리를 가다듬어 말했다.

"대왕께서 진정으로 천하를 생각하신다면 그리하셔서는 아니 됩니다. 때에 따라 유생의 붓은 장수의 칼보다 날카롭고, 그 문장은 병가의 책략보다 더 무서울 수 있습니다. 특히 지금 박사(博士, 역사 기록과 서적을 관장하는 벼슬아치)의 복색을 하고 저들에게 에워싸여 오고 있는 저 사람은 대왕께서 장차 천하를 다스리는 데 한 갈래 군사의 몫은 넉넉히 할 수 있을 것입니다."

"자방 선생께서는 저들을 아시는 듯하구려. 저들이 누구요?"

그제야 한왕이 이상한 듯 정색을 하며 장량에게 물었다. 장량이 아직도 다가오는 그들에게서 눈을 떼지 않으며 대답했다.

"저들 가운데 에워싸여 오고 있는 것은 진 이세황제 때 박사가 된 숙손통(叔孫通)이고 그를 에워싼 무리는 그 곁에 머물며 시중드는 이만도 백 명이 넘는다는 제자들일 것입니다."

그 말에 한왕도 숙손통을 기억해 냈다. 숙손통은 지난날 한왕이 무신군 항량의 객장(客將)으로 있을 때 먼빛으로 본 적이 있는 유자였다. 그때 이미 숙손통은 큰 유학자로 항량의 존중을 받던 막빈이었으나, 오래잖아 팽성으로 가 회왕(懷王) 밑에 들게 되어 한왕과는 오래 함께하지 못하였다.

하지만 그 뒤 한왕이 들은 풍문은 별로 좋지 못했다. 팽성으로 간 숙손통은 송의(宋義)와 손을 잡고 회왕의 사람이 되었다가, 송의가 항우에게 죽자 다시 항우 쪽으로 돌아왔다. 그리고 회왕이 의제가 되어 장사 침현으로 옮겨 갈 때도 팽성에 남아 항우를 섬겼다.

"말만 번지르르하고 처신은 반복 무쌍한 유자구려. 오늘은 과인에게로 왔으나 내일은 어디로 갈지 누가 알겠소?"

한왕이 별로 반갑잖은 기색으로 한신의 말을 받았다. 한왕이 그렇게 말한 것은 숙손통과 헤어진 뒤에 들은 마뜩잖은 후문 때문만은 아니었다. 이미 전설이 되어 산동을 떠도는 숙손통의 전력도 한왕은 못마땅하게 여겼다.

숙손통은 설(薛) 땅 사람으로 학문이 뛰어났는데, 진나라 말기 조정에 불려 가 박사를 바라며 벼슬살이를 시작했다. 몇 년 뒤 진승이 산동에서 군사를 일으키자 이세황제가 당시의 박사와 여러 선비들을 불러 놓고 물었다.

"초나라에서 수자리 서던 것들이 들고일어나 기현을 공격하고 진(陳) 땅에 이르렀다 하는데 경들은 이를 어떻게 생각하시오?"

"신하 된 자는 감히 반역의 마음을 품어서는 아니 됩니다. 반역의 마음을 품었다는 것이 벌써 반역을 저지른 것이니, 이는 죽어 마땅한 죄로 용서할 수 없습니다. 폐하께서는 급히 군사를 내어 그들을 쳐 없애심으로써 만천하에 천자의 위엄을 보이셔야 합니다."

눈치 없는 박사와 서른 명이 넘는 선비들이 아첨 삼아 그렇게 대답했다. 그러나 이세황제는 그 말을 듣고 무엇 때문에 성이 났는지 안색이 홱 변했다. 그걸 알아본 숙손통이 얼른 앞으로 나가 말했다.

"여러 선비들의 말은 다 틀렸습니다. 오늘날 천하는 통일되어 한 집안처럼 되었고, 여러 군과 현은 성벽을 허물어 앞으로는 거기 의지해 싸우는 일이 없을 것임을 밝혔습니다. 또 조정은 천하의 모든 무기를 거둬들여 녹인 뒤에 종거(鍾鐻)와 동인(銅人)을 만들어 다시는 그걸 쓰지 않겠다는 뜻을 널리 보여 주었습니다. 거기다가 위로는 영명하신 황제께서 계시고, 아래로는 제도와 법령이 완비되어, 백성들은 저마다 생업에 충실하며 삶을 풍족하게 가꿔 가고 있는데, 누가 감히 반역을 꾀하겠습니까? 방금 폐하께서 말씀하신 무리는 좀도둑 떼로서, 쥐새끼가 곡식을 훔치고 개가 고기 뼈다귀를 물어 가는 것에 지나지 않습니다. 이제 군수들과 군위들이 그들을 잡아들여 죄를 다스리고 있으니, 폐하께서는 조금도 걱정하실 일이 아닙니다."

그러자 이세황제의 얼굴이 활짝 펴지며 다시 다른 선비들에게 같은 일을 물었다. 어떤 선비는 정말로 반란이 일어난 것이라 하고, 어떤 선비는 도적 떼일 뿐이라고 대답했다. 다 듣고 난 이세황제는 어사를 불러 반란이 일어난 것이라고 말한 선비들은 모두 형리에게 넘기도록 하였다. 말해서는 안 될 것을 말했다는 죄 목이었다.

한편 진승의 무리가 좀도둑 떼에 지나지 않는다고 말한 사람들은 모두 일없이 풀려났는데, 특히 숙손통은 비단 스무 필과 옷한 벌을 하사받고 그날로 박사가 되었다. 숙손통이 궁궐에서 물러나 숙소로 돌아가자 소문을 들은 선비들이 몰려와 그를 나무라며 물었다.

"선생께서는 어찌 그렇게 아첨하는 말을 하여 다른 선비들을 어렵게 만들었소?"

그러자 숙손통이 깊은 한숨과 함께 말하였다.

"그대들은 모르오. 나는 오늘 하마터면 범의 아가리를 벗어나지 못할 뻔하였소!"

그러고는 그날 밤으로 짐을 싸서 고향인 설 땅으로 달아났다가, 때마침 그곳으로 진격해 온 항량을 따르게 되었다.

사람들은 대개 그렇게 이세황제의 속마음을 한눈에 알아본 숙손통의 밝은 살핌과 그 포학에서 빠져나온 기지를 높이 쳤다. 그러나 한왕은 왠지 그게 유자들을 못 미덥게 하는 나약과 비굴의 전형 같았다.

"대왕께서 진정으로 천하에 뜻을 두고 계시다면 모진 임금과 못된 법에서 자신을 지키기 위해 어쩔 수 없이 한 일을 너무 허물해서는 아니 됩니다. 물이 너무 맑으면 사는 물고기가 없고 사람이 너무 따져 살피면 따르는 무리가 없는[水淸則無魚 人察則無徒] 법입니다."

한왕의 속마음을 읽은 것인지 장량이 그렇게 말해 놓고 다시 덧붙였다.

"난세를 만나 군진(軍陣)을 벌이고 성을 쳐서 떨어뜨리는 데는 쓸모없을지 모르나, 치세에 이르러 예의와 법제를 바로잡고 교화를 펴는 일은 저기 오는 숙손통 선생을 따를 이가 없을 것입니다. 혹시라도 선생을 대함에 소홀함이 없도록 하십시오."

그때 어느새 제자들을 뒤딸리고 다가온 숙손통이 한왕을 알아보고 그 앞에 엎드려 절을 했다. 한왕이 놀란 시늉을 하며 맞절을 한 뒤 숙손통의 손을 잡아 일으키며 물었다.

"돌아가신 의제 앞에서 선생을 뵌 이래 벌써 이태가 흘렀구려. 그래 오늘은 과인에게 무슨 가르침을 내리시려 오셨소?"

그런 한왕의 목소리가 얼마나 은근한지 속으로 걱정하던 장량이 오히려 탄복할 지경이었다. 그게 한왕이었다. 모든 일에 태평스럽고 제멋대로였지만, 무슨 말이든 한번 옳게 여겨 받아들이면 얼마든지 커지고 작아질 수 있었으며 굽히고 펼 수 있는 사람이었다. 숙손통이 여전히 엎드린 채로 한왕의 물음에 대답했다.

"이제 팽성에 남은 서초의 관리로는 신이 가장 높습니다. 성안 10만 군민의 뜻에 따라 팽성을 대왕께 바치고자 이렇게 나왔습니다."

"항복은 원래 성을 지키던 장수가 군사들과 더불어 성을 들어바치는 일입니다. 그런데 어떻게 선생께서 유생 백여 명과 더불어 그 일을 대신하려 하십니까?"

말없이 보고 있던 장량이 문득 나서 그렇게 물었다. 숙손통이 담담하게 대답했다.

"지난 정월 패왕은 제나라로 떠나면서 날랜 군사 5만과 함께 범 아부(亞父)께 팽성을 맡겼습니다. 그러나 제나라에서의 싸움이 뜻과 같지 않자 패왕은 다시 범 아부와 3만 군을 불러가고, 이번에는 계포가 새로 뽑아 조련도 안 된 군사로 채운 5만으로 팽성을 지켰습니다. 그런데 얼마 전에는 그 계포마저 2만 군을 데리고 군량을 호위하며 제나라로 가게 되면서 팽성을 지키는 일은 패왕의 아재비뻘 되는 항양(項襄)과 노약하여 남겨진 군사 3만에게 맡겨졌습니다.

항양은 그 3만에다 성 밖 인근에서 힘꼴깨나 쓰는 장정 2만을 더 뽑아 5만 군사를 만들고, 다시 성안 백성들까지 성벽 위로 끌어올려 창칼을 나눠 주며 팽성을 지키겠다고 큰소리쳐 왔습니다. 어제까지만 해도 성벽을 베개 삼아 죽겠다고 말했는데, 이 아침 소성(蕭城)을 지키던 그 조카가 부장 몇 명과 피투성이로 쫓겨 오자 마음을 바꿔 먹었습니다. 사방이 열려 있는 성안에서 대왕의 백만 대군을 맞아 버텨 낼 자신이 없어진 듯합니다. 한동안 일족의 장수들과 수군거리던 항양은 갑자기 성안의 재보(財寶)와 미녀들을 모두 끌어내 수레와 마필에 싣고 남은 장졸들과 함께 패왕이 있는 북쪽으로 허겁지겁 달아나고 말았습니다. 따라서 이 팽성 안에는 이제 장수도 군사도 남아 있지 않아 저희가 이렇게 나선 것입니다. 대왕께서는 부디 성안의 10만 생령을 불쌍히 여기시어 한(漢)나라의 신민으로 거두어 주옵소서."

숙손통뿐만 아니라 그를 따라온 백여 명의 유생들로 보아 성

안에 지키는 군사가 없다는 말은 더 의심할 나위가 없었다. 다른 사람도 아닌 패왕 항우의 도읍이 안기듯 항복해 오자 한왕은 몹시 기뻤다. 그 기쁨 때문에 숙손통에게 품었던 마뜩잖은 의심까지 깨끗이 털어 버린 한왕이 환하게 웃으며 말했다.

"성이 비어 있는 듯해도 의혹이 많았는데, 선생께서 몸소 나서 이리 일러 주시니 무어라 고마운 뜻을 드러내야 할지 알 수가 없소. 선생의 낯을 보아서라도 팽성의 군민은 터럭 하나, 곡식 한 톨 다치는 일이 없을 것이오!"

그러고는 숙손통을 박사로 삼고 특별히 직사군(稷嗣君)이라 부르며 우대하였다. 숙손통은 후에 그의 유학으로 한나라 4백 년의 기틀이 되는 관제와 법률 및 의례를 제정하지만, 유능한 처세가로서의 통찰과 기지로도 널리 이름을 얻었다.

팽성에서 한왕 유방에게 항복한 뒤 오래되지 않아서의 일이었다. 한왕에게 사람을 천거할 기회가 주어지자, 그는 자신을 따르던 제자들은 모두 제쳐 놓고 자기가 아는 사람들 가운데 전에 도둑 떼나 유민군을 따라다닌 적이 있는 주먹패와 싸움꾼들만 천거했다. 그의 제자들이 그런 스승을 숨어서 욕했다.

"우리가 선생을 섬긴 지 여러 해가 되었고, 마침내는 선생을 따라 한나라에 항복하여 한왕을 주군으로 받들게 되었습니다. 그런데 선생은 우리를 한왕에게 천거해 주지 않고 오로지 교활하고 흉측한 도적 떼만 천거하니 도대체 어찌 된 일입니까?"

그 말을 전해 들은 숙손통은 제자들을 꾸짖으며 이렇게 말했다고 한다.

"지금 한왕께서는 쏟아지는 화살과 돌덩이를 무릅쓰고 천하를 다투고 있다. 그대들의 흰 손과 약한 팔뚝으로 그런 한왕을 도와 싸울 수 있겠는가? 그 때문에 나는 우선 한왕을 위해 적장을 베고, 적기(敵旗)를 빼앗아 올 수 있는 사람들부터 천거한 것이다. 그대들은 그대들이 귀하게 쓰일 날을 기다리라. 나는 결코 그대들을 잊지 않을 것이다!"

또 한왕은 숙손통을 받아들여 놓고도 그가 입은 유가의 거추장스러운 복색을 매우 못마땅하게 여겼다. 그러자 숙손통은 서슴없이 유가의 복색을 벗어 버리고 짧고 간편한 초나라 옷으로 갈아입어 한왕을 기쁘게 했다. 유가의 가르침만으로는 다 풀이할 수 없는 유연한 처신이었다.

그날 한왕 유방은 팽성 안으로 들어가기 전에 먼저 한신을 여럿 앞에 올려 세워 놓고 자못 엄숙한 목소리로 말했다.

"대장군은 이제 여러 장수들과 제후들에게 통보하여 군사를 이끌고 팽성에 들되 지난번 우리가 진나라를 쳐부수고 함양으로 들 때의 예를 따르게 하시오. 백성들을 다치게 하거나 그 재물을 약탈하는 자는 목을 베고, 서초의 부고(府庫)와 창름(倉廩)을 함부로 터는 자도 엄히 벌하겠다 이르시오!"

하지만 그럴듯한 것은 그런 한왕 유방의 군명(軍命)뿐이었다. 한신은 충실히 한왕의 뜻을 전했으나 팽성 안으로 들어간 여러 갈래의 제후군은 금세 물불 안 가리는 약탈자로 변해 버렸다. 한왕의 명을 받드는 한나라 군사들이 어떻게 말려 보려 했으나 열

배가 넘는 제후군이 눈이 뒤집혀 날뛰니 어찌해 볼 수가 없었다.

고대 경제의 한 형태이기도 했던 약탈은 황제(黃帝) 이래로 순치되어 온 의식에 힘입어 많이 완화되기는 했지만, 하(夏), 은(殷), 주(周) 3대를 거친 그때까지도 여전히 전쟁의 한 관행으로 남아 있었다. 통상 전리란 이름으로 군사들에게 허용되는 약탈의 이익은 때로 전투에 용감해질 훌륭한 동기를 부여해 주었다. 특히 체계적인 급여 제도를 갖추지 못한 유민군의 우두머리에게는 비정규 급여라고 해도 좋을 만큼 전투원에게 베풀 수 있는 경제적인 반대급부의 의미를 가지기도 했다.

그런데 제후군은 물론 규율이 엄하다는 한나라 군사들 중에도 아직 유민군의 티를 벗지 못한 군사들이 많았다. 대부분의 그들에게 약탈을 못하게 한다는 것은 약속된 급여를 주지 않겠다는 것이나 다름없었다. 거기다가 제후군에는 처음부터 세력이 큰 한왕이 얻게 될 전리만을 바라 끼어든 초적(草賊)이나 토비(土匪)도 적지 않았다.

제후군 사이에 묻어 온 정치적, 군사적 원한도 문제였다. 먼저 제나라에서 온 병사들이 패왕의 군대로부터 당한 분풀이로 사람을 마구 죽이고 불을 질렀다. 거기에 다시 관중에서 뽑혀 온 병사들이 함양에서 항우의 군사들에게 당한 분풀이를 더해 팽성을 더욱 아수라장으로 만들었다. 어디에서건 패왕 항우의 적이 되어 싸우다가 생매장당한 수십만 명의 자제들이 서초의 도성에 품고 있는 원한도 만만치 않았다.

한왕 유방은 처음 제후들을 불러 모아 어떻게든 사태를 바로

잡아 보려 했다. 그러나 제후들이 서로를 부추겨 가며 은근히 힘을 합쳐 맞서려 드니, 당장 그들을 억누를 힘이 없는 한왕으로서는 어찌해 볼 수가 없었다. 엄벌로 군기를 세우기는커녕 거꾸로 그들의 눈치를 보며 달래야 했다. 거기다가 한왕 자신의 무책임하고 향락적인 기질이 보태져 팽성 안은 연일 한왕과 제후들과의 술잔치[置酒高會]로 흥청거렸다.

그렇게 며칠이 지난 어느 날이었다. 그날도 한왕이 제후들과 술잔치를 벌이고 있는데 항양(項襄)을 추격하러 간 장수가 사람을 보내 알려 왔다.

"항양은 제나라로 달아났지만 그가 패왕에게로 옮기려던 팽성의 재보와 미인은 모두 되찾았습니다. 내일이면 팽성으로 되돌아올 것입니다."

그런데 그렇게 돌아온 재보와 미인이 다시 한왕을 그르쳤다. 패왕이 팽성에 쌓아 두었던 재보는 대개 진의 시황제가 천하에서 긁어모아 함양에 쌓아 두었던 것들이었다. 그것들이 수십 대의 수레와 마소에 바리바리 실려 돌아오자 원래부터 재물에 욕심이 없지 않던 한왕의 입은 귀밑까지 찢어졌다. 대신 천하를 넘보게 된 뒤로 애써 키워 온 절제와 극기의 미덕은 그대로 스러져 버렸다.

줄줄이 끌려온 미인들도 마찬가지였다. 패왕이 팽성에 모아 놓은 미인들도 거의가 함양의 궁궐에서 끌려온 여자들이었다. 시황제와 이세황제가 천하에서 꺾어 모은 꽃 가운데 꽃이라 이리저리 끌려다녀 초췌해져도 아름다움과 향기는 그대로 살아 있었다.

그들이 궁궐 뜰을 가득 메우자 그들을 내려다보던 한왕은 눈이 다 어질어질할 지경이었다.

거기다가 이번에는 그 전해 함양에서처럼 한왕이 재보와 미녀를 함부로 차지하는 걸 말리는 사람도 없었다. 그때 자기 혼자서 안 되자 장량까지 불러들여 말렸던 번쾌는 별동대를 이끌고 추현, 노현에 이어 설현 하구까지 휩쓸면서 그 자신이 크고 작은 전리(戰利)에 취해 있었다. 번쾌를 도와 그토록 간곡하게 한왕을 말렸던 장량도 무엇 때문인지 이제는 그저 민망하게 바라보기만 할 뿐 애써 말리지 않았다.

끌려 돌아온 미녀들을 바라보며 그때 함양에서의 일을 떠올리게 된 것도 오히려 한왕의 욕망을 충동질했다. 한왕은 곧 들이닥칠 범 같은 항우가 두려워 아무것도 손대지 못하고 봉해 놓았다가 모든 걸 항우에게 고스란히 넘기고 만 일이 갑자기 부끄럽고 후회스럽기까지 했다. 그러자 이상한 오기와 함께 지난 1년 까마득히 잊고 있었던 얼굴 하나가 떠올랐다.

"그때 너희들 가운데 우(虞)가 성을 쓰는 아이가 있었더니라. 음릉(陰陵) 땅 우 아무개의 딸이라던가. 그 아이는 지금 어디에 있느냐?"

한왕이 어딘가 낯익은 느낌이 드는 미녀들 쪽을 바라보며 그렇게 묻자 그중의 하나가 대답했다.

"패왕께서 진작 미인(美人)으로 봉한 우희(虞姬)를 말하시는 것이옵니까? 패왕께서 아끼시는 우 미인은 전포로 남장을 하고 철기에 둘러싸여 저희보다 한나절 앞서 떠났습니다. 작으면서 값진

보물들을 실은 수레들과 함께 떠났으니, 지금쯤은 팽성 경내에서 멀리 벗어나 패왕이 계신 곳으로 가고 있을 것입니다.”

그 말을 듣자 한왕은 전에 없이 항우에게 부러움이나 시기를 넘어 밉살스러움까지 느꼈다.

'억세게 운 좋은 놈이다. 언제나 가장 좋은 것은 제 놈 차지로구나.'

그러자 여전히 장졸들이 어렵게 뒤쫓아 가 뺏어 온 재보나 미녀들은 갑자기 하찮은 것이 되어 더욱더 마음대로 처분해도 좋은 것이 되었다.

패왕의 도읍인 팽성을 빼앗았을 뿐만 아니라 거기 쌓여 있던 재물과 미인까지 마음대로 처분하게 되면서 한왕은 한층 더 자신의 승리를 실감했다. 그러잖아도 잇따른 자잘한 승리로 자랄 대로 자라 있던 한왕의 호기는 거기서 갑자기 어이없는 착각과 환상으로 바뀌었다. 자신은 이미 항우를 온전히 쳐부수었으며 그리하여 천하에는 오직 자신만 있다는 착각과 환상이었다.

한왕은 천자라도 된 듯한 기분으로 재보와 미인들을 제후들과 장수들에게 나눠 주었으며 자신도 그중에서 가장 큰 몫을 차지하였다. 그리고 전보다 한층 더 풍성하고 흥겨운 잔치로 자신의 승리와 영광을 자축하였다.

'거룩의 영광은 어디 가고 패왕은 무얼 하고 있는가. 작년 8월 과인이 파촉 한중에서 고도(古道)로 나와 삼진(三秦)을 아우르고, 또 금년에는 함곡관을 나와 하남과 한(韓)나라를 잇달아 차지했다. 그걸 항왕이 뒷짐 지고 보고만 있었던 일은 서초의 내정이 어지러워 어쩔 수 없었다 치자. 3월에 임진 나루를 건넌 뒤로 다시 세 제후를 사로잡거나 항복받으며 한 달이 넘도록 승승장구해 오는 동안 강 건너 불 보듯 하고 있는 꼴은 또 뭔가. 거기다가 이제는 그 도읍 팽성을 내주고도 열흘이 되도록 아무런 기척이 없다. 제나라 하나에 발목이 잡혀 벌써 다섯 달째 좌우를 돌보지 못하는 게 천하를 떨게 하던 항우이고 서초의 패왕인가. 제 집 안마당을 과인이 차지하고 앉았는데도, 설현과 하구의 전선을 지키는 번쾌조차 아직 서초의 군사와 접촉했다는 통보가 없다. 이제 무얼 더 두려워해야 된단 말인가.'

한왕은 그렇게 중얼거리면서 취해 갔다. 그때 한왕이 얼마나 자신만의 환상에 빠져 있었는가는 관중의 역양에 있는 가솔들을 다시 고향인 패현으로 옮겨 오게 한 일로도 짐작이 간다. 팽성에 든 지 뒤 며칠 안 돼 한왕은 패현 사람 심이기(審食其)를 불러 말했다.

"경에게 군사 5백을 줄 터이니 이제 관중으로 가서 아버님과 어머님을 고향으로 모셔 오도록 하라. 아울러 과인의 가솔들도 함께 옮겨 그 나고 자란 땅에서 편히 살게 하라."

"패왕의 대군이 아직 제나라에 버티고 있는데 대왕의 가솔들을 산동으로 모셔 오는 것은 위태롭기 짝이 없는 일입니다. 대왕의 가솔들이 고향을 찾는 일은 천하 형세가 정해진 뒤라도 늦지 않습니다."

장량이 그렇게 말렸으나 한왕은 조금도 귀 기울이려 하지 않았다.

"항우는 이제 근거를 잃고 떠도는 도둑 떼의 우두머리에 지나지 않소. 전횡 같은 어린아이 하나 잡지 못해 몇 달씩 끌려다닌 터에 다시 우리에게 땅 거의 모두를 뺏겼으니 그를 더 두려워해야 할 이유가 무엇이오? 거기다가 항우도 말했듯, 부귀해서 고향에 돌아가지 않음은 비단옷 입고 밤길 가는 것과 같다 하였소. 도읍이야 그대로 관중에 둔다 해도, 가솔들까지 고향에 돌아와서 아니 될 일이 무엇이겠소?"

그러면서 심이기를 재촉해 기어이 가솔들을 패현으로 옮겨 오게 했다. 장량이나 한신이 보기에는 꼭 무엇에 홀린 사람 같았다.

하기야 한왕이라고 해서 전혀 불길한 예감이 없었던 것은 아니었다. 어쩔 수 없는 힘에 내몰려 거센 물결 꼭대기에 올라탄 채 취해 지냈지만, 한왕도 가끔씩은 깨어나 중얼거렸다.

'천하를 얻는 일이 이처럼 어이없고 갑작스럽지는 않을 것이다. 왠지 이것은 아닌 듯하다. 어쩌면 나는 한바탕 늦은 봄꿈을 꾸고 있는지도 모른다……'

하지만 다시 이어지는 제후들과의 질탕한 잔치 자리에서 술과 미인에 취해 가다 보면, 패현 저잣거리를 빈털터리로 떠돌 때며 죄를 짓고 탕산(碭山)에 숨어 살던 시절이 아련히 떠오르며 자신도 모르게 고개를 가로저었다.

'아니, 한바탕 봄꿈이라도 좋다. 여기서 이대로 한세상 다한들 무엇이 한스러우랴……'

거기다가 그 무렵 얻게 된 척희(戚姬)도 그런 한왕의 봄꿈을

218

더 깊게 만들었다.

한왕이 이끈 제후군이 팽성에 든 지 보름쯤 지났을 무렵이었다. 그날도 제후들과의 떠들썩한 술잔치가 끝난 뒤 한왕과 그 막하만 남아 시들해 가는 여흥을 돋우고 있는데, 노관이 가만히 한왕에게로 다가와 말했다.

"대왕, 팽성의 부호들이 만금을 모아 구해 바친 척희라는 미녀가 있습니다. 특히 초나라의 춤과 노래에 뛰어나다 하니 한번 불러 흥을 돋우어 보게 하심이 어떨는지요?"

"불러들여라. 만금으로 산 춤과 노래가 어떤 것인지 구경하자꾸나."

얼큰히 취해 가던 한왕이 아직 새 정이 다하지 않은 석(石) 미인을 긴 채 그렇게 말했다. 그러자 노관이 손짓을 해 척희를 불러들이게 했다. 척희가 행궁 대전 격인 대청으로 들어설 때만 해도 한왕은 척희를 대수롭지 않게 바라보았다. 그러나 대청 가운데로 다가온 척희가 예를 올리고 고개를 들어 올려다보는 순간 한왕은 갑자기 술이 확 깨는 듯한 느낌이 들었다. 전해 함양의 궁궐에서 우희를 처음 보았던 순간의 그 느낌이었다. 너무 아름다워 오히려 쓸쓸하고 슬퍼 보이는 그 자태에 한왕은 자신도 모르게 가슴이 저려 왔다. 한왕은 아직 총애한 지 두 달도 안 되는 석 미인이 곁에 있다는 것도 까맣게 잊고 떨리는 목소리로 물었다.

"척씨(戚氏) 성을 쓴다고 들었다. 아비, 어미는 어디 사는 누구냐?"

"소녀가 어렸을 적에 돌아가시어 정도에서 이곳으로 흘러들었다는 것밖에는 잘 알지 못합니다."

"여기는 누가 보내서 왔느냐?"

"제게 춤과 노래를 가르쳐 주신 스승님께서 보내셨습니다."

그 목소리가 영문 모르게 애절해 한왕의 가슴을 아프게 하였다. 더 물었다가는 무슨 기막힌 사연을 듣게 될지 모른다는 걱정에 얼른 묻기를 그만두었다.

"그렇다면 나를 위해 춤을 추어 줄 수 있겠구나."

그렇게 말을 바꾸어 춤을 청했다.

"그리하겠습니다."

척희가 사양하지 않고 춤을 추기 시작했다. 젊은 시절 저잣거리 뒷골목에서 풍류를 익힌 한왕도 잘 아는 초나라 춤이었는데, 그녀가 추니 느낌부터가 달랐다. 원래의 간드러진 감상과 불같은 정념을 잔잔한 우수와 애상으로 풀어 나가니, 때로는 봄날 저문 하늘을 외롭게 나는 나비 같고 때로는 상처받은 날개를 파닥이는 작은 새 같았다. 술자리에 남아 있던 막빈과 장수들도 모두 하루 종일 마신 술에서 깨어난 얼굴로 그런 척희의 춤을 바라보았다.

"노래를 곁들일 수 있겠느냐?"

하염없는 연민에 젖어 척희의 춤사위를 바라보고 있던 한왕이 다시 그렇게 노래를 청했다.

그러자 척희가 맑고 깊은 목소리로 오가(吳歌)를 불렀다. 애잔한 오가가 여러 해 피투성이 싸움터를 떠도는 장수들의 철석같은 심장을 파고들었다. 특히 한왕에게는 슬픔과 외로움의 정조

(情調)뿐만 아니라 벌어진 틈 사이로 한 마리 빠른 백마가 지나가는 것을 보는 듯한[若白駒之過隙] 사람 살이의 허망함까지 일시에 느끼게 해 견딜 수 없었다.

'이 춤이 왜 이리 쓸쓸하고 이 노래가 왜 이리 슬픈가. 갑자기 이 삶이 왜 이리 허망해지는가. 이것은 저 아이의 춤과 노래가 그래서가 아니라 받아들이는 내 심금이 그렇게 울리고 있는지도 모르겠다. 지치고 자신 없고 몰락의 예감에 빠져 소리와 빛을 받아들이기 때문일 것이다. 조만간에 돌아와 이 모든 횡재를 되찾아갈 항우에 대한 두려움이 저 아이의 춤과 노래를 받아들이는 내 정서의 바탕이기 때문이다.'

이윽고 그런 깨우침으로 놀라 깨난 한왕이 갑자기 척희를 내려다보며 소리쳤다.

"멈추어라. 네 노래가 너무 슬프구나. 세상이 그렇게 슬퍼서는 안 된다. 내 너를 위해 새로운 노래를 부를 터이니 너는 이 노래에 맞춰 춤추어라."

그러고는 스스로 손바닥으로 탁자를 치며 노래를 불렀다.

큰 고니와 기러기 높이 날아	鴻鵠高飛
한꺼번에 천리를 나는도다.	一擧千里
깃과 깃촉 이미 다 자라나	羽翮已就
온 세상을 가로지르며 나네.	橫絶四海
온 세상을 가로지르며 난들	橫絶四海
마땅히 또 어떻게 하겠는가.	當可奈何

실 맨 살과 활이 있다고 한들   雖有矰繳

오히려 어디에 쓸 수 있으리오.   尙安所施

  나는 이미 클 대로 컸다, 항우가 오더라도 내게 손댈 수 없다, 항우 네가 어떻게 나를 어찌하겠는가, 그런 뜻을 즉흥으로 노래한 것이고 척희의 춤사위도 거기 맞춰 경쾌하고 밝아졌지만 실은 그것이야말로 한왕에게는 가장 치명적인 개꿈이었다. 거기에 척희와의 새로운 정염(情炎)이 더해져 한왕은 패왕의 불같은 일격이 모든 것을 산산조각 내 놓을 때까지 팽성의 휘황한 봄꿈에서 깨어나지 못했다.

222

한 줄기 세찬 바람처럼

제나라에서 전횡을 몰아대던 패왕 항우가 등 뒤로 한군의 압박을 느끼기 시작한 것은 한(漢) 2년 4월 초순의 일이었다.

"한나라 장수 번쾌가 외황에서 동쪽으로 나와 추현, 노현을 치고 설군을 휩쓴 뒤에 지금은 하구(瑕丘)에 머무르고 있습니다. 그대로 두면 팽성에서 제나라로 군량과 물자를 나르는 길은 아주 끊기고 맙니다."

팽성에서 설군을 거쳐 성양에 이르는 양도를 지키고 있던 초나라 장수 하나가 빠른 말을 탄 군사를 보내 급한 소식을 일러왔다.

'전에 내가 홍문(鴻門)에서 그렇게 잘 봐주었더니, 그 개백정 놈이 감히……'

패왕은 벌컥 화를 내며 속으로 그렇게 중얼거렸으나 그때만 해도 그리 깊이 걱정하지는 않았다. 번쾌가 제 용맹만 믿고 홀로 날뛰는 것이라 보았다. 패왕은 곁에 두고 손발처럼 부리는 용저와 위나라 재상 노릇을 하다가 돌아온 족제(族弟) 항타를 불러 말했다.

"너희들은 각기 군사 1만을 이끌고 사수 쪽으로 내려가 추로 부근을 시끄럽게 하는 한왕 유방의 쥐새끼들을 쓸어버려라. 다만 그 대장 번쾌란 자는 제법 용맹이 있으니, 함부로 다루다가 되레 미친개에게 손을 물리는 일이 없게 하라."

그리고 그들에게 군사 3만을 떼어 주는 대신 창읍 쪽으로 내려가 양도를 지키던 종리매를 다시 성양으로 불러들였다.

용저는 지난번 성양 근처에서 전횡에게 당한 수모를 씻을 기회라는 듯 군사들을 휘몰아 남쪽으로 달려 내려갔다. 그런데 사흘도 안 돼 다시 패왕에게 기막힌 소식이 날아들었다.

"용저 장군과 항타 장군이 정도(定陶)에서 한나라 장수 관영을 만나 크게 싸웠는데 형세가 우리에게 그리 이롭지 못합니다. 첫날은 우리 군사가 우세하였지만, 다음 날 한나라 장수 조참이 다시 1만 군사로 관영의 뒤를 받쳐 주는 바람에 밀리고 말았습니다. 지금은 사수 북쪽으로 물러나 패군을 수습하고 있습니다."

그 말을 듣자 어지간한 패왕도 멈칫했다. 한군이 번쾌를 옛 노나라 땅에 그대로 두고, 다시 관영과 조참에게 각기 1만이 넘는 군사를 주어 정도로 올라오게 하였다면 예삿일이 아니었다. 팽성을 노린다는 소문도 거짓이 아닐 듯싶었다. 아무래도 그냥 두고 볼 수 없는 일이라 여겨 패왕이 범증과 계포를 불렀다.

"한왕이 그 군사를 갈라 산동으로까지 보낸 것을 보니 들리는 소문이 반드시 허풍만인 것 같지는 않소. 제나라를 치는 것이 급하지만 등 뒤도 돌아보지 않을 수 없을 듯하오. 이 일을 어찌했으면 좋겠소?"

패왕이 범증과 계포를 불러 그렇게 물었다. 하지만 아직 어느 것도 확실한 게 없어 성양에서 군사를 물릴 논의에는 선뜻 들어가지 못하고 있는데, 이틀 뒤 다시 용저가 보낸 군사가 와서 알렸다.

"정도 남쪽에 진채를 내리고 있던 조참과 관영이 탕현 쪽으로 물러났다고 합니다. 용저 장군과 항타 장군은 정도를 다시 회복하셨으나 한군을 뒤쫓지 못하고 대왕의 명을 기다리고 있습니다."

"아니, 이건 또 무슨 뜻이오? 적군이 일껏 싸워 얻은 정도를 내주고 다시 탕현 쪽으로 내려갔다니?"

패왕이 마침 한자리에 앉았던 범증을 돌아보며 물었다. 그러나 정말 몰라서 묻는 것 같지는 않았다.

"대왕, 아무래도 군사를 물리셔야겠습니다. 팽성이 위태롭습니다."

범증이 펄쩍 놀라는 얼굴로 대답했다.

"아부(亞父), 갑자기 그게 무슨 말씀이시오? 정도의 적이 물러났다는데 팽성이 위태롭다니?"

패왕이 다시 그렇게 물었으나, 여전히 정말로 몰라서 묻는 것 같지는 않았다. 범증이 무겁게 가라앉은 목소리로 패왕의 물음을 받았다.

"싸움에 이기고도 그 땅을 내주고 다른 곳으로 물러갔다는 것은 그곳에 더 큰 일이 있다는 뜻입니다. 그런데 한군이 물러간 곳이 탕현이라면 이는 틀림없이 거기서 한왕의 본진과 합쳐 팽성으로 가려 함입니다. 탕현에서 팽성까지는 빠른 말로 한나절 길, 날랜 군사로 몰아가면 이틀로 넉넉합니다. 아무래도 우리가 한왕이 내놓고 펼친 허허실실(虛虛實實)의 꾀에 속은 듯합니다."

"하지만 서쪽으로 소성에 우리 군사 1만이 있고 북쪽으로 하읍에 또 우리 군사 1만이 있소. 유성도 지나기가 만만한 곳은 아닐 거요. 거기다가 소성과 하읍은 모두 벌판에 선 우리 팽성의 외성 격이라 성벽이 두텁고 높으며 우리 군사들을 도와 싸울 백성들만도 각기 3만이 넘소. 한왕이 아무리 대군을 이끌고 간다 해도 하루아침에 떨어뜨리기는 어려울 것이오. 그리고 팽성은 또 족숙께서 10만 군민과 더불어 지키고 있는 서초(西楚)의 도읍이외다. 한왕이 백만 1대군을 이끌고 에워싼다 해도 보름은 넉넉히 버텨 줄 것이오. 그 보름이면 과인이 성양을 떨어뜨리고 전횡을 목 벤 뒤에 팽성으로 돌아갈 수가 있소!"

패왕이 그 말을 하기 위해 일부러 범증에게 물었다는 듯 자신만만한 목소리로 대꾸했다. 제나라를 정벌하는 데 집착해 그렇게 오기를 부리는 패왕을 범증이 달래듯 말했다.

"모든 일에는 기세란 것이 있어 언덕을 구르는 바위 덩이처럼 한번 굴러 내리기 시작하면 걷잡을 수 없이 몰려가는 수가 있습니다. 전횡과 제나라 것들에게 품은 대왕의 노여움을 알지 못하는 바 아니나, 이만 성양에서 군사를 물려 팽성으로 돌아가시는 게 어떻겠습니까? 설령 대왕의 헤아리심이 옳다 해도, 이대로 두어서는 팽성이 그리 오래 버티기 어려울 것입니다. 그리로 돌아가 먼저 한왕부터 잡아 천하에 위엄을 떨치신 뒤에 다시 전횡과 제나라를 벌하십시오."

하지만 패왕은 끝내 고집을 꺾지 않았다.

"내일부터 장졸을 다잡아 전력으로 성양을 들이치면 길어도 열흘 안으로 성을 떨어뜨리고 전횡의 머리를 얻을 수 있을 것이오. 그런 다음에 팽성으로 돌아가도 늦지 않소. 유방이 아무리 미쳐 날뛰어도 열흘 안에 팽성이 어찌 되는 일은 결코 없을 것이오!"

그러면서 한층 더 무섭게 성양성을 몰아쳤다. 하지만 전횡을 앞세운 성안 군민이 죽기로 막으니 피투성이 공방만 되풀이되어 잠깐 사이에 열흘이 흘러가 버렸다. 그때 다시 팽성에서 급한 전갈이 왔다.

"한왕 유방이 아홉 제후 왕과 세력 있는 도둑 떼를 끌어들여 무려 60만 대군으로 팽성을 노리며 다가들고 있습니다. 지금 탕현에 대군을 끌어다 모아 놓고 있는데, 언제 팽성으로 치고 들지 모릅니다. 팽성뿐만 아니라 인근의 소성, 유성까지도 그런 제후군의 위세에 상하가 함께 떨고 있습니다."

범증이 걱정한 대로였다. 패왕이 그런 급보를 가지고 팽성에서 달려온 군사에게 물었다.

"며칠 전에는 다섯 제후 왕이라더니 그사이에 아홉이나 되었단 말이냐? 도대체 그놈들이 누구누구냐?"

"먼저 관중에서 항복한 새왕(塞王) 사마흔과 적왕(翟王) 동예로부터 하남왕(河南王) 신양, 은왕(殷王) 사마앙, 위왕(魏王) 표, 한왕(韓王) 신 그리고 스스로 유방을 찾아가 항복한 상산왕(常山王) 장이를 합쳐 명색 왕이었던 자가 일곱입니다. 거기다가 유방에게 항복한 전(前) 한왕(韓王) 정창을 보태고, 다시 성안군 진여가 시키는 대로 유방에게 군사를 보낸 조왕(趙王) 헐까지 합치면 아홉이 됩니다."

이미 귀에 익은 이름들이었으나 하나하나 꼽는 걸 듣고 있는 패왕은 다시 속에 천불이 이는 듯하였다. 조왕과 진여를 빼고는 모두가 자신의 손발이 되어 싸웠으며, 함께 관중으로 들어가는 동안에 세운 공에 따라 자신이 왕으로 올려 세웠던 자들이었다. 패왕이 금방 터질 듯한 얼굴로 다시 물었다.

"장이와 진여는 서로 불구대천의 원수가 되었다고 들었다. 그런데 어떻게 나란히 유방 밑에 들게 되었느냐?"

"한왕 유방이 돌아가신 의제(義帝)를 새삼 성대하게 장사 지내고, 대왕께서 의제를 시해했다고 떠들며 제후들을 꼬드겼다고 합니다. 장이와 진여가 어떻게 한 깃발 아래 들게 되었는지는 알려지지 않았지만, 진여가 좌지우지하는 조나라의 군사 한 갈래가 제후군에 끼어든 것만은 분명합니다."

전갈을 가지고 온 군사가 모든 게 제 죄라도 되는 듯 기어드는 목소리로 대답했다. 패왕이 더욱 사나운 눈길로 물었다.

"거기다가 도둑 떼라니, 그건 또 무슨 소리냐? 아직도 제후에

버금가는 세력을 가진 도둑 떼가 남았더란 말이냐?"

"우선 3만 정병(精兵)을 거느린 팽월이 있고, 그 밖에 적잖은 무리를 이끌고 구석구석 숨어 있던 도둑 떼의 우두머리들도 함빡 유방을 따라나선 것 같습니다. 그것들이 모여 다시 한 10만은 보됐다는 소문입니다."

"팽월은 전영의 장수가 되어 제북왕 전안(田安)을 죽인 자가 아니냐? 그런데 어떻게 유방 밑에 들게 되었느냐?"

"양(梁) 땅을 떼어 주고 왕으로 삼겠다고 하며 꾀어 들였다고 합니다."

양 땅은 원래 위나라에 속하였지만 패왕이 떼어 내 서초의 일부로 만든 땅이었다. 한왕 유방이 감히 서초의 땅을 떼어 주겠다고 약속하며 팽월을 꾀어 들였다는 것이 다시 패왕을 분통 터지게 했다. 하지만 유방의 그와 같은 감언이설이 통할 수 있었다는 게 문득 패왕을 섬뜩하게 하며 일이 심상치 않음을 깨닫게 했다.

"수선 떨 것 없다. 그따위 제후 왕이라면 아홉이 아니라 9백 명이 떼를 지어 나선다 해도 겁날 게 무엇이냐? 모두 과인이 개나 말처럼 부리던 자들이다. 50만이니 60만이니 떠벌리는 그 군세도 마찬가지다. 진나라 백만 강병도 하루아침에 뭉개 버렸는데, 하물며 까마귀 떼 같은 제후 왕의 졸개들이겠느냐?"

무턱대고 분통을 터뜨리기보다는 그런 허세로 주변 사람들이 동요하는 것부터 막았다. 하지만 속으로는 더 고집을 부릴 수 없다는 생각이 들어 슬며시 에움을 풀고 팽성으로 돌아가는 논의를 꺼내려는데, 이번에는 제나라 쪽에서 패왕의 발목을 놓아주지 않았다.

한왕 유방이 아홉 제후 왕과 60만 대군을 거느리고 팽성으로 밀려들고 있다는 소문은 이미 산동에도 널리 퍼져 있었다. 성양성 안에 갇힌 지 한 달이 넘었으나 전횡도 진작 그 소식을 듣고 매일같이 성벽 위에 올라 초나라 군사의 움직임을 세밀히 살폈다. 그런데 그 며칠 움직임을 보니 어딘가 에움이 느슨해지면서 진채를 뽑아 떠나려는 낌새가 느껴졌다.

'이렇게 항우와 초나라 군사들을 돌려보내서는 안 된다. 개선 부대처럼 유유하게 제나라를 떠나게 해서는 저들의 행악(行惡)을 벌할 기회가 없다. 저것들을 조금 더 이곳에 붙잡아 두었다가 다급하여 뒤돌아볼 틈 없이 퇴각하도록 해야만 우리에게도 한을 씻을 기회가 온다……'

그렇게 생각한 전횡이 먼저 성양성 안에서 떠들썩한 잔치를 벌여 패왕의 화를 돋우었다. 자신이 제왕으로 받들어 세운 전영의 아들 전광(田廣)의 즉위식을 새삼 요란스럽게 올리고 그 핑계로 성안 군민들에게 술과 고기를 풀어 흥청거린 일이 그랬다.

그걸 보고 성난 패왕이 진채를 뽑아 돌아가기 전에 마지막으로 한 번 더 성양성을 들이치는데, 이번에는 성 밖에서 패왕의 발목을 잡는 일이 터졌다. 갑자기 제북(齊北)에서 두 갈래 인마가 달려와 성안과 기각지세를 이루려 하면서 초나라 진채를 위협한 일이었다. 장군 전기(田旣)와 전흡(田吸)이 제북 여러 곳에서 모아들인 장정들로, 양쪽 모두 머릿수는 1만을 크게 넘지 않았으나 그 기세가 자못 날카로웠다.

이에 패왕은 먼저 전기와 전흠의 군사들부터 따로따로 철저하게 들부수어 성안과 호응할 수 없는 먼 곳으로 흩어 버려야 했다. 패왕 자신이 중군을 이끌고 성양을 에워싸고 있는 사이 종리매와 환초가 각기 2만 군사를 이끌고 그 일을 해냈으나, 4만 군사가 모진 싸움을 하며 백 리 밖을 나고 드는 사이에 이레가 훌쩍 지나가고 말았다. 하지만 그걸로 끝이 아니었다. 다시 며칠의 호된 공격으로 성양성을 자라모가지처럼 움츠리게 한 뒤에야 군사를 물려 볼까 하는데 실로 어이없는 소식이 들어왔다.

"항양(項襄) 장군께서 팽성을 버리셨습니다. 하읍과 유성에 이어 소성이 맥없이 떨어지고 쫓긴 초나라 장졸들이 팽성으로 몰려들자 지킬 가망이 없다 여기신 듯합니다. 지금 서초의 재보와 종실 귀인들을 보호해 대왕께 오고 있는데, 사수를 건너시면서 저를 뽑아 그 일을 급히 대왕께 전하라 하셨습니다."

말도 없이 부옇게 먼지를 뒤집어쓰고 달려온 군사 하나가 그렇게 알려 왔다. 너무 뜻밖이라 화를 낼 겨를도 없이 패왕이 물었다.

"과인을 찾아온다면서 북쪽으로 오지 않고 동쪽으로 사수는 왜 건넜느냐?"

"산동에는 이미 한나라 군사들이 두텁게 깔려 있어 똑바로 뚫고 오기가 어려웠습니다. 항양 장군께서는 설현 동쪽으로 해서 한왕 유방의 고향인 패현을 돌고, 다시 번쾌의 군대가 남아 있는 호릉을 북쪽으로 피해 방여 쪽으로 나오시려는 듯했습니다만, 그 뒤에는 어떻게 되었는지 모릅니다."

"그 뒤라니, 그럼 그게 언제 일이냐?"

그 말에 놀란 군사가 가만히 손가락을 꼽더니 풀죽은 목소리로 말했다.

"벌써 아흐레 전입니다."

"벌써 아흐레라. 네가 비마(飛馬)를 대신했다면 타고 나선 말이 있었을 터, 말은 어찌하고 이 꼴로 달려왔느냐?"

"산동에 득시글거리는 한나라 군사들 때문에 관도를 내닫지 못하고 산길을 타고 오다, 첫날 밤에 벌써 도둑들에게 빼앗기고 말았습니다. 게다가 산길마저 길목마다 한나라 군사들이 지키고 있어 낮에는 자고 밤에만 걷다 보니 이렇게 늦고 말았습니다."

그 말을 듣자 패왕도 더는 참지 못했다. 도읍 팽성을 빼앗겼다는 것이 무엇보다도 패왕의 자부심과 자신감에 큰 상처를 주었다. 거기다가 값진 재보와 아끼는 사람들은 모두 빼내 왔다 하지만, 그 또한 제후군을 피해 사수 동쪽을 헤매고 있어 무사함을 기약할 수 없었다. 더구나 그 아끼는 사람들 가운데는 아직 첫정이 미진한 우 미인도 들어 있었다.

"이제 팽성으로 돌아간다. 가서 이번에야말로 유방 그 늙은 도둑의 숨통을 아예 끊어 놓을 것이다!"

패왕이 그렇게 소리치며 드디어 군사를 물릴 뜻을 밝혔지만, 굳게 버티는 성을 에워싸고 있던 10만 대군을 하루아침에 돌려 세우기가 쉽지 않았다. 에움을 풀고 남쪽으로 물러나되 병력을 보존해 돌아가려면, 먼저 든든한 단후대(斷後隊)를 편성해 기세가 올라 뒤쫓아 올 제나라 군사부터 막아야 했다. 또 시양졸과 노약한 군사들을 치중과 함께 앞서 떠나보내되 한시가 급한 본대의 행군에 방해가 안 되게 차서(次序)를 정해야 했다.

따라서 그런저런 논의로 하루를 보낸 뒤에 겨우 에움을 풀려고 하는데 다시 탐마가 달려와 알렸다.

"전기와 전흡의 무리가 다시 군사를 모아 이리로 몰려들고 있습니다. 이번에는 전광(田光)이라는 전씨 족중(族中)의 장수가 이끄는 군사 한 갈래가 늘어 합쳐 3만이 넘는다고 합니다. 거기다가 팽성이 떨어지고 대왕께서 급히 돌아가실 것을 그들도 알고 있어 그 기세가 전보다 훨씬 날카롭습니다. 어지러운 우리 군사의 등 뒤를 쳐 지난 넉 달 동안에 죽은 저희 부모 형제의 원수를 갚겠다며 이를 갈고 있습니다."

그렇다면 함부로 에움을 풀고 진채를 뽑아 떠날 수는 없는 일이었다. 패왕은 범증과 계포에게 중군을 맡겨 성양성을 그대로 에워싸게 하고 자신은 종리매 환초와 더불어 한 별동대가 되어 세 갈래로 짓쳐 드는 제나라 군사를 맞으러 나갔다.

하지만 이미 유군(遊軍)으로서의 싸움에 익숙해 있는 제나라 군사들은 초나라 군사를 정면으로 받으려 하지 않았다. 이쪽이 10리를 다가들면 저쪽은 20리를 물러나 자신을 지켰고, 이쪽이 돌아서면 저쪽은 또 금세 등짝이라도 후려칠 듯 따라붙었다. 사흘이나 걸려 백 리 넘게 쫓아 버렸지만 성양으로 돌아오니 어느새 다시 30리 밖에 다가와 있었다. 마치 후려쳐 오는 소꼬리를 피해 소 등에 달라붙는 등에 떼 같았다.

그렇게 되자 패왕은 마침내 강한 부대를 뒤에 남겨 추격을 막게 하며 구차스레 군사를 물려야 할 지경에 빠졌다. 그런데 그 다급함과 구차스러움이 패왕의 느닷없는 분발을 이끌어 냈다. 성양으로 돌아와 이러지도 저러지도 못하고 머뭇거린 지 사흘째 되던 날 아침이었다. 오랜 방심에서 퍼뜩 깨어나듯 위기에 대응하는 순발력과 눈부신 전투 감각을 되살려 낸 패왕이 범증과 계포를 불러 놓고 말했다.

"아부, 아니 되겠소. 우리 대군이 더 이상 성양에 잡혀 있다가는 팽성이 영영 도둑 떼의 소굴이 되고 말 것이오. 과인이 먼저 가서 빼앗긴 도읍부터 찾아 놓고 봐야겠소. 그런데 그 전에 한 가지 아부와 계포 선생께 당부할 일이 있소."

"그게 무슨 일입니까?"

"과인은 오늘 밤 강동 자제들을 중심으로 3만 정병을 뽑아 차림을 가볍게 하고 팽성으로 떠날 것이오. 하지만 아부와 계포 선생은 여러 장수들과 함께 나머지 10만 군사를 거느리고 여기 남으시오. 반드시 성양을 떨어뜨리고 전횡을 사로잡아 제나라를 평정하도록 하시오."

그 말에 잠시 아연해하던 범증과 계포가 입을 모아 말했다.

"대왕께서는 자중하십시오. 풍문으로 한왕은 거느린 제후와 왕만 해도 아홉 명에, 이끌고 있는 군사는 합쳐 60만이 넘는 대군이라 합니다. 아무리 가려 뽑은 강동병이라지만 3만으로 어떻게 60만 대군을 이길 수 있겠습니까?"

"계포 장군께서는 벌써 잊으셨소? 우리가 강동에서 처음 강수를 건널 때 장졸을 합쳐 얼마였소? 겉으로는 큰소리로 몇 만을 일컬었으나 정작 알맹이는 강동의 자제 8천뿐이었소. 우리는 거기에 오갈 데 없는 유민들을 보태 산동을 휩쓸었고, 장수를 건너 마침내는 왕리(王離)의 15만 대군을 깨뜨렸소. 또 장함의 20만 대군에게서 항복을 받아 내었소이다. 진나라를 쳐 없앨 때도 마찬가지요. 천하 제후들의 군사가 도왔다 하나 내게는 언제나 강동의 자제 8천이 앞선 강동병 3만뿐이었소. 지금 한왕 유방이 까마귀 떼 같은 군사들을 긁어모아 60만이라고 큰소리치지만 내가 보기에는 왕리의 15만 군사만큼도 못 될 것이오. 3만이면 오히려 넉넉하니 두 분은 제나라에 남아 전횡을 사로잡고 과인이 이겼다는 소식이나 기다려 주시오."

그런 패왕의 얼굴에는 걱정하는 그늘이 조금도 없었다. 오히려 신나는 놀이를 앞둔 아이같이 밝고 환하기만 했다. 그래도 마음이 놓이지 않는 듯 계포가 조심스레 물었다.

"장수들은 어떻게 하시겠습니까?"

"종리매를 비롯해 환초(桓楚)와 조구(曹咎), 소공 각(角) 같은 용장들은 모두 여기에 남겨 두고 가겠소. 나는 장군의 외숙 정공(丁公)과 날랜 부장 몇이면 되오."

그때 다시 범증이 걱정했다.

"대왕의 신무(神武)하심은 신이 익히 아는 바이나 아무래도 걱정됩니다. 가뜩이나 적은 군사에 장수까지 갖추지 못하고 어떻게 스무 배 가까운 대군과 맞설 수 있겠습니까?"

"아부께서는 너무 심려치 마시오. 정도에는 서초 맹장이랄 수 있는 용저와 항타가 있고, 팽성 인근에 가면 또 과인이 수장으로 남겨 둔 왕무(王武)와 정거(程廥), 주천후(周天侯) 등이 있소. 게다가 구강왕 경포(黥布)도 이번에는 내 부름을 마다하지 못할 것이오.”

패왕이 그렇게 받았으나 범증은 아무래도 마음이 놓이지 않는 얼굴이었다. 비틀린 미소와 함께 패왕을 깨우쳐 주듯 말했다.

“구강왕 경포는 우리가 제나라를 치러 올 때도 병을 핑계로 군사를 보내 주지 않았습니다. 또 한왕 유방이 멍석 말듯 대왕의 도읍인 팽성으로 밀고 들 때에도 강 건너 불구경하듯 두 손 처매고 보고만 있었습니다. 그래 놓고 이제 와서 대왕의 부름에 달려올 수 있겠습니까?”

그래도 패왕은 자신만만했다.

“그렇소. 한왕 유방이 제후들을 끌어들일 때 내세운 대의명분은 의제를 죽인 죄를 묻는다는 것이었으니, 경포는 침현 강물 위에서 의제가 죽을 때부터 이미 과인과 한 배를 탄 셈이오. 그가 의제를 죽인 것은 아니나 결코 그 죽음에 죄 없다 하지는 못할 것이오. 게다가 과인도 경포를 빼고는 더불어 천하를 도모할 사람이 없소. 과인이 부르면 경포는 한달음에 달려올 것이오. 지난 일이 그리된 데는 반드시 무슨 까닭이 있을 것이오.”

그렇게 범증의 입을 막고 그날로 자신이 데려갈 3만 군사를 가려 뽑았다. 하지만 패왕의 군사가 성양을 떠나기도 전에 다시 먼지를 뒤집어쓴 군사 하나가 말을 달려와 알렸다.

“한왕 유방이 제후군을 이끌고 싸움 한번 없이 팽성에 들었습니다. 항양 장군이 성을 버리고 떠나신 다음 날 숙손통이 그를 따르는 무리와 함께 유방에게 성을 들어 바쳤다고 합니다. 항양 장군께서는 팽성의 재물과 사람을 모두 거두어 빠져나오셨으나, 다음 날 소문을 듣고 뒤쫓아 온 한나라 군사 한 갈래에게 태반을 빼앗기고 말았습니다. 그 뒤로도 귀한 재보와 미인이 있다는 소문을 듣고 뒤쫓는 제후군들이나 도둑 떼를 따돌리느라 여간 고생이 아니십니다. 그러다 보니 절로 길을 돌게 되어 지금은 노현(魯縣)에 계십니다."

그 군사는 바로 멀리 노현으로 길을 돌아오고 있는 항양이 보낸 전령이었다. 시뻘게진 얼굴로 듣고 있던 패왕이 어찌 된 셈인지 아무 소리 않고 사자를 물리친 뒤에 범증과 계포를 돌아보며 말했다.

"과인은 결코 믿고 싶지 않았으나, 끝내 일은 두 분께서 일찍이 걱정하신 대로 된 듯싶소. 과인은 오늘 밤으로 떠나거니와, 이렇게 된 이상 두 분께서도 이곳 싸움이 뜻과 같지 않거든 군사를 거두어 뒤따라와도 좋소. 하지만 그때는 강한 군사를 뒤에 세우고 전군을 한 덩어리로 하여 전횡의 추격에 낭패 당하는 일이 없도록 해야 하오."

패왕은 별 표정 없는 얼굴로 한마디 덧붙이듯 말했다. 그러나 범증은 그 말에 비로소 깊이 고개를 끄덕였다. 정병 3만으로 먼저 달려가는 패왕의 전략은 얼핏 터무니없어 보였으나, 실은 집중과 신속뿐만 아니라 미더운 단후(斷後)까지 함께 헤아리고 있었다. 전투의 미묘한 기미를 본능적으로 체득한 장수만이 할 수 있는 절묘한 선택이었다.

　3만 군사를 가려 뽑은 패왕은 그날 날이 어둡기를 기다려 한 줄기 빠른 바람 같은 기세로 성양을 떠났다. 떠나기 전에 패왕은 먼저 용저와 항타에게 사자를 보내 일렀다.

　"두 장군은 군사를 수습하여 노현 쪽으로 오라. 사흘 뒤 항보 (亢父)에서 과인의 중군에 들어야 한다."

　패왕이 길을 노현으로 돈 것은 그곳을 휩쓸고 있다는 번쾌의 부대를 의식해서였다. 팽성에서 쫓겨 온 항양의 무리를 구하는 일도 급하지만, 번쾌의 군사들을 등 뒤에 그대로 두고 팽성으로 달려가는 것은 더욱 께름칙했다.

　정병 3만과 함께 이틀 밤, 사흘 낮을 달리듯 하여 항보에 이른 패왕은 거기서 전갈을 받고 달려온 용저와 항타를 만났다. 용저 와 항타의 군사는 그새 2만 남짓으로 줄어 있었으나 그래도 기 세로는 크게 보탬이 되었다. 패왕도 그때는 어려운 싸움을 앞두 고 장수들의 분발을 이끌어 내는 군왕의 몫을 잘해 냈다.

　"두 장군 모두 다음 싸움으로 정도에서 입은 욕됨과 부끄러움 을 씻으라!"

　그 한마디로 나무람을 대신하고 좌우에 갈라 세워 중군의 두 날개로 삼았다.

　달려온 기세와는 달리 패왕은 항보에서 하룻밤 장졸들을 편히 쉬게 한 뒤 다음 날 일찍 노현으로 밀고 들었다. 그런데 행군이 시작된 지 한 시진도 되기 전이었다. 앞서 살피러 보냈던 군사들이 돌아와 알렸다.

"노현 쪽에서 한 떼의 인마가 달려오고 있습니다. 깃발이 없어 어느 편 군사인지 알 수 없으나 그리 큰 세력은 아닙니다."

그 말에 패왕이 바로 말 배를 차며 소리쳤다.

"가자. 우리 군기(軍旗)에 제사 지낼 희생이 때맞춰 이른 모양이다!"

그러면서 보검 자루를 움켜쥐는 품이 그대로 먹이를 노리는 호랑이 같았다. 오래잖아 한 떼의 군마가 조심스레 다가오고 있는 게 보였다. 그대로 덮쳐 가려던 패왕이 선두의 말 탄 장수들을 바라보며 탄식처럼 말했다.

"저들은 팽성을 지키던 자들이 아닌가?"

"그렇습니다. 항양 장군과 그 부장들입니다. 한군(漢軍)의 추격을 뿌리치고 이제 성양으로 길을 잡은 것 같습니다."

패왕의 말에 자세히 살펴본 정공이 그렇게 받았다. 그 무렵 저편에서도 초군의 기치와 패왕을 알아본 듯 멈칫하더니, 이내 항양이 말을 달려 나와 패왕 앞에 무릎을 꿇었다.

"어찌 된 일이오? 서초의 도성을 지켜야 할 장수가 어찌하여 이렇게 멀리 산동을 떠돌고 있소?"

패왕이 이번에는 성난 기색을 감추지 않고 그렇게 물었다. 패왕의 집안 아재비뻘 되는 항양이 사사로운 척분(戚分)을 떠난 군례로 패왕을 우러러보며 말했다.

"신을 목 베어 도성을 잃은 죄를 물어 주십시오. 한왕이 60만 대군으로 불시에 밀려드니, 탕현과 하읍에 이어 팽성의 외성 격인 소성과 유성까지 싸움 한번 제대로 하지 않고 떨어져 버렸습니다. 거기다가 팽성은 사방이 열린 땅에 세워진 성인 데다, 아부와 계포 장군께서 떠나며 남긴 군사도 늙고 쇠약한 5만밖에 되지 않아 싸워 볼 엄두가 나지 않았습니다. 이에 대왕께 의지해 뒷날을 도모하고자 사람과 재물만 거두어 빠져나왔으나 그나마 한군의 추격을 만나 온전히 지켜 내지 못했으니 죄만 더한 꼴이 되고 말았습니다."

그 말에 패왕은 더욱 화가 치밀었다. 뒷날을 도모한다는 말은 비겁하게 살아남은 자들이 항용 내세우는 구실로만 여겨졌다. 사람과 재물을 보전하려 했다 하나 그것도 이미 모두 빼앗긴 마당에는 비루한 핑계나 다름없었다.

그런데 성난 패왕이 군령관(軍令官)을 불러 항양을 끌어내게 하려 할 때였다. 항양 뒤로 부장이나 사졸의 복색을 하고 모여서서 부들부들 떨고 있는 사람들이 패왕의 눈길을 끌었다. 모두 갑옷투구로 몸을 싸고 있었으나 몸매나 생김이 아무래도 싸우는 장졸 같지가 않았다.

무심코 그들을 훑어보던 패왕은 곧 그들이 팽성의 궁궐에서 일하던 내시와 도필리들임을 알아보았다. 팽성에서 몸을 빼낸 뒤로 싸움터를 헤쳐 오다 보니 전포와 갑옷투구로 몸을 가리게 된 듯했다.

'팽성에서 용케들 빠져나왔구나. 그래도 항양이 데려오던 사람들을 모두 한군에게 빼앗긴 것은 아닌 모양이다…….'

속으로 그렇게 중얼거리면서 눈길로 그들을 더듬던 패왕은 그중의 한 사람 호리호리한 몸매와 희고 아리따운 얼굴의 소년 장수와 마주치자 갑자기 가슴이 뭉클했다. 그리고 왠지 모르게 조금 전까지만 해도 터질 듯하던 심사가 환히 풀어졌다.

그 소년 장수는 바로 우 미인이었다. 그제야 패왕은 팽성이 한 왕 유방에게 떨어졌다는 말을 들은 순간부터 줄곧 자신의 심사를 터질 듯하게 한 것이 바로 그녀였음을 깨달았다. 어쩌면 늙은 장돌뱅이 호색한의 품에 안긴 우 미인을 상상하지 않기 위해, 3만으로 60만의 심장을 비수처럼 찔러 간다는, 그런 긴박하고 맹렬한 반격을 구상해 냈는지도 모를 일이었다.

'우(虞)여, 우여, 너를 어찌할꼬 하였는데 이렇게 왔구나. 항양이 반드시 몹쓸 짓만 한 것은 아니었다…….'

패왕이 다시 그렇게 중얼거리며 살피니 다른 것도 보였다. 군량이나 치중만은 아닌 수레가 여러 대 끌려오고 있는데, 짐작으로는 도성의 도적(圖籍)이나 문서와 인수(印綬) 같은 것들 같았다. 나중에 안 일이지만, 항양은 패왕의 옥새를 비롯해 팽성 궁궐과 창름(倉廩)에 있던 값지고 진기한 물품들을 거의 보존해 왔다.

"이기고 지는 것은 싸우는 자에게 늘상 있는 일이오. 장군에게 참으로 죄가 있다면 싸워 보지도 않고 달아난 죄일 것이나, 이는 먼저 팽성부터 찾아 놓고 난 뒤에 묻겠소."

패왕이 알아보게 풀린 얼굴로 그렇게 말하고 다시 항양에게 물었다.

"듣기로 노현에는 번쾌가 이끄는 대군이 있다 하였는데, 어떻게 이리 탈 없이 올 수 있었소?"

"신도 그 소문을 듣고 걱정했습니다만 무엇 때문인지 한군은 며칠 전 호릉으로 물러갔다 합니다. 풍, 패 쪽을 굳게 지키기 위함이 아닌지 모르겠습니다."

패왕의 내심을 아는지 모르는지 항양이 여전히 두려움에 질린 얼굴로 그렇게 대답했다. 그러자 패왕은 새로운 사냥감을 본 맹수처럼 두 눈을 번쩍이며 말했다.

"그렇다면 장군은 이제껏 해 온 대로 이 사람들과 수레를 보호해 호릉으로 오시오. 다만 한 가지, 우리와 함께 달려가지는 못한다 해도 너무 늦어서는 아니 되오. 모레 아침밥 지을 때는 호릉에 이르러 우리와 함께 아침을 먹을 수 있도록 해야 하오."

그러고는 뒤따라오던 장수들을 돌아보며 소리쳤다.

"내일 밤 우리는 호릉에 있는 적을 친다. 여기서 호릉까지는 1백20리 길, 그곳의 적을 야습하기 위해서는 몸을 가볍게 해 달려가야 한다. 창칼과 하루 먹을 식량만 지니고 짐은 모두 버려라. 오늘 밤 90리를 달려 호릉 부근의 후미진 골짜기에 이른 뒤 그곳에서 쉬다가 내일 밤 삼경 무렵 한군의 진채를 들부순다. 오늘 버린 것들은 내일 밤 한군의 진채에서 다시 얻으면 된다."

패왕은 우 미인에게 끝내 말 한마디 건네지 않은 채 말 머리를 돌렸다. 그런 패왕의 뒤를 가리고 가려 뽑은 강동병 3만에다 용저와 항타의 군사가 합쳐져 5만으로 불어난 장졸이 한줄기 빠른 바람처럼 뒤따랐다.

다음 날 초경 무렵이었다. 호릉 동북쪽 30리쯤 되는 골짜기에서 장졸들과 함께 숨어 하루 낮을 쉰 패왕은 날이 저무는 것을 보고 장수들을 불러 가만히 영을 내렸다.

"여기서 군사들에게 주먹밥을 먹이고 야습할 채비를 하게 하라. 가만히 호릉으로 다가가되 불을 피워서도 안 되고 소리를 질러서도 아니 된다. 그러다가 삼경이 되면 군사들을 휘몰아 일시에 한군의 진채로 짓쳐 들게 하라!"

그때 번쾌의 3만 군사는 호릉성 밖 벌판에서 느긋하게 저녁밥을 먹고 있었다. 지난 한 달 싸움다운 싸움 한번 없이 노현에서 설군, 하구까지 휩쓸고 다니는 동안 자라난 만심(慢心) 때문이었다. 거기다가 보름 전에는 초나라 도읍인 팽성까지 한왕에게 떨어졌다는 소문이 오자 신중한 번쾌까지도 마음이 풀어지고 말았다. 패왕 항우가 제나라에서 팽성으로 돌아가는 길목을 지킨다면서도, 보름이 지나도록 별일이 없어서 그랬는지 척후조차 제대로 내보내지 않고 있었다.

그런데 그날 밤 삼경 무렵이었다. 진채 바깥쪽에서 파수를 서던 군사들이 번쾌의 군막으로 달려와 알렸다.

"동북쪽에서 말발굽 소리가 들립니다. 적지 않은 인마가 달려오고 있는 듯합니다."

하지만 잠에서 깨어난 번쾌는 그게 바로 패왕이 이끄는 3만의 정병이리라고는 상상조차 못했다. 기껏해야 겁 없는 척후대거나 한군의 세력을 떠보려는 적의 전군 선봉일 것이라 여기고 부장 하나를 불러 명했다.

"너는 10여 기를 이끌고 달려가 오고 있는 군사들이 어느 편이며, 그 세력은 얼마나 되는지 살펴보고 오너라."

그러고는 천천히 전포를 걸치며 다른 장수들도 깨우게 했다.

한편 패왕 항우는 호릉에서 나온 한군(漢軍) 정탐병들이 횃불까지 앞세우고 태평스레 다가드는 걸 보고 그들의 만심과 해이를 알아차렸다. 가만히 장수들을 불러 모아 일렀다.

"일시에 밀고 나가 저들을 사로잡아라. 모조리 사로잡지 못하면 저들을 뒤따라 바로 한군의 진채를 들이친다. 한군에게 우리가 온 것을 알고 싸울 채비를 할 틈을 주어서는 안 된다."

그러고는 군사를 휘몰아 한군 진채로 달려갔다. 번쾌의 본진으로 뛰어들기 전에 패왕이 다시 한번 목소리를 높였다.

"부로도 잡지 않고 항복도 받지 않는다. 군량은 내일 아침만 먹을 수 있으면 되고, 물자는 여기서 팽성에 이를 때까지 이틀 꼭 필요한 것만 거둔다. 죽일 수 있는 데까지 죽이고, 부술 수 있는 데까지 부수고, 태울 수 있는 데까지 태워라. 잔병을 수습해 다시 반격할 기력이 남지 않게 철저히 쳐부수어야 한다!"

그때는 벌써 밤이 사경으로 접어들고 있었다. 번쾌가 정탐병을 내보내면서 깨운다고 깨웠으나 한군은 장졸을 가리지 않고 졸음에 취해 건들거리고 있었다. 서둘러 갑주를 걸치고 병기를 찾아 들게 하고 있는데, 요란한 말굽 소리가 가까워졌다.

"정탐 나갔던 군사들이 돌아오는가……."

겨우 갑옷투구를 갖춘 번쾌가 그렇게 중얼거리며 소식이 들어오기를 기다렸다. 그런데 갑자기 멀지 않은 곳에서 함성과 비명 소리가 들렸다. 그러잖아도 말발굽 소리가 정탐 나간 병사들의 그것보다 많은 것 같아 이상하게 여기던 번쾌가 큰 칼을 집어 들고 장막 밖으로 달려 나가 살펴보았다. 먼저 눈에 띄는 것은 횃불 사이로 이리저리 내닫고 있는 초나라 기병대였다. 이어 함성과 함께 초군의 선두가 사나운 파도처럼 한군의 진채를 덮쳐 왔다.

"적이다! 모두 나와 적을 막아라!"

번쾌가 그렇게 외치며 칼을 빼 들었으나 속으로는 이미 글렀다 싶었다. 번쾌에게는 그 많은 군사가 마치 땅속에서 불쑥 솟은 것처럼 느껴졌다. 그 엄청난 군사가 소리 소문 없이 밤길을 달려 3만 대군이 머무는 본진을 바로 덮쳐 왔다는 게 도무지 믿어지지 않았다.

거기다가 더욱 번쾌를 놀라게 한 것은 선두에서 그 군사를 이끌고 있는 장수였다. 번쾌가 얼결에 다가드는 기병 하나를 베고 제 말이 끌려오기를 기다리는데, 불붙은 진문 쪽에서 낯익은 적장 하나가 달려왔다. 은빛 갑옷투구를 걸치고 오추마에 높이 앉은 것이 멀리서 보아도 틀림없이 패왕 항우였다.

그새 달려 나온 한병(漢兵)들을 짚단 베어 넘기듯 하며 패왕이 소리쳤다.

"과인은 서초 패왕 항적(項籍)이다. 누가 감히 과인에게 맞서려는가!"

그 소리가 얼마나 큰지 7만의 군사가 뒤엉킨 싸움판을 뒤덮고도 남았다. 갑자기 싸움터가 조용해지는가 싶더니 창칼을 땅에 내던지는 소리와 함께 한군들이 털썩털썩 주저앉았다. 그러자 중군 군막까지 큰길이라도 난 듯 패왕 앞이 훤히 열렸다. 하지만 뒤이은 패왕의 명은 뜻밖이었다.

"쳐라. 한 놈도 남기지 마라!"

패왕이 갑자기 그렇게 소리치며 오추마의 배를 찼다. 그리고 닥치는 대로 한병들을 베며 번쾌가 있는 중군 쪽으로 휩쓸어 왔다.

전날까지만 해도 이기기만 해 온 번쾌의 군사들이었으나 그 새벽 패왕 항우 앞에서는 뱀 만난 개구리나 진배없었다. 겁먹고 두려움에 질려 패왕에게 맞서기는커녕 도망칠 엄두조차 내지 못하고 굳어 있었다. 패왕과 그를 따르는 초군(楚軍) 선봉은 마비된 듯 굳어 있는 한군을 함부로 베고 찌르며 무인지경 가듯 했다.

지난번 홍문에서 살기등등한 패왕에게 맞서 한왕 유방을 구해 냈던 천하의 번쾌도 그런 사졸들과 크게 다르지 않았다. 번쾌가 가위눌린 사람처럼 어, 하며 바라보는 사이에 초군 선봉은 한나라 중군을 휩쓸고 지나가 버렸다. 그리고 부장 하나가 군막 근처에서 겨우 찾아온 말에 올랐을 때는 이미 한군의 진채가 패왕의 기세에 갈가리 찢긴 뒤였다.

"장군 아니 되겠습니다. 잠시 군사를 물려 패왕의 사나운 칼끝을 피해야겠습니다. 서쪽으로 물러나 군사를 수습한 뒤 다시 싸워 보는 게 옳을 듯합니다."

그래도 마지못해 말 배를 박차 달려 나가려는 번쾌를, 말을 끌고 온 부장이 말렸다. 번쾌가 그 말에 퍼뜩 정신을 가다듬어 사방을 돌아보니 그 부장의 말이 그르지 않았다. 한군의 군막들은 모두 시뻘건 불길에 휩싸여 있었고, 사졸들은 군대라기보다는 막다른 골목으로 내몰려 도살당하는 사냥감들이나 다름없었다.

246

그때 사방을 휩쓸고 다니던 초나라 장수 하나가 번쾌를 알아보고 소리쳤다.

"적장은 어디로 달아나는가? 비겁하게 달아나지 말고 내 칼을 받아라!"

평생 겁이라는 걸 모르고 살아온 번쾌였으나 그날따라 그런 적장의 외침에 간이 철렁했다. 입마저 얼어붙은 듯 대꾸조차 못 하고 있는데, 달아나기를 권하던 부장이 창대로 번쾌의 말 엉덩이를 후려치며 말했다.

"장군 먼저 몸을 빼시어 내몰린 군사를 수습하십시오. 뒤는 제가 맡겠습니다."

"알았다. 선보(單父)로 가서 기다릴 테니 그리로 오너라."

펄쩍 뛰듯 내닫는 말에 몸을 맡긴 채 번쾌가 그렇게 대답했다. 패신(敗神)에 홀린다는 말이 그런 것이었을까? 그날 무엇에 내몰린 듯 진채를 버리고 달아나던 번쾌가 그 뒤 한 일은 도중에 만난 몇몇 한군 장수들에게 물러나 모일 곳이나 일러 준 것이 고작이었다.

대장이 그렇게 달아나자 한군의 패배는 훨씬 더 참담하고 여지없는 것이 되었다. 싸움은 없고 초나라 군사들의 일방적인 살육과 방화와 파괴만이 날이 훤히 샐 때까지 이어졌다. 그러다가 번쾌를 따라 달아난 자들을 빼고는 살아 있는 한군이 호릉에 하나도 남아 있지 않게 되어서야 초군은 창칼을 거두었다.

불타다 남은 한군 장수의 군막에 자리 잡은 패왕은 밤새운 행군과 야습으로 지친 장졸들을 쉬게 하는 한편 뒤따라 이른 시양 졸들을 시켜 한군이 남긴 곡식과 고기로 푸짐한 아침밥을 짓게 했다. 미처 그 밥과 국이 끓기도 전에 항양이 이끄는 후군이 이르렀다. 모두에게 배불리 아침밥을 먹게 한 뒤에 패왕이 장수들을 불러 모아 말했다.

"오늘 밤에는 하읍을 떨어뜨릴 것이다. 여기서 반나절을 쉬고 하읍으로 달려가 다시 적을 야습한다."

그러자 항양이 오다가 들은 말을 전했다.

"한왕의 고향인 풍읍과 패현에도 적의 잔병이 있다고 합니다."

"간밤 우리는 번쾌가 이끈 한군의 주력을 쳐부수어 산산이 흩어 놓았다. 풍, 패에 한왕이 풀어놓은 쥐새끼들이 좀 남아 있다 해도 그 소문을 전해 들으면 모두 넋이 날고 얼이 흩어져[魂飛魄散] 달아나 버릴 것이다."

패왕 항우가 그렇게 장수들을 안심시킨 다음 비로소 사람을 시켜 우 미인을 자신의 군막으로 불러들였다.

"팽성이 떨어졌단 말을 듣고 너를 걱정하였다. 한왕 유방이 호색하여 걱정스럽다 하나, 그렇다고 항양이 난군 중에 어떻게 너만 가려 거둬들일 수가 있겠느냐?"

패왕이 우 미인을 끌어당겨 안으면서 너털웃음으로 그렇게 말하였다. 우 미인이 세차게 패왕의 품을 떨치고 나가더니 품 안에서 날카로운 비수 한 자루를 꺼내 들었다.

"대왕께서는 어찌하여 늙은 도적의 호색을 입에 담으십니까? 신첩은 대왕을 다시 만나 섬길 수 없을 양이면 이 칼로 목을 찔러 세상을 버릴 작정이었습니다."

그러면서 패왕을 원망스레 올려다보는 우 미인의 눈길에는 눈물이 흥건히 고여 있었다. 패왕의 여자가 된 지 이미 한 해 남짓이 되었으나 아직도 그녀에게 패왕은 임금이기보다는 태어난 뒤 첫정을 나눈 정인(情人)이었다. 우 미인이 마음으로 거둬들인 첫 정인이기는 패왕도 마찬가지였다. 그녀의 눈물과 서릿발 같은 칼날을 보고 패왕도 웃음을 거두며 떨리는 목소리로 말하였다.

"칼을 거두어라. 내 우스갯소리가 지나쳤다. 이제부터 다시는 너를 내 곁에서 떼어 놓지 않으리라."

실로 그러했다. 그로부터 채 3년이 차기 전에 해하(垓下)에서 죽음으로 헤어질 때까지 패왕은 어디를 가든 우 미인을 데리고 다녔다.

패왕이 이끈 3만 정병이 호릉을 떠난 것은 그날 오시 무렵이었다. 세 시진 가까이 푹 쉰 초나라 군사들은 점심까지 배불리 먹고 하읍으로 길을 잡았다. 그때는 호릉성 밖에 머물던 한군이 패왕이 이끈 대군에게 풍비박산 난 일과 아울러 초군이 다음에는 하읍으로 갈 것이라는 소문까지 인근에 널리 퍼져 있었다.

그런데 초군이 미처 호릉의 경계를 벗어나기도 전이었다. 패왕이 장수들을 불러 모아 갑자기 길을 바꾸었다.

"우리는 이제부터 하읍으로 가지 않고 유현으로 간다. 듣기로 유성(留城)은 지금 비어 있는 것이나 다름없다고 한다. 오늘 밤 자정 전에 유성을 떨어뜨린 뒤 거기서 하룻밤을 쉬고 바로 팽성

으로 달려갈 것이다. 유성에서 팽성까지는 백 리가 못되니 늦어
도 모레까지는 팽성을 되찾을 수 있다."

그러고는 바람같이 군사를 휘몰아 유성으로 갔다. 패왕이 들은
대로 유성은 한군 수장 하나가 몇 백 명 군사로 지키고 있다가
패왕의 대군이 이르렀단 말을 듣자 싸워 보지도 않고 달아나 버
렸다. 이에 초군은 힘들이지 않고 유성을 차지했다.

그때 하읍에는 한왕 유방의 손위 처남 되는 주여후(周呂侯) 여
택(呂澤)이 한 갈래 군사를 거느리고 있었다. 저녁 무렵 호릉에
있던 번쾌의 3만 대군이 짓밟힌 깨강정 꼴이 나고 패왕이 그리
로 오고 있다는 소문을 들었다. 놀라 성문을 닫아걸고 굳게 지키
느라 이웃 성을 돌볼 겨를이 없었다.

유성에서 다시 하룻밤을 쉬면서 패왕은 비로소 팽성의 형편에
대해 자세히 알 수 있었다.

"한왕의 군사가 56만 대군이라 하나 팽성 안에 남아 있는 군
사는 그리 많지 않습니다. 대량(大梁) 땅으로 간 팽월로부터 대왕
께서 어제 쳐 흩어 버리신 번쾌와 하읍에 있는 여택의 군사에 이
르기까지 팽성 북쪽에 벌여 놓은 군사가 10만이 넘고, 외성으로
삼는답시고 소성 안팎에 풀어놓은 대군이 또 10만이 됩니다. 거
기다가 제후들의 군사는 팽성 안을 이 잡듯 뒤져 털고도 모자라
동쪽 곡수(穀水)와 사수까지 노략질을 나가고 있다고 합니다. 그
렇게 나도는 군사가 다시 10만이 훨씬 넘는다 하니 팽성 안에 남
아 있다 해 봤자 얼마이겠습니까? 그나마 아래위가 함께 술에 취
해 있어 제대로 싸울 군사는 10만에도 차지 못할 것이라 합니다."

날이 밝기 바쁘게 정탐을 나갔던 군사가 패왕에게 그렇게 팽성의 소식을 전했다. 바로 그날 팽성을 빠져나왔다는 한 무리의 장사치들로부터 들은 말이었다. 어떻게 보면 반가워해야 할 소식이었으나 듣고 난 패왕의 얼굴은 왠지 밝아지지 않았다.

　"팽성은 과인이 도읍으로 삼으면서 다시 수축한 성이라 그 성벽의 높고 두터움을 잘 안다. 10만이 아니라 단 1만이라도 거기 의지해 지키려고 들면 우리 3만 군사로는 어찌해 볼 수가 없다."

　그러면서 잠깐 생각에 잠겼다가 다시 그 군사에게 물었다.

　"그럼 팽성 밖에 나가 있는 군사들 중에 가장 날래고 굳센 갈래는 어디 있는 누구의 부대라더냐?"

　"들기로는 소성 안팎의 군사인 듯합니다. 그 동쪽 벌판에 관영과 조참이 이끄는 한군(漢軍) 3만을 주력으로 제후군 몇 만이 펼쳐져 있습니다. 또 성안에도 제후군 3만이 있어 성 밖 군사와 서로 돕고 의지하는 형세를 이루고 있는데, 그 기세가 자못 날카롭다 합니다."

　그 말에 한참이나 생각에 잠겨 있던 패왕이 그 군사를 내보내고 장수들을 불러들였다.

　"저물 때까지 군사들을 푹 쉬게 하라. 어두워지면 바로 팽성으로 갈 것이다. 이번에는 뒤따라오던 후군도 함께해 5만이 한 덩어리가 되어 불시에 팽성을 덮친다. 호릉에서 그랬던 것처럼 새벽에 성 밖에 진치고 있는 것들부터 먼저 쓸어버린 뒤 그 기세를 몰아 성을 들이치도록 하라. 내일이면 팽성을 되찾고 유방을 사로잡을 수 있을 것이다."

패왕이 그 같은 명을 내리자 장수들도 각기 자신의 군막으로 돌아가 거느린 군사들에게 그대로 전했다. 초군 장졸들은 그 말에 따라 남은 한나절을 다시 쉬어 이틀 밤에 걸친 피로를 씻었다. 하지만 패왕이 다음 날 일찍 팽성을 칠 것이란 말은 벌써 소문이 되어 초군의 진채를 벗어나고 있었다.

이윽고 날이 저물었다. 패왕은 군사들에게 밥과 고기를 든든히 먹이게 한 뒤 장수들을 군막에 불러 모았다.

"이제부터 우리는 가장 바쁘고 고단한 하룻밤, 하루 낮을 보내야 할 것이다. 군사의 움직임은 소문보다 빨라야 하고, 싸움은 벼락 치듯 단숨에 적을 쳐부수어야 한다. 이제부터 길은 팽성이 아니라 소성으로 잡는다. 모두 닫기를 배로 하여 소성으로 가자!"

다음으로 들이칠 곳이 어디인가를 정하는 것은 군사를 움직이는 데 매우 중요한 일이다. 그런데 패왕이 낯색 한번 변하지 않고 아침에 한 말을 바꾸어 버리자 장수들은 어리둥절했다.

"이 아침 대왕께서는 바로 팽성으로 가시겠다고 하지 않으셨습니까?"

용저가 아무래도 알 수 없다는 듯 고개를 기웃거리며 물었다. 패왕이 빙긋 웃으며 말했다.

"팽성에는 내일 새벽 우리가 간다는 소문만 갔으면 된다. 팽성의 한군이 벌벌 떨며 성안에서 우리를 기다리는 사이에 우리는 살별처럼 소성으로 달려가 거기 있는 적을 단숨에 짓뭉개 놓아야 한다. 그리고 쫓겨 가는 적을 위장하거나 그들의 꼬리에 바짝 붙어 팽성 안으로 들어가 숨 돌릴 틈을 주지 않고 팽성까지 둘러

뺀다. 다만 소성까지는 우리가 간다는 소문보다 우리 군사가 빨리 이르러야 할 것이다. 또 팽성을 되찾을 때까지는 적에게 자신이 어떤 처지에 있는지 알게 해서는 안 된다."

패왕의 말투는 마치 앞으로 있을 싸움의 모든 국면을 이미 장악하고 있는 듯했다. 용저가 그리 용렬한 장수가 아니라 그런 패왕의 말을 금세 알아들었다. 다른 장수들도 용저를 통해 패왕의 뜻을 알아듣고 거기에 맞게 사졸들을 이끌었다.

패왕 돌아오다

패왕이 이끈 5만 초군(楚軍)은 유현에서 소성까지 내닫듯 달려 날이 샐 무렵 소성 동쪽 20리 되는 곳에 이르렀다. 거기서 패왕은 잠시 군사들을 쉬게 하면서 마지막으로 싸울 채비를 가다듬게 했다.

"고단하겠지만 방금도 팽성에서 한군에게 갖은 수모와 학대를 당하고 있을 부모 형제와 처자를 생각하라. 소성의 적을 두고는 팽성으로 갈 수가 없다. 다시 한번 뒤를 깨끗이 하고 팽성으로 가서 그대들이 소중하게 여기는 사람들을 구하도록 하라!"

한 식경이나 쉬었을까. 패왕은 그런 말로 다시 장졸들을 휘몰아 소성으로 달려갔다. 오래잖아 앞서 살피러 보냈던 군사들이 달려와 알렸다.

"근처 백성들의 말에 따르면 한군은 소성 동문 밖 벌판에 진세를 벌이고 있는 것 같습니다. 왼쪽에 있는 것은 관영의 진채고 오른쪽에 있는 것은 조참의 진채라 했습니다. 또 성안에는 위왕(魏王) 표(豹)와 몇몇 제후들의 군사가 있고 북쪽 5리쯤 되는 곳에도 제후군 한 갈래가 있습니다."

그 말을 들은 패왕은 곧 장수들을 불러 모았다.

"적은 많고 우리는 적으나, 우리는 뭉쳐 흩어져 있는 적을 하나씩 친다. 먼저 남쪽에 있는 관영의 진채부터 짓밟아 버린 뒤에 조참과 성 밖 다른 제후군까지 두들겨 부순다. 한곳에 머물러 싸우지 말고 세찬 물결처럼 남쪽에서부터 북쪽으로 쓸어 가라. 호릉에서처럼 포로도 잡지 않고 항복도 받지 않는다. 과인이 앞설 터이니 기세로 먼저 적을 제압하고, 창칼이 맞닿거든 되도록 끔찍하고 모질게 적을 몰아 적으로 하여금 싸울 엄두가 나지 않게 하라. 또 우리는 이미 팽성을 떨어뜨리고 그곳 한군을 모조리 쳐부순 것처럼 꾸며라!"

패왕이 그와 같은 명을 내리고 스스로 갑옷투구를 여몄다. 그리고 관영의 진채가 나타나자 먼저 보검을 빼 들고 말 배를 박차 달려 나갔다.

"과인은 패왕 항적이다. 쥐새끼 같은 반적의 무리는 어서 항복하지 않고 무얼 기다리느냐?"

패왕의 우레 같은 외침에 이어 군사들의 입을 모은 함성이 그 뒤를 받쳤다.

"패왕께서 몸소 나서셨다. 너희들은 거록(鉅鹿)의 싸움과 우리 패왕의 무용을 잊었느냐? 이미 팽성은 떨어지고 장돌뱅이 유방은 관중으로 달아났다. 어서 항복하라!"

"팽성에 있던 너희 20만 대군도 모두 항복했다. 너희들도 어서 항복하여 대왕의 자비를 구하고, 신안(新安)에서처럼 산 채로 흙구덩이에 묻히는 화를 면하라."

"산동에 있던 너희 한군은 모두 죽었고 번쾌도 머리 없는 귀신이 되었다."

전날 저녁 잘 먹고 느긋하게 잠들었던 관영의 군사들로서는 아닌 밤중에 홍두깨나 다름없었다. 이제 천하를 다투는 싸움은 끝나고 대세는 결정 난 것쯤으로 여겼는데, 한왕(漢王) 유방과 그를 따르는 제후들이 차지하고 있던 팽성 쪽에서 난데없이 초나라 군사가 나타나 엄청난 기세로 덮쳐 왔기 때문이었다. 거기다가 그 선두에는 이름만 들어도 으스스한 패왕 항우가 시퍼런 보검을 빼 들고 우레처럼 외치며 달려오는 것이 아닌가.

"패왕이다. 패왕 항우가 돌아왔다!"

초군의 함성에 관영의 군사들이 놀라 허둥대며 소리쳤다.

놀라기는 관영도 마찬가지였다. 패왕이 제나라에서 출발했다는 풍문은 있었지만, 관영이 헤아리기에 패왕이 팽성으로 돌아오기에는 너무 일렀다. 또 패왕이 팽성으로 돌아왔다 해도 관영이 먼저 들어야 할 것은 자기들을 덮쳐 오는 패왕과 초나라 군사의 함성이 아니라, 그들과 한왕의 20만 대군이 팽성을 두고 벌이는 격전의 소식이었다.

"적에게 속지 말라. 거짓말에 흔들리지 말고 진문을 지켜라!"

겉으로는 그렇게 외치며 갑옷투구를 걸쳤으나 관영의 마음은 이미 어지럽기 짝이 없었다. 거기다가 그런 관영의 명을 차분히 받아들일 사졸이 없어 공들여 세운 한군의 녹각(鹿角)이나 목책(木柵)도 별 소용이 없었다. 이내 한군의 진세가 무너지고 초나라 군사가 관영의 진채 안으로 쏟아져 들어왔다.

"팽성은 떨어지고 패현 장돌뱅이 유방은 달아났다. 너희가 무엇을 기다리느냐?"

"머지않아 유방의 잘린 머리가 이리로 올 것이다. 꼭 그것을 봐야 항복하겠느냐?"

기세가 오른 초나라 군사들이 그렇게 소리 높이 외쳐 그러지 않아도 허둥대는 한군들을 더욱 얼빠지게 만들었다. 하지만 정말로 알 수 없는 것은 대장인 관영마저 그런 거짓말에 넘어간 일이었다.

관영은 사서 여기저기에서 '치열하게 싸워[疾鬪]' 또는 '온 힘을 다해 싸워[戰疾力]'라는 수식구가 특별하게 붙을 만큼 맹렬한 전투력을 자랑하던 장수였다. 적장의 기세가 사나우면 그보다 더 맹렬한 기세로 맞받아쳐 전국(戰局)을 돌려놓는 게 그의 장기였는데 그날은 도무지 그런 전투력이 살아나지 않았다. 오히려 초나라 군사들의 거짓 외침을 핑계 삼아 몸을 뺄 궁리부터 먼저 했다.

'우리 대군이 있는 팽성을 두고 그 서쪽에 있는 이 소성부터 먼저 치는 것은 싸움의 이치에 맞지 않다. 저들이 떠드는 대로 팽성은 떨어지고 우리 대왕께서는 낭패를 보신 것임에 틀림없다…… . 그렇다면 여기서 억지로 버텨 봤자 무슨 소용인가. 팽성을 지키던 30만이 넘는 우리 대군을 무찌르고 온 패왕의 대군에게 맞서 봤자 장졸만 상할 뿐이다. 차라리 서쪽으로 물러나 군사를 수습한 뒤 우리 대왕을 찾아 재기를 도모함만 같지 못하다. 조참에게도 그리 전해 우리가 이끈 한군이라도 온전히 보전해야겠다.'

그렇게 마음을 정한 뒤 한번 싸워 보지도 않고 말 위에 뛰어올라 조참의 진중으로 달려갔다.

어쩌면 관영은 화경(火鏡) 같은 눈에 불길을 철철 흘리며 앞서 덮쳐 오는 패왕과 그 좌우에서 두 날개처럼 패왕을 떠받들고 있는 용저와 항타의 기세에 먼저 질렸는지도 모를 일이었다.

관영이 제대로 싸워 보지도 않고 물러나자, 한 끈에 엮인 듯 그 북쪽으로 이어 진채를 펼치고 있던 조참(曹參)의 부대도 함께 무너졌다.

그날 새벽잠에 깊이 빠져 있던 조참은 관영이 쫓기면서 급하게 보낸 전갈과 뒤따라 다가오는 초나라 군사의 함성 소리에 놀라 자리에서 일어났다. 황당한 중에도 급하게 갑옷투구를 걸치고 장수들을 불러 모았으나 이미 초군에 맞서 싸울 형편은 아니었다. 조참은 겨우 모인 장졸들에게 관영에게서 받은 전갈을 들려준 뒤 미련 없이 진채를 버리고 서쪽으로 달아났다. 뒷날 스스로 돌이켜 보아도 야릇한 공포와 무력감의 전이(轉移)였다.

"서쪽으로 달아나는 적은 뒤쫓지 말라! 동쪽으로 팽성을 되찾는 일이 아직 남았다."

패왕 항우가 다시 그런 명을 내려 관영과 조참의 군사들을 놓아주고 소성 밖에 있는 다른 제후들의 진채로 군사를 몰아갔다. 한왕의 장수들 중에서도 가장 매섭고 불같은 두 장수가 그렇게 무너지니 다른 제후들은 더 말할 나위도 없었다. 대개는 누구에게 어떻게 당하는지도 모르는 채 무참하게 짓밟혀 흩어졌다.

하지만 아무리 까마귀 떼 같은 한군(漢軍)이라 해도 5만이 넘는 대군이 지키던 소성 밖 벌판이었다. 패왕의 5만 군사가 무인지경 가듯 휩쓸어도 성 밖 한군을 모조리 쓸어 내는 데는 한 시진 가깝게 걸렸다. 초나라 군사들이 마지막으로 하남왕(河南王) 신양(申陽)의 군사들을 두드려 쫓고 있을 때는 벌써 해가 동녘 벌판 위로 벌겋게 솟고 있었다.

그런데 그때 갑자기 소성 동문이 열리며 한 떼의 인마가 쏟아져 나왔다. 그제야 겨우 싸울 채비를 갖춘 위왕 표가 성안의 장졸을 이끌고 제 편을 돕는답시고 달려 나오는 길이었다. 하지만 뜻은 가상해도 때는 이미 너무 늦어 있었다.

때마침 허둥대며 달아나는 하남왕 신양을 한 창으로 찔러 말에서 떨어뜨린 패왕이 불이 뚝뚝 듣는 듯한 눈길로 위왕 표를 보며 소리쳤다.

"이놈 위표(魏豹)야, 과인은 너를 어여삐 여겨 서위왕(西魏王)으로 세우고 대접도 박하지 않았거늘, 너는 어찌하여 과인을 저버리고 늙은 도적에게 항복하였느냐?"

위왕이 그 소리에 찔끔해 말고삐를 당기며 패왕을 바라보았다. 하지만 그도 한때 위나라의 성 20여 개를 제 힘으로 되찾고, 함곡관을 넘어 들어가 싸운 공으로 왕위까지 얻은 사람이었다. 패왕의 기세에 눌리지 않으려고 애쓰며 의연히 맞받았다.

"대왕이야말로 어찌하여 의제를 시해하시어 천하의 공분을 사시었소? 나는 대의를 받들어 천자를 시해한 역적을 벌하고자 일어난 한왕을 따랐을 뿐이오."

그러자 패왕이 벌컥 화를 내며 큰 징이 깨지는 듯한 소리로 꾸짖었다.

"저놈이 그래도 찢어진 입이라고 함부로 말하는구나. 어서 그 목을 바치지 못할까!"

그리고 아직도 신양의 피가 마르지 않은 창을 쳐들고 몸소 위왕 표를 덮쳐 갔다. 그 뒤를 승세를 탄 초나라 장졸들이 한 덩이가 되어 따랐다.

오추마가 워낙 빨라 얼결에 패왕과 맞닥뜨리게 된 위왕은 겨우 몸을 비틀어 한 창을 피했으나 애초부터 적수가 못 되었다. 말이 엇갈리자마자 박차를 가해 뒤도 돌아보지 않고 소성 쪽으로 달아나기 시작했다. 그를 뒤따라 나온 1만여 명 장졸들도 마찬가지였다. 초나라 군사들의 엄청난 기세에 눌려 창칼조차 제대로 맞대 보지 못하고 돌아서서 달아났다.

위왕 표나 그를 따르던 장졸들은 원래 소성 안으로 돌아가 성문을 닫아걸고 버텨 볼 작정이었다. 그러나 패왕과 초나라 군사들이 그럴 틈을 주지 않았다. 워낙 바짝 따라붙어서 위왕의 군사들이 소성 안으로 쫓겨 들어간다 해도 성문을 닫아걸 새가 없었다.

"할 수 없다. 소성을 버리고 하읍으로 가자! 거기 가면 우리 대군이 있다."

위왕 표가 그렇게 소리치며 먼저 말머리를 북으로 돌리고, 어렵게 몸을 빼낸 장졸들도 정신없이 그 뒤를 따랐다. 하지만 그런 위병(魏兵)을 초나라 군사들이 쉽게 놓아줄 리 없었다. 한참이나 따라가며 짚단 베어 넘기듯 하다가 패왕의 외침을 듣고서야 비로소 뒤쫓기를 멈추었다.

"달아나는 토끼를 더는 뒤쫓지 마라. 이제는 팽성의 큰 사슴을 잡을 때다!"

패왕은 그렇게 외친 뒤에 한층 목소리를 높여 덧붙였다.

"장졸들은 모두 비어 있는 소성으로 들어가라. 거기서 요기를 하고 잠시 숨을 돌린다. 팽성은 오늘 안으로만 가면 된다."

그러자 장수들이 의아스러운 얼굴로 물었다.

"대왕께서는 적을 위장하거나 달아나는 적의 꼬리에 붙어 단숨에 팽성까지 우려빼야 한다고 하시지 않으셨습니까? 그런데 소성에서 늑장을 부리면 여기서 우리가 간다는 소문이 먼저 팽성에 들어가 적이 방비를 굳게 할까 걱정입니다."

그래도 패왕은 태평스럽기 짝이 없었다.

"이번에는 소문으로 먼저 팽성을 치고, 그다음에 군사로 밀고 들 작정이다. 진작부터 떠돌던 과인이 돌아오고 있다는 풍문에다, 어제 오늘 호릉과 유현에서 잇따라 들어간 소문으로 팽성 안은 지금 악머구리 들끓듯 하고 있을 것이다. 거기다가 이 새벽 여기서 있었던 일이 전해지면 성안은 더욱 겁먹고 혼란되어 싸울 마음을 잃을 것이니, 이것이 바로 소문으로 먼저 적을 친다는 뜻이다."

덤덤한 얼굴로 그렇게 대답하고는 장졸들을 소성 안으로 몰고 들어갔다.

성안에 들어간 초나라 군사들은 제후군에게서 뺏은 군량을 역시 제후군들이 남기고 간 솥과 시루에 익혀 아침밥을 지었다. 하지만 서둘러 요기를 마치기 무섭게 패왕은 또 다른 명으로 장수들을 어리둥절하게 했다.

"이제부터 군사들은 잠시 쉬게 하고 성 안팎에서 의병(疑兵)을 모은다. 성안 백성들 중에서 여자와 어린아이를 뺀 모든 남자들과 미처 달아나지 못해 사로잡힌 성 밖의 모든 적병들을 동문 밖으로 끌어내 대오를 짓게 하라. 그들에게 기치와 창검을 들려 우리를 뒤따르게 하면 우리 군세가 몇 배로 늘어난 것처럼 보여 팽성의 적을 한층 더 놀라고 겁먹게 할 수 있을 것이다."

그런 패왕은 이제 기세와 용력만으로 내닫던 강동의 호랑이도 아니고, 집중과 속도만으로 전기(戰機)를 돌려놓던 거록의 맹장도 아니었다. 본능처럼 타고난 승패의 기미를 포착하는 능력에다 싸움에 이기기 위해서라면 무엇이든 부리고 쓸 줄 아는 병가의 깊고 냉정한 심지(心地)까지 갖춘 전투의 화신이 되어 가고 있었다.

패왕의 명을 받은 초나라 군사들이 소성의 군민과 사로잡은 제후군을 긁어모아 의병을 얽어 보니 그 수가 무려 5만이나 되었다. 진시에 들 무렵 패왕은 후군 2만을 남겨 창칼과 깃발로 시늉만 낸 그들 5만을 몰아오게 하고, 자신은 3만 정병을 몰아 마침내 미루고 미뤄 온 팽성으로 달려갔다.

초여름인 4월도 하순이라 햇살은 따가웠다. 패왕이 이끄는 초나라 군사는 소성에서 팽성까지 50리 길을 쉬지 않고 달려 사시에는 벌써 팽성 경계로 접어들고 있었다. 그때 한 필의 유성마(流星馬)가 북쪽에서 달려와 패왕과 초군의 기세를 돋우었다.

"종리매 장군이 범(范) 아부의 명을 받들어 3만 군사를 이끌고 대왕을 돕고자 소성으로 달려오고 있습니다. 오늘 새벽 유성을 떠나면서 저를 보내 먼저 대왕께 알리라 하기에 이리 달려오는 길입니다. 범 아부와 계포 선생이 이끄는 본진은 어제 창읍에 이르렀다고 합니다."

유성마를 몰아온 군사가 패왕에게 그렇게 알렸다. 그 말을 듣자 패왕이 빙긋 웃으며 여러 장수들을 둘러보았다.

"아부께서 너무 늦지 않게 제나라에서 군사를 물리셨구나. 오늘 우리는 팽성에서 푸짐한 저녁상을 받을 수 있게 되었다."

그러고는 유성마를 달려온 군사에게 말했다.

"가서 종리매 장군에게 이르거라. 이리로 올 것 없이 바로 팽성으로 가서 북문을 들이치라고. 그리하여 되도록이면 신시 전에 북문을 깨뜨리라고 하여라. 과인도 신시까지는 팽성 서문을 부수어 놓겠다."

많지는 않아도 북쪽에서 다시 한 갈래 우군이 내려오고 있다는 소식에 패왕이 이끌고 있는 초나라 군사들의 기세는 한층 높아졌다. 그들이 걸음을 배로 하여 팽성에 이르렀을 때는 정오 무렵이었다.

그때 팽성 안의 제후군은 패왕이 헤아린 것보다 훨씬 큰 혼란에 빠져 있었다. 연 이틀 호릉과 유성에서 패보가 날아들어 북쪽만 잔뜩 노려보고 있는데, 그 아침 난데없이 소성이 떨어지고 관영과 조참의 군사가 여지없이 무너져 버렸다는 소식이 서쪽에서 날아들었다. 이어 북쪽에서 또 다른 초나라 군대가 내려오고 있다는 급보가 들려오더니, 정오도 되기 전에 패왕의 군사들이 서문으로 밀어닥친 것이었다.

제후들과의 잔치로 술에 취해 나날을 보내던 한왕 유방도 전날 패왕이 팽성으로 돌아오고 있다는 소문을 듣자 정신이 홱 들었다. 제후들과 어울려 줄곧 마셔 오던 술을 끊고 한동안 찾지 않았던 한신과 장량을 불러들였다. 하지만 이상한 무력감과 마비에 빠져 있던 한신이나 낙담과 비관 속에 칩거하고 있던 장량은 잇따라 날아드는 급보에도 얼른 깨나지 못했다.

"그제는 호릉에 있던 번쾌의 3만 군사가 한 싸움에 부서졌다는 전갈이 오더니, 오늘은 또 유성이 패왕의 손에 떨어지고 말았다는 급보가 왔소. 이 일을 어찌했으면 좋겠소?"

그제야 절박한 얼굴로 묻는 한왕에게 한신이 오히려 무덤덤한 말투로 받았다.

"모두 부풀린 낭설일 것입니다. 전횡이 죽었다는 말도 없고 제나라가 평정되었다는 소문도 듣지 못했습니다. 그렇다면 패왕은 등 뒤에 강한 적을 두고 돌아오는 셈인데 걱정할 게 무에 있겠습니까? 장졸들에게 명을 내려 암습이나 막을 채비를 갖추도록 하면 될 것입니다."

낙양에 이를 때까지만 해도 대장군으로서 모든 싸움을 주도해 온 한신이었다. 거기다가 언제나 주의 깊게 적정을 살피고 작은 첩보라도 소홀하게 다루지 않던 그였다. 그런데 팽성에 든 지 스무날 남짓에 사람이 달라진 듯 그렇게 받자 한왕이 오히려 걱정스러운 듯 말했다.

　"장수들을 다스리고 군사를 부려 적을 쳐부수는 일은 바로 대장군의 소임이오. 그런데 대장군께서는 어찌 남의 일 보듯 말하시오?"

　그때 장량이 끼어들었다.

　"우리가 팽성에 든 이래 아래위가 아울러 재물에 홀리고 술과 여자에 취해 흥청거리느라 대장군의 군령이 제대로 서지 못했습니다. 대왕께서는 대장군의 말을 귀담아듣지 않으시고, 제후들도 저마다 전리(戰利)를 취하느라 혈안이 되어 그 명을 받들지 않은 까닭입니다. 게다가 장졸들마저 제멋대로 하기가 양 떼같이 된 지 오래니 대장군이 무슨 수로 그들을 부려 내겠습니까?"

　"그렇다면 지금 대장군과 자방 선생은 과인의 지난 허물을 물어 몰려오는 적을 그냥 보고만 있겠다는 것이오?"

　마침내 한왕이 은근히 노기까지 띠며 물었다. 그제야 한신이 그동안의 무력감과 마비에서 퍼뜩 깨어나며 말했다.

　"예부터 남의 신하 된 자는 임금의 지난 허물을 들추는 법이 아니라고 했습니다. 다만 대왕께서는 이제부터라도 제후들을 엄하게 단속하시어 우리 힘이 헛되이 나뉘고 흩어지는 일이 없도록 해 주십시오. 저는 장졸을 꾸짖어 돌아오는 패왕의 대군을 막아 보겠습니다."

그러고는 한동안 손 놓고 있던 대장군의 소임으로 돌아갔다. 하지만 그래도 한신은 이전에 보여 준 대장군의 기량을 바로 되살려 내지는 못했다. 술 취해 해롱거리는 이졸 몇 명을 베어 성 안의 군령을 세우고, 팽성 동쪽으로 흩어져 약탈을 일삼고 있는 제후들의 군대를 불러들이게 한 것까지는 좋았으나, 그 밖의 채비와 안배는 느슨하기 짝이 없었다. 척희(戚姬)와 석 미인을 비롯해 한왕이 아끼는 후궁 몇 명과 팽성에서 얻은 재보를 여러 수레에 나누어 싣고 5백 군마를 딸려 하루 먼저 역양으로 호송하게 한 일이 오히려 앞일을 가장 밝게 내다본 안배가 되었다.

한신은 소성 밖에 진세를 펼친 관영과 조참의 무서운 전투력과 그들이 이끄는 군사들의 드높은 사기를 믿었다. 그리고 위왕 표가 안에서 지키는 소성의 높고 굳셈을 높이 쳐 팽성 서쪽 일을 걱정하지 않았다. 서문은 군사를 풀어 지키는 시늉만 내고 한군(漢軍)의 주력은 간밤 유성에 있었다는 패왕이 치고 들 북문 쪽으로 몰아 놓았다.

그런데 다음 날 정오가 되기도 전에 서문 쪽에서 먼저 급한 전갈이 날아들었다.

"오늘 새벽 소성이 떨어지고, 패왕이 이끄는 대군은 이제 팽성으로 달려오고 있습니다."

소성에서 간신히 달아나 얼결에 팽성으로 길을 잡게 된 위군(魏軍) 사졸 하나가 서문으로 달려와 그렇게 두서없는 소식을 전했다. 너무 뜻밖이라 잠시 어리둥절해 있던 한신이 서문으로 달려가 보니 벌써 멀리 서편 하늘에 자우룩하게 먼지가 일고 있었다.

"관영과 조참은 어찌 되었느냐? 또 위왕과 하남왕은 어디 있느냐?"

"관영과 조참 두 분 장군께서는 진작 전세가 이롭지 못함을 아시고 군사를 물려 서쪽으로 몸을 빼셨다고 합니다. 성 밖에서 갑작스레 초나라 군사를 맞게 된 하남왕은 패왕에게 죽임을 당하셨고, 우리 대왕께서는 성 밖으로 구원을 나오셨다가 패왕의 기세에 몰려 성안으로 되돌아가시지 못하고 하읍 쪽으로 물러나셨습니다. 저도 대왕을 따라 북쪽으로 달아났으나 도중에 초나라 군사에게 길이 막혀 이리로 달려오게 된 것입니다."

그 군사가 그렇게 상세하게 그 새벽 소성에서 벌어졌던 일을 들려주었다. 한신은 급히 북문 쪽으로 사람을 보내 그곳에 몰려 있는 한군의 주력을 서쪽으로 돌리게 했다.

팽성 서쪽은 관중에서 나온 한군(漢軍)에게는 퇴로나 다름없었다. 그런데 패왕이 거느린 초나라 군사가 군사적 요충이면서도 한군의 퇴로 길목이 되는 소성부터 먼저 떨어뜨리자, 그러지 않아도 술렁거리던 팽성 안은 이내 걷잡을 수 없는 혼란으로 빠져들었다.

"두려워하지 말라! 한 줌도 안 되는 초나라 군사가 기세만 믿는 패왕을 따라 달려오고 있을 뿐이다. 아직도 우리에게는 30만이 넘는 대군이 있고, 높고 두터운 팽성의 성벽이 있다."

한신이 그렇게 장졸들의 기세를 북돋우었으나 별 소용이 없었다. 오래잖아 초군 선봉대가 서문 가까이 이르자 부근에 몰려 있던 한군 장졸들뿐만 아니라 대장군인 한신마저 간담이 서늘해졌다. 선봉대의 맨 앞에서 오추마에 높이 앉아 달려오고 있는 패왕때문이었다.

"나는 서초 패왕 항우다. 유방은 어디 있는가? 어서 과인 앞에가죽 두터운 낯짝을 내밀라 하라. 성을 짓부수기 전에 그 간사한혀가 무어라고 제 죄를 감추는지 들어 보아야겠다!"

패왕은 우레 같은 목소리로 그렇게 외치고는 다시 성안에 대고 소리쳤다.

"팽성 안의 군민들은 듣거라. 이제 과인의 대군이 이르렀으니더는 한나라 군사들의 종살이를 그만두고 모두 떨쳐 일어서라!한군에 맞서 성문을 여는 자는 지난 잘못을 묻지 않을 뿐만 아니라, 오히려 그 공에 따라 큰 상을 내리리라. 장수면 제후로 올려세울 것이요, 이졸이면 장군으로 삼을 것이다!"

그러나 팽성 성벽 위에서는 감히 나서 맞대거리를 하러 드는장수조차 없었다. 패왕의 엄청난 기세에 퍼렇게 질려 말없이 성밖을 내다보고 있을 뿐이었다.

오래잖아 초군 본진도 팽성 서문 밖에 이르렀다. 선봉과 합쳐3만에 지나지 않았지만 성안의 한군에게는 그 몇 배의 대군이몰려온 것처럼 느껴졌다. 그들이 성 밖에 이르자마자 패왕이 기세를 타고 소리쳤다.

"이것들이 관을 봐야 사람이 죽은 줄을 알겠구나. 쳐라! 단숨에 성을 떨어뜨려 옥과 돌을 한꺼번에 태워 버려라!"

그러자 초나라 군사들이 함성과 함께 성벽을 기어오르기 시작했다. 잇단 승리로 기세가 오를 대로 올라 초병(楚兵) 하나하나가 모두 맹분(孟賁) 아니면 하육(何育, 둘 다 전국시대의 이름난 용사)이었다.

한신이 주춤거리며 물러나는 한군 장졸들을 다잡아 그런 초군을 막게 했다. 워낙 한군의 머릿수가 많은 데다 높은 성벽에 의지하고 있어 첫 번째 공세는 그럭저럭 막아 낼 수 있었다. 그런데 다시 북문 쪽에서 날아든 급한 전갈이 겨우 가다듬어 놓은 한군의 전열을 뒤죽박죽으로 만들어 놓았다.

"북문 쪽으로도 초나라 대군이 밀려들고 있습니다. 초나라 장수 종리매가 이끌고 있는데 5만은 넘어 보이는 대군입니다. 역상(酈商)과 근흡(靳歙) 장군이 여러 제후군과 더불어 막고 있으나 오래 버티지 못할 것 같습니다. 급히 군사를 나눠 보내 달라는 당부였습니다."

북문에서 달려온 군사가 그렇게 말하자 서문 쪽에서 방금 한바탕 힘든 싸움을 치르고 한숨을 돌리던 장졸들은 다시 낯빛이 퍼렇게 질렸다. 그런데 이번에는 망루에 있던 군사들이 놀라 외쳤다.

"소성에서 초나라의 후군이 몰려온다! 중군보다 대군이다!"

서문 문루에 있던 한신이 놀라 서쪽을 바라보니 다시 소성 쪽에서 흙먼지가 자우룩하게 일며 한 떼의 인마가 몰려오고 있었다. 한눈에 보기에도 조금 전 패왕이 이끌고 온 군사보다 훨씬 많은 듯했다. 바로 후군 2만이 소성 백성 5만에게 초나라의 기치와 창검을 들려 끌고 온 의병(疑兵)이었다.

하지만 겁먹은 군사들뿐만 아니라 대장군 한신까지도 새로 이른 초군의 실상을 알아차리지 못했다. 패왕이 이끌고 온 것보다 몇 곱절 많은 초나라 대군이 뒤따라온 것으로 보일 뿐이었다. 그리하여 그들이 패왕의 중군 뒤로 이어지자 팽성 안의 한군은 갑자기 자신들이 넓고 거센 초나라 대군의 물결 속에 갇힌 외로운 섬처럼 느껴졌다.

"쳐라! 이번에는 반드시 서문을 깨뜨려야 한다."

의병에 속아 한군이 기죽어 하는 걸 보고 패왕이 다시 그렇게 명을 내렸다. 그 명에 초나라 군사들의 두 번째 공세가 시작되었다. 이번에는 처음보다 더 급박하고 맹렬했다. 그 바람에 한신은 군사를 갈라 북문으로 보낼 엄두도 내지 못하고 힘을 다해 초군의 공격을 막았다.

한신이 장졸들을 다잡아 간신히 패왕의 두 번째 공세를 막아냈을 때 다시 맹렬한 타격과도 같은 급보가 북문 쪽에서 날아들었다.

"북쪽으로 또 한 갈래의 초나라 군사가 달려와 종리매를 돕고 있습니다. 앞선 장수가 스스로 외치기는 초나라 장수 환초(桓楚)라 하는데 계포와 범증이 보낸 원병을 끌고 왔다고 합니다. 종리매 하나만으로도 위태롭던 북문은 이제 시각을 다투고 있습니다. 어서 구원을 보내 주십시오."

그 말을 듣자 한신마저 맥이 쭉 빠졌다. 한왕과 한군은 팽성이란 거대한 덫에 걸린 것인지도 모른다고 줄곧 의심해 온 것이 이제는 쓰라린 실감으로 다가왔다. 한신이 은근히 바란 대로 팽성이 떨어졌다는 소문에 불끈한 항우가 되는 대로 긁어모은 군사 약간을 이끌고 밤낮 없이 달려온 것은 결코 아니었다.

'항우는 기세와 용력만의 싸움을 하고 있지 않다. 범증과 계포를 남겨 초나라의 대군을 다치지 않고 차례로 제나라에서 빼내게 한 뒤, 자신은 먼저 달려와 우리 한군의 퇴로부터 끊었다. 그리고 저희 대군이 이르기를 기다려 팽성을 에워싸고 독 안에 든 쥐 꼴이 난 한군을 섬멸하려 한다. 비어 있는 동문과 남문은 모두 초나라 땅 한가운데로 나 있다. 서북이 막혀 있는 한 그리로 빠져나가도 관중으로 돌아갈 길은 없다. 앞서 있었던 두 번의 공격이 겉보기보다 느슨했던 것은 그 꾀하는 바가 우리를 성안에 가둬 놓으려 함일 뿐이었기 때문이다. 그게 언제인지는 모르나 항우가 기다리는 것은 초나라의 전력이 팽성 북문에 집중되는 때일 것이다. 그때가 되면 우리는 빠져나가려 해도 빠져나갈 수가 없다……'

마침내 그렇게 헤아린 한신은 부장 하나를 불러 한왕이 있는 곳으로 보내며 말했다.

"가서 태복(太僕) 하후영과 자방(子房) 선생께 내 말을 전해라. 지금은 팽성을 빠져나가는 일이 급하니, 어서 대왕을 모시고 적이 없는 남문으로 빠져나가시라고. 성을 나가면 남쪽으로 멀지 않은 곳에 높고 깊지는 않으나 잠시 의지할 만한 산세가 펼쳐질 것이니 거기서 기다리시라고. 그러면 내 적의 추격을 뿌리치고 우리 대군을 수습하는 대로 그리로 달려가 대왕을 모실 것이다."

그리고 다시 날랜 이졸 하나를 불러 북문으로 보내며 일렀다.

"역상과 근흡 장군은 본진으로 돌아가 대왕의 어가를 호위하라 이르라. 그리고 남은 제후군 장수들에게는 힘을 다해 북문을 지키되, 정히 뜻과 같지 못하면 동문으로 빠져나가 사수(泗水)와 곡수(穀水)를 바라고 물러나라고 전하라. 그리로 가다 보면 전날하비, 하상까지 밀고 들어갔다 되돌아오는 여러 갈래의 제후군을 만날 수 있을 것이다. 그들과 합치면 다시 10만 대군은 이룰 수 있을 터, 그 세력으로 방심하고 뒤쫓아 오는 적을 되받아치면 서쪽으로 빠져나올 길도 단숨에 열 수 있다."

한신 나름으로는 꼼꼼히 헤아려 만일에 대비한 것이지만, 팽성의 붕괴는 그 길로 시작되었다. 한군이 팽성을 버리려 한다는 소문이 퍼지기도 전에 한군이 뭔가에 쫓기고 내몰리는 듯한 분위기가 먼저 서문을 중심으로 번져 나갔다. 그러다가 한신이 보낸 전갈에 따라 한왕이 하후영의 수레에 오르고, 저희끼리만 남게 된 북문 쪽의 제후군이 술렁거리게 되면서, 그때껏 눈치만 보던 성안 백성들도 달라져 갔다. 불온한 눈짓과 수군거림이 오가고 대여섯씩 떼 지어 성문 근처를 어슬렁거리는 사람들이 늘어났다.

오래잖아 한왕과 그 측근들이 한 갈래 군사의 호위를 받으며 남문을 빠져나갔다는 소문이 재빨리 팽성 안을 돌았다. 그리고 그때를 시작으로 성벽 위에 남은 한군의 전의는 멀리서도 알아볼 만큼 시들어 갔다. 어슬렁거리는 백성들은 한층 불온한 침묵으로 까닭 모르게 허둥대는 한군을 엿보았다.

그런 성안 공기는 성 밖에서 전기가 무르익기를 노리고 있는 패왕에게도 그대로 전해졌다. 두 번째 공세 뒤에 환초가 다시 군사 1만여 명을 이끌고 북문 쪽에 이르렀다는 전갈을 받았을 때 패왕은 잠시 공성(攻城)을 미루고 가만히 성안의 변화를 살펴보았다. 그 소식이 성벽 위에 있는 한군에게도 전해졌는지 그들의 갑작스러운 조용함이나 느리고 풀죽은 움직임에는 어딘가 무너져 내리기 직전의 안간힘 같은 것이 느껴졌다.

그러다가 마침내 남문으로 한 떼의 인마가 빠져나갔다는 말을 듣자 패왕은 드디어 한군이 무너져 내리기 시작하였음을 알아차렸다. 시각도 마침 신시로 접어들고 있었다.

"지금이다! 매섭게 성을 들이쳐라. 이번에는 반드시 성문을 부수고 성벽을 넘어야 한다. 먼저 성안으로 들어가는 공을 종리매와 환초에게 넘겨주지 마라!"

패왕이 그렇게 용저와 항타를 충동질하며 스스로 앞장서 말을 몰았다. 그 뒤를 따라 골라 뽑은 3만의 초나라 군사들이 어느 때보다 사나운 기세로 짓쳐 들었다. 곧 구름사다리가 성벽에 걸쳐지고 갈고리 달린 밧줄이 성벽 위로 던져졌다.

그런데 실로 알 수 없는 것은 한군이었다. 어떤 일에든 꺼지기 전에 한 번 타오르는 불꽃이 있는 법인데 그날 팽성을 지키는 한군에게는 그마저 없었다. 얼마 전까지만 해도 그렇게 모질게 버티던 기세는 어디 가고, 초나라 군사들이 성벽에 붙기도 전에 저마다 성벽을 기어 내려가 다시는 보이지 않았다.

“어서 성문을 열어라. 적에게 달아날 틈을 주어서는 안 된다.”

패왕이 성벽 위로 올라간 초나라 군사들을 보고 소리쳤다. 그러나 정작 문을 열어 준 것은 초나라 군사들이 아니었다. 패왕의 명을 기다리고 있었다는 듯 성문을 열고 나온 것은 진작부터 부근을 어슬렁거리며 틈을 엿보던 성안 백성들이었다.

“모두 성안으로! 어서 성안으로 들어가 한왕 유방을 사로잡아라!”

패왕 항우가 앞장서 오추마를 박차며 크게 외쳤다. 미처 성벽에 붙지 못한 초나라 군사들이 함성과 함께 항우를 따라 팽성 안으로 쏟아져 들어갔다. 그런데 뜻밖인 것은 서문 부근을 지키던 한군이 그새 썰물처럼 빠져나가 버린 일이었다.

“어찌하여 한군이 없느냐? 그새 한군이 모두 어디 갔느냐?”

앞장서 내닫던 패왕이 성문을 열어 준 성안 백성들을 보고 물었다.

“서문이 열리기 얼마 전에 이곳을 지키던 장수가 장졸들을 모두 거두어 남문 쪽으로 달아났습니다. 급히 뒤쫓으면 따라잡으실 수 있을 것입니다.”

패왕의 물음에 문을 열어 준 백성 가운데 하나가 그렇게 대답했다.

“남문으로 달아나 봤자 그쪽은 우리 서초의 가슴이나 배 같은 땅이다. 한군이 기댈 만한 변변한 성조차 없으니 급히 뒤쫓을 것 없다.”

패왕이 그렇게 비웃고는 뒤따라 들어오는 초나라 장졸들을 돌야보며 소리쳤다.

"어서 성안으로 들어가 유방을 사로잡아라. 듣기로 그 늙은 도적은 과인의 왕궁에서 밤낮 없이 술타령이라 하였다."

하지만 패왕이 이끄는 군사들이 왕궁 부근에서 만난 것은 그새 북문을 부수고 들어온 종리매와 환초의 군사들이었다.

"왕궁은 이미 텅 비어 있었습니다. 유방은 벌써 한 식경 전에 수레까지 갖춰 타고 달아났다고 합니다."

패왕에게 군례를 올리기 바쁘게 종리매가 분한 표정으로 그렇게 말했다. 패왕이 그런 종리매에게 물었다.

"북문을 지키던 한군은 어찌 되었는가?"

"우리 군사에게 죽고 사로잡힌 자들을 빼고는 모두 동쪽으로 달아났다 합니다."

"동쪽으로? 당장은 막는 군사가 없지만 그리로 달아나 봤자 적이 발붙일 곳은 없지 않은가?"

"아마도 동쪽으로 노략질 나갔다 미처 돌아오지 못한 저희 편을 믿고 그리로 달아난 것 같습니다. 성안 백성들의 말로는 북문을 지키다 쫓겨 간 한군과 그들을 합치면 다시 10만이 넘는 대군이 될 것이라 합니다."

"유방은 어디로 갔다고 하던가?"

"남쪽으로 갔습니다. 서문을 지키던 한군이 뒤따라가며 추격을 막아 줄 작정인 듯합니다."

그 말에 패왕은 잠시 생각에 잠겼다가 이내 장졸들을 되돌아보며 자르듯 말했다.

"모두 동쪽으로 가자. 그쪽은 사수와 곡수가 길을 막아 적이 멀리 가지 못할 것이다. 그리로 가서 잘려 나간 한군의 꼬리부터 먼저 토막 내 버린 뒤에 남쪽에 처박힌 그 머리를 부수어 놓는다."

그러면서 다시 팽성을 나가 동쪽으로 군사를 몰아가는 패왕은 빼앗겼던 도읍을 되찾은 군왕이라기보다는 싸움의 미묘한 기미와 세력의 흐름을 타고 불같이 내닫는 전쟁의 화신이었다. 때는 한(漢) 2년 4월 하순으로, 패왕이 제나라 성양을 떠난 지 열흘 남짓 만의 일이었다. 3만 정병으로 출발한 패왕은 그사이 천 리 길을 에돌며 56만 대군을 상대로 싸워, 다섯 장수의 진채를 짓밟고 세 개의 성을 떨어뜨린 뒤에 주머니에서 물건 꺼내듯 팽성을 되찾았다.

패왕이 동쪽으로 달아난 한군을 쫓아 팽성 동문을 나서자 뒤따르던 장수들이 물었다.

"우리가 동쪽으로 뒤쫓는 사이 남쪽으로 간 한군과 유방이 멀리 달아나 버리면 어찌합니까?"

"남의 우두머리 된 자에게는 우두머리 된 자로서 지켜야 할 체면이 있다. 그런데 유방이 만약 이대로 관중으로 달아나게 되면 그자는 바로 그 체면을 상하게 되고, 그리되면 다시는 아랫사람을 다스리거나 부릴 수 없게 된다. 유방은 지게 되더라도 반드시 패군을 수습해 과인에게 맞서는 시늉이라도 낼 것이다. 우두머리 된 체면을 지켜야 하기로는 유방이 대장군으로 세웠다는 한신이란 허풍선이도 마찬가지다. 따라서 우리는 먼저 머리 없이 떨어져 나와 허둥대는 동쪽의 적을 치고 한숨을 돌린 뒤에 남쪽으로 달려가도 결코 늦지 않다."

패왕이 그렇게 잘라 말하고 내처 군사를 동쪽으로 몰았다. 한참을 내달으니 해가 뉘엿해졌다. 종리매가 다시 패왕에게 걱정스레 말했다.

"저희 장졸들은 간밤을 세우다시피 유성에서 이리로 달려왔습니다. 거기다가 오늘 종일 힘든 싸움을 한 터라 이제 몹시 지쳐 있을 것입니다. 이쯤에서 더운 저녁이라도 지어 먹이고 잠시 쉬게 한 뒤에 적을 뒤쫓는 게 어떻겠습니까?"

"지치고 주려 있기는 소성에서 과인을 따라온 장졸들도 마찬가지다. 지난 열흘 천 리 길을 내달으며 대여섯 번이나 크고 작은 싸움을 치른 데다, 오늘은 점심조차 주먹밥과 찬물로 때우고 세 번이나 성벽을 기어올랐으니 오죽하겠는가? 하지만 전기(戰機)의 엄중함이 우리에게 쉴 틈을 주지 않으니 어쩔 수가 없다. 지금 그물코 한 눈을 놓치면 다음에는 열 눈을 고쳐 떠야 한다. 사수와 곡수가 앞을 가로막아 저것들이 허둥대고 있을 때 들이쳐 오늘 밤 안으로 동쪽의 싸움을 결정짓도록 하자!"

이긴 자의 여유일까? 패왕이 평소의 그답지 않게 소상히 까닭까지 들려주며 동쪽으로 군사를 휘몰아 갔다.

그때 사수와 곡수 물가의 제후군 형편은 정말로 패왕이 헤아린 대로였다.

원래 팽성 북문을 지키던 제후군의 주력은 역상과 근흡이 이끄는 한군(漢軍)과 한왕(韓王) 신(信), 은왕(殷王) 사마앙(司馬卬)

등의 제후 왕이 이끌던 군사들이었다. 그런데 역상과 근흡이 이끌던 군사와 더불어 한왕에게로 불려 가고, 다시 성 밖에서는 환초가 이끄는 초나라 군사가 종리매의 대군에 더해지자 사정은 크게 달라졌다. 저희끼리만 남게 된 제후군은 이내 걷잡을 수 없이 흔들리기 시작했다. 그러다가 한왕이 몰래 남문으로 빠져나갔다는 소문이 들리고, 종리매와 환초가 공을 다투며 북문을 치고 들자 그대로 무너져 내리고 말았다.

북문을 지키던 제후군은 대장군 한신의 명을 기억해서라기보다는 아무도 막는 자가 없어 동문으로 빠져나갔다. 다만 눈치 빠른 한왕 신만이 장졸 몇 명과 함께 한군의 주력을 찾아 슬며시 남쪽으로 말머리를 돌렸을 뿐이었다.

급하게 따라붙는 초나라 군사가 없는데도 꽁지에 불이라도 붙은 듯 달아나던 제후군은 사수와 곡수가 만나는 곳에서 동쪽으로 갔다가 돌아오는 다른 제후군을 만났다. 이름이 제후군이지 실은 힘깨나 쓰는 토호들에 전리품을 노려 한왕을 따라붙은 초적과 유민군이 어우러져 만든 잡군이었다. 그들은 멀리 하상까지 노략질을 갔다가 패왕이 돌아오고 있다는 심상찮은 소문에 놀라 되돌아온 길이었다.

비록 조련이 잘 안 되고 제멋대로인 잡군이라 하나, 여러 갈래가 사수와 곡수를 건너며 모이다 보니 그럭저럭 그 머릿수가 5만이 넘었다. 더군다나 그들은 아직 패왕과 초나라 군사에게 몰려 보지 않아 그 무서움을 몰랐다. 승승장구하는 한왕을 따라 나설 때나 다름없이 용맹을 뽐내며 기염을 토했다.

팽성 북문을 지키다 그리로 쫓기던 한군과 제후군은 그들을 만나자 기세가 되살아났다. 겁먹고 골병 든 패군이기는 하지만 저희 머릿수가 또 5만은 되니 그들과 합치면 10만이 넘는 대군이 되었다.

"이만하면 다시 한번 싸워 볼 만하다. 팽성을 되찾지는 못해도 서쪽으로 돌아가는 길을 여는 데는 큰 어려움이 없을 것이다. 여기서 하룻밤을 쉬고 남으로 팽성을 에돌아 서쪽으로 가자. 길을 막는 초나라 군사가 있으면 힘으로 쳐부수고 길을 열면 된다."

은왕 사마앙을 비롯한 제후군의 우두머리들은 그렇게 의논을 맞추고 사수, 곡수 물가에 진채를 벌였다. 그리고 태평스레 밥을 지어 먹으며 거기서 하룻밤 쉬어 가기로 했다. 난전 중에 길을 잃고 얼결에 그리로 따라간 1만여 명 한군(漢軍)도 그들과 함께 움직였다.

그런데 제후군이 솥과 시루로 삶고 찌던 쌀이 채 익기도 전에 팽성 쪽에서 흙먼지를 일으키며 한 떼의 인마가 달려왔다.

"겁낼 것 없다. 적은 방금 저희 도성을 되찾은 터라 많은 추격군을 보낼 수 없을 것이다. 거기다가 또 며칠이나 무리해 달려와 지쳐 있을 것이니 얼마든지 물리칠 수 있다."

이번에도 은왕 사마앙이 나서서 그렇게 장졸들을 다독인 뒤 스스로 창을 들고 말에 올랐다. 평소 용력을 자랑하던 초적과 유민군의 우두머리 몇이 저마다 자랑하는 병기를 꼬나 잡고 사마앙을 따라 진채 앞으로 나아갔다.

여러 갈래 제후군의 우두머리 되는 장수들이 진문 앞에 나와 보니 초군 선두에서 범 같은 눈을 부릅뜨고 오추마를 박차 달려오는 것은 다름 아닌 패왕 항우였다. 거기다가 날카로운 발톱과 어금니[爪牙]같이 그 좌우에서 한꺼번에 밀고 드는 것은 용저와 종리매를 비롯해 하나하나 익히 알고 있는 초나라의 맹장들이었다. 뒤따르는 군사도 서문과 북문을 공격하던 초나라 군사 거의 모두인 듯, 겁먹은 제후군의 눈에는 저희 편보다 훨씬 많아 보였다.

그렇게 되자 먼저 기세가 꺾인 것은 졸개들을 추슬러 싸움을 돋우어야 할 제후군의 우두머리들이었다. 그중에서도 은왕 사마앙은 또다시 초나라에 항복할 수 없는 처지라 죽기로 싸워야 했으나 그게 그렇지 않았다. 이제 다시 패왕에게 사로잡히면 죽을 수밖에 없다는 게 오히려 이상한 절망감을 일으켜 기운을 뺐다.

"모두 앞으로! 죽기로 싸워라. 이제 너희에게는 더 물러날 곳이 없다."

사마앙이 그러면서 칼을 빼 들었으나 이미 반나마 넋이 나간 얼굴이었다.

거기다가 타고난 감각에 충실한 패왕의 전법이 이번에도 그 탁월한 효과를 보았다. 먼저 집중된 아군의 기세만으로 적을 압도한 뒤, 적이 난국을 수습할 틈을 주지 않고 휘몰아쳐 승세로 몰아간다. 그런 다음 이긴 흐름을 타고 어지럽게 흩어진 적을 뒤쫓아 사냥하듯 철저하게 들부수어 버리는 것인데, 패왕은 호릉에서부터 야전에서는 그 전법을 되풀이해 써 오고 있었다.

장수들끼리 문답 한마디 주고받는 법 없이 패왕이 이끈 중군이 거대한 쐐기처럼 한군과 제후군의 몸통을 갈라놓고, 다시 초나라 맹장들이 이끄는 좌군과 우군이 그만한 도끼나 큰 칼처럼 그들 대군의 손발을 찍어 댔다. 그 무서운 기세에 진문 앞에 나와 섰던 제후군의 장수들부터 무너졌다. 목소리만 씩씩했을 뿐, 우두머리 격인 은왕 사마앙이 제대로 싸워 보지도 않고 달아나자 초적이나 유민의 우두머리들도 그 뒤를 따랐다.

그러자 어떻게 머릿수로라도 버텨 보려던 제후군은 순식간에 기운 대세를 수습해 볼 틈도 없이 무너져 내리기 시작했다. 뒤편에 섰던 자들이 앞쪽에서 무슨 일이 일어나고 있는지를 알아차리기도 전에 10만이 넘는 제후군은 엎어진 죽사발처럼 뒤죽박죽이 되어 내몰렸다. 거기 섞여 있던 얼마 안 되는 한군도 어지럽기로는 따로 말할 나위가 없었다.

그 뒤를 패왕이 이끈 초나라 군사들이 더욱 정신없이 몰아쳤다.

"항복은 받지 않는다. 모두 죽여 다시는 창칼을 들고 우리에게 맞서지 못하게 하라. 과인과 우리 서초에 감히 불측한 마음을 품고 있는 무리에게 저것들의 죽음이 그대로 뼈저린 가르침이 되게 하라."

틈틈이 패왕이 그렇게 외쳐 한군과 제후군 장졸들의 얼을 빼놓았다. 이에 무력한 짐승 떼처럼 몰린 그들은 무턱대고 앞이 트인 동쪽으로 달아났다. 하지만 오래 달아날 수는 없었다. 몇 리 닫기도 전에 더러는 곡수를 만나고 더러는 사수를 만났다.

여름 4월도 하순이라 강물은 양쪽 모두 크게 불어 있었다. 거기다가 따로 강폭이 넓고 물이 얕은 곳을 고를 틈이 없이 쫓겨 온 터라 배가 없이는 건널 수가 없었다. 10만 대군이 모두 독 안에 든 쥐 꼴이 되어 곡수와 사수 양쪽 강변에 뒤엉켜 있었다.

오래잖아 뒤따라온 초나라 군사들이 그런 한군과 제후군을 마구잡이로 죽이기 시작했다. 한군과 제후군의 태반은 당장에 살속을 파고드는 초군의 창칼에 내몰려 깊이 모를 곡수와 사수 속으로 뛰어들고, 나머지는 헛되이 항복을 빌다가 강변에서 피를 뿜으며 죽어 갔다.

그렇게 한 시진이나 지났을까? 날이 저물어 오면서 두 물가를 가득 메웠던 함성과 비명이 차츰 잦아들었다. 그사이 한왕을 따르던 10만 대군이 물에 빠져 죽거나 가축처럼 도살당한 것이었다. 그런데 참으로 알 수 없는 일은 사서의 기록이다.

『사기』는 「항우본기(項羽本紀)」에서 소성 팽성의 싸움에 이어 사수, 곡수의 싸움을 겨우 대여섯 줄로 간략하게 그려 내고 있다.

항왕은 서쪽으로 소성에 이르러 새벽에 한군을 치고 다시 동쪽으로 팽성에 이르러 그날이 가기 전에 한군을 크게 쳐부수었다. 한군이 모두 달아나다가 서로 이끌고 이끌려 곡수와 사수에 들자 (항왕이) 한나라 병사 10여 만 명을 죽였다(項王乃西從蕭 晨格漢軍 而東至彭城 日中大破漢軍 漢軍皆走 相隨入穀泗水殺漢卒十餘萬人).

그나마 「고조본기(高祖本紀)」에서는 패왕이 소성에 도착하였다는 말뿐 소성, 팽성의 싸움과 사수, 곡수에서의 싸움은 아예 기록

조차 나와 있지 않다. 그 뒤에 써진『한서』나『자치통감』의 기록
도 마찬가지, 팽성을 되찾던 날 패왕이 보여 준 눈부신 무용을
드러내는 데는 인색하기 짝이 없다.

　가장 오래된 기록인『사기』의 기초 자료를 수집한 것으로 추측
되는 사마담(司馬談)은 소년 시절에 그 싸움의 후문(後聞)을 직접
들었을 것이다. 또 그 아들 사마천(司馬遷)이 아버지의 유명을 받
들어『사기』를 편찬하기 시작한 것도 그 싸움이 있고 80년 남짓
밖에 안 된 때였다. 그런데도 10만이 훨씬 넘는 목숨이 스러진
그날의 처절한 싸움을 그토록 소략하게 기록한 데는 반드시 까
닭이 있을 것이다. 어쩌면 뒷날 천하를 얻은 한왕 유방의 실책과
무능을 얼버무리기 위한 것이거나, 어이없이 패망해 죽은 패왕
항우를 애틋하게 여긴 나머지 그 싸움에서 보여 준 잔혹과 비정
을 덮어 주려 함이었는지도 모른다.

(6권에서 계속)

초한지 5

흙먼지 말아 올리며 다시 오다

개정 신판 1쇄 발행 2020년 11월 5일
개정 신판 2쇄 발행 2022년 11월 15일

지은이 이문열

발행인 양원석
펴낸 곳 ㈜알에이치코리아
주소 서울시 금천구 가산디지털2로 53, 20층 (가산동, 한라시그마밸리)
편집문의 02-6443-8842   **도서문의** 02-6443-8800
홈페이지 http://rhk.co.kr
등록 2004년 1월 15일 제2-3726호

copyright ⓒ 이문열

ISBN 978-89-255-8969-5 (04820)
      978-89-255-8974-9 (세트)